名家散文自选集

散文就是同亲人谈心

风生水岸

徐 风/著

民主与建设出版社

散文即气场

关于散文，我一直赞成一个观点，文字即气场。

有时我们捧起一部散文，名头很大，但读得累，费劲，我们只能放下。就像陪一个高人爬山，他脚下生风，腾云驾雾，很快就把我们甩下了。我们怀疑自己的身体出了问题，但换了一部书读，并没有那么轰响的名头，读下去，渐渐地缓过来了，读得神清气爽，心志安逸。以至出差的时候，我们会专门带上它，已经读过多少遍是没有关系的，小小的一本，安静地卧在行囊里，随意地放在旅店的枕边，有一种贴心的抚慰。

一直相信，只要是气场相融的书，便会把我们带入一种清朗语境。那种语境有我们前世的影子，假如人生真的没有前世，那也是我们灵魂的一个形影不离的倒影。我们从那个倒影里来，又到那个倒影里去，水岸风起、杂花生树；鸟啭虫鸣、潮涨日落，都可以在那个倒影里生出能量，由心传手，化作文字。

于是，散文便成为一种考量。心智，气质，性情，嗜好，乃至健康状况，生活质量，等等。都从我们的身体出发，写一篇散文，等于交一张考卷，气息是清朗还是浑浊的，腔调是风雅还是庸俗的，思想是深刻的还是肤浅的，审美是阳刚还是阴柔的，格局是开张还是狭窄的，乾坤朗朗、无遮无盖，都摆出来了。有时，我们感到无奈，纵然有夸父逐日的雄心，却只有一支蜡烛的光亮，或者，只有一棵小草的翠绿，却想承包春天的斑斓。最终，我们会局部地放弃，但绝对不会在底线上撤退。那就是用最真的心来讲最真的话，用最朴素的文字传递最真切的情感。纵然散文有一千条路可以通向罗马，而我们却不幸地走在一条羊肠小道上，还时常迷路，但我们无论如何还得守住一个字：真。

相信那个真，会把我们带到彼岸。而活得真，爱得真，才能写得真。所以，与其追求散文的境界，还不如修养好自己的内心，从血管里流出的总归是血，从自来水管里流出的总归是水。写来写去，我们终将逃不脱那个灵魂的倒影。

平生笨拙，但绝不想成为一个蹩脚的魔术师，玩弄文字；或者一个徒劳的搬运工，堆砌词藻。因为知道，如果没有对生活的独特发现和洞见，无论附着多少花哨的观念和叙事的技巧，仍然难掩其贫乏和苍白。

这就是我的散文观。

风生水岸

目录

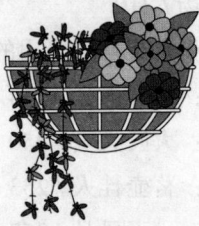

一瞬与千年

一　瞬

汝州。瓷器。相信那只是一个偶然的早晨。一个偶然而神秘的时刻。一座窑门被缓缓打开时的感觉，还是厚重而庄严的；按理它需要一点仪式感，有雨过天晴的亮色，有窑工开窑时的吆喝，有香火缭绕的烟气，有众人祈祷的余音。但是，它们统统被隔离在现代工业文明的藩篱之外了。窑，变成了一只巨大而密封的铁匣子，显然它不够古老，还缺少一种与古老同步的蹒跚，甚至，我们会怀念碎砾垒叠的废墟，在这一刻，它们像语境一样非常重要。年轮，积淀，沧桑。然而没有，统统没有。一个汝瓷的方阵，就这样不经彩排，就突兀而清晰地呈现在人们眼前，显然它们还处在蒙昧状态，昏睡了千年欲醒未醒。太漫长的苦旅，想必太难为它们了，想象它们跋涉的步履，一定是踉跄的；颜面上的尘垢，都是风尘的证明；现在它们缓缓而行，仿佛都在试图借

此释放各自最后的内功。它们来到人间的方式如此平淡，所有的
处子之心在忐忑，所有的颜容虽然亮丽，却无表情。或许，它们
在等待开蒙。时光正借助一种轨道；让它们正向我们平缓而来。
通体的热浪奔涌，阻止了时间的流速，凝固的空气突然变得活
跃，我们开始听到一种呼吸，开始是小心翼翼的，继而变得深沉
绵长，宣示着生命诞生的跃跃欲试。空气在静默中流动、翻滚，
仿佛一位巫师，一手毒药，一手解药，显然它能听懂众多汝瓷器
皿发出的话语，而我们却听不懂它们的表述，其实它们没有一刻
停止过自己的发言，想必那是对获得生命的感恩般的唱诗。于是
瞬间巫师又变成一个母亲，一面以庄重的表情约束她的孩子，一
面在悄悄准备给孩子们的礼物。

　　初降人世的瓷器们在交头接耳。起先像是呓语，如同春雨与
泥土的交融；身体之间仿佛在相互触摸、拥吻。继而，它们发出
撞击，也是轻轻的；其实它们还保持着出窑时的距离。而声音的
清脆，如同薄如蝉翼的金属之间的亲昵。几乎不易被察觉的裂纹
开始隐现，开裂，开裂，向死而生的开裂。一般的陶器开裂了，
就死了，唯独它们，开裂才是生。优雅地开裂着，一出生就如此
风流，何止是风流，简直是仙魔；这是瓷器被启蒙后呈现的圣洁
的容颜，这是它们来到人世后发出的会心的赞叹，这一刻让我们
感受到五行（水、火、木、土、金）的运行，感受到天人合一的
巨大魅力。我们向空气致敬，她一直是一位伟大的雕塑师，但此

刻她变成了隐身的女王，让所有的瓷器匍匐在她的裙下，成为时间的注脚。

一瞬。我们赞叹在恒定的一瞬间所见到的奇迹。人们把它称为"开片"。鱼鳞状，莹泽滋润。它的原理在于错误的交替反而变成真理。冰裂了，童话才被打开。我们在这交替叠加的裂纹中见到一条时间长河，因为水的流动，千万年前的一抔泥土才能来到我们面前，才能被我们打量和触摸。在它们眼里，我们一定是天外来客，是我们激活了它们的灵魂，让它们脱胎换骨、然后与财富捆绑，然后跻身贵族。而最初的一刻它们反复说它们并不受用。可是人们由不得它们，忙着给它们赋予各种意义，说它们象征一种风尚、学说、文化；甚至代表一个民族的审美。它们则可怜地表示，我们扛不动，我们只是大地深处的一抔土块，是你们让我们无端端脱离了山峦、土地、河流、云霞。是你们惯有的一种叫做占用欲的东西，让我们在江山易帜的流转中不断更换主人。

然后是风流云散。也是在一瞬之间。去皇宫的极品们的路途，和去寻常巷陌的次品们的征程一样艰辛曲折。前者变成了幽深神秘、富丽奢华的皇宫里的摆设，每天接受着华丽词藻的恭维赞美；但最高贵的囚徒终是囚徒，之前所有生动的日子在某一时刻里突然死亡。自己成为自己的祭品，当是这个世界的悲哀之一。后者去了朱雀桥乌衣巷马家窑赵各庄，飞入平头百姓家。炕头田头，与乐子在一起偷乐，与市井在一起苟生。通体印满欢颜与手泽，于昼夜不息的喧哗中讲述生命寓言，并且成为百姓们祭天拜地的依托。

或许，这就是汝瓷的前世今生。

第一个见证裂纹交错叠加、听到天籁般美妙的金属碰撞声的古人是谁？他当时是怎样的表情？失语，集聚，然后狂欢，然后被烈酒灌倒，以最幸福最狂妄的姿态躺倒在地；满世界都在欢呼雀跃？文字或许并没有记载当时的场景。但是，想象的翅膀会带领我们飞翔到南宋汝州之一隅，窑，喷吐的浓烟，带着安谧；银白色的汝河，闪烁着处女般羞涩的笑靥，火把像森林一样茂密，像潮水一样蔓延。村庄，丘陵，道路，河流，都被照亮；直到天露曙色，狂欢的人们才像冷却的汝瓷一样安静入睡。

千　年

那是一种能让人安静下来的器。

很久以来人们确信，博大的土地深处暗藏着一套神秘的语言。出于敬畏，人们习惯用膝盖与之对话。虔诚的跪拜，一代又一代，人们自以为听懂了大地的脉动，理解了它变幻多端的表情。这样的对话关系，因了人们耕种时撒下的汗水，因了收获时累积的喜悦，变得稠密而持久。而瓷器的诞生，让人们坚信，它们就是供奉土地给出的奇特果实。岁月昏暗漫长，人们活下去的内心，需要精神的参照与抚慰。比如，人们祈盼青天的眷顾，祈盼青天一样的巨人来匡救社稷、主持公道；于是，瓷器的色泽就会与青天相接；让人相信，青天总是无处不在的；连年的战争让太多的正常人心理分裂，烦躁不安；安静地生活，变成了一种普遍的奢侈。瓷器的简朴、宁静、其实就是人们内心的渴求。打开南宋的册页，简与雅、静与穆，洗练与清逸，渐渐成为一种社会心理。计白当黑、澹泊清新、崇尚自然，最终成为一种审美的衡器。如果说，唐代的工匠，曾以质地粗糙但却色泽鲜艳的低温彩釉，来表现其粗犷豪放的时代风尚，那么，宋代的艺人，则以质地细腻而色泽淡雅的高温瓷器，来抒发那飘逸委婉的品位趣味。

"合于天造，厌于人意"，正是当时社会的审美主流。青如天，那是什么样的境界；面如玉，那是什么样的质地；蝉翼纹，那是何等绝伦的工艺；晨星稀，那是何等诗意的朦胧之美、含蓄之美。素来提倡清净无为的道家诸君，也跑来分一杯羹：人法地，地法天，天法道，道法自然。瓷器有灵，大势若静；天工自然，大态若凝。

见到一只汝瓷绝品"玉壶春瓶"。长颈、削肩、鼓腹，束素芊芊，明眸微动。于是想象，南宋的美人长什么样子？绝不是艳丽、丰腴，也不是绰约、窈窕。《红楼梦》里贾府的王夫人，案头长供之物，乃是一尊汝瓷美人觚。汝瓷的简约雅致，与同时代的苏、黄、米、蔡的尚意书法，何其相似乃尔。

美器与美女一样，总是要给皇上进贡的。宫殿的占有，是一种强势的保护。江山易手并不能改变它们的命运。于是南宋最好的窑场，一律姓官。而五大名窑，汝窑排在了首席。其取胜的法则，只有一个字：淡。

竟然是淡。

淡，就是绚烂至极的回归，淡，就是崇尚自然的象征；淡，就是质本洁来还洁去，淡，就是清幽疏放雪生烟。

秘籍？也是一个字：釉。

天青、粉青、豆青、天蓝、豆绿、葱绿、月白……艺人与天地交会，得一念，结下圣果。秘不可宣，是当然的，你永远见不到写在纸上的那张秘方，因为，与天地的交融，都是无数次虔诚用心，任何一张秘方都不须书写，每一个字符全都镌刻在心灵之上。古人说探山识璞、入川觅珠；青衫白头、点点心来。大抵印证了这个道理。

在汝州，一个老艺人说，釉，配方，都是跟心结在一起的；心在命在，命在釉在；而配方，最后并不只能传给肉身的延续，而是要留给灵魂的传人。衔命首义、生生不息。艺人们与其用泪水来诠释自己的宿命，还不如将命相的真谛交给续火前行的传薪者。

是汝河在见证这一切。始于唐，盛于宋，衰于元，绝于明，复活于今。汝瓷生命的抛物线，一千年交织在汝河上空，变成素朴的霓虹。无疑，她是冰肌玉骨的真正出处。大多数的时候，她和汝瓷一样安静。两岸流云，莫如水韵；幻化慧根，哺育子民。悠扬的曲剧，负载一方生灵的欢愉，也从汝水升起，与柳絮槐花一齐飘飞。

清亮的底色，莫如汝瓷的根魂。很久以来，我们企盼通过瓷器，来读懂永恒，哪怕是只言片语；而它们千万年的沉默，便是世界上最丰富的语言。

醉里佳肴相媚好

假如我们今天随意打开一本菜谱，大概绝少会出现"野鸡羹"这样一道菜。

如若我告诉你，这是远古时代，一个名叫钱铿的江苏人，为帝尧烹制的一道美食，并且因为这道鲜美无比的汤羹征服了帝尧，随即被封地赏官，成为大彭国的侯爵，想必你会感叹无比。

那大彭国，亦即今天的徐州。此公得官，厨师肯定不做了，改名彭铿，又名彭祖。徐州也易名彭城。中国美食史上，第一个以典籍留名的厨师，第一个以厨师姓氏命名的城市，都在这里诞生。屈原在《天问》中写道："彭铿斟雉，帝何享？受寿永多，夫何久长？"以屈大夫的意思，似乎彭祖的长寿与向尧帝常献"雉羹"有关。尧帝喜欢这一口，"雉羹"便成了国宴上的"五羹"之首。

据说，彭铿深谙养性之方，活了270岁不算，耄耋之年还很显年轻，看上去只有五六十岁。江苏人看完这个故事，心情蛮好。吃在江苏，根基太深。翻翻历史，夏禹时代，就有"淮夷贡鱼"，淮白鱼直至明清，均系贡品。"菜美之者，具区之菁"，商汤时期的太湖佳蔬韭菜花，已登大雅之堂。早在2000多年前，吴人即善制炙鱼、蒸鱼和鱼片。故事的流传，不排除口口相传的演绎。说那彭祖的儿子夕丁一日捕得一条大鱼，拿回家让母亲烹制。其母当时正在炖羊肉，便将锅中羊肉剖开，把鱼放了进去。彭祖回家吃羊肉，觉得异常鲜美，这还是羊肉吗？太太告诉他缘由，他大乐开怀，觉得生活一下子又美好了许多。

自此，鱼和羊走到了一起，再不分开；故事千古流传，是为"鲜"字之本。

之后就有了一道菜，叫羊方藏鱼。这样的绝配，让鱼没有了腥味，羊没有了膻味。清代康熙年间有个状元李蟠，吃过此菜，大快朵颐的鲜味让他脱了不少眉毛，即兴题了一联：一篑鱼羊鲜馔解解老饕之馋，调理大羊美羹试试厨师之技。后人说这副对联撰得不怎么样，李蟠道，没有吃过羊方藏鱼，汝等何能理会拙联的妙处呢？

苏菜，是天下人对江苏菜的简称。其间包含了淮扬菜、金陵菜、徐海菜和苏锡菜。特点是清鲜淡雅。调和五味，于鼎鼐之间；说的是最终要调和出一种美好的滋味，这是中国"和合文化"的特征体现；而苏菜的根基，首先要合乎时序，夏冬清淡，冬春浓郁。而就地取材、顺应天时，也体现了天人合一的中国哲

学思想。淮扬菜的名声远播，大约与早年扬州的"满汉全席"和
"红楼宴"有关。当时，说到中国最顶级的宴席，人们的目光便
投向了扬州。说来说去，还是盐商有钱。据载，清朝初年满族人
刚刚入关时，官员的饮食大抵分为满席与汉席。《扬州画舫录》
所记载的"满汉席"，究竟是一席还是多席？至今存在争议。反
正最后满人和汉人还是坐到了一起。吃，变成了一种政治，那就
是满汉一家。清代扬州城里的上买卖街，前后寺观皆为大厨房，
以备六司百官同时进餐。满汉全席首先吃的是场面，其宴席之
大，菜肴之多，食物之精美，用餐时间之长，足以让外国人目瞪
口呆。一座城市的上空，终日弥漫着美味佳肴的香气。那是什么
概念？长长的餐桌上，每一道菜，都散发着满族先民和汉族人的
生活气息、秉性喜好、出处来路。至于饮食习俗和技艺，已经退
到了后面。满族先民以游牧狩猎为生，清煮和烧烤，就是他们喜
欢的饮食习惯；而汉族的饮食，颇多烩、炸技法。由此，满汉全
席反映了两个民族的文化历史。想当年清军入关定鼎北京时，清
宫御厨除了来自沈阳的满族厨师，还有从明宫中留用的汉人厨
师。清初，由于清皇室的民族偏见，满菜在饮食筵席中并无一席
之地。随着时间的推移，汉人厨师以汉菜烹制技艺做出的满菜，
比之老菜谱上那些传统菜，要好吃得多，口舌满意，心也就舒坦
了。皇室很高兴；汉菜逐渐在清宫中站住脚跟，特别是乾隆帝巡
游江南以后，相继引进中原、江南厨师，更加稳固了汉菜在清宫

的地位。满汉全席也是森严的等级制度的象征。其礼仪以及程序，十分繁琐严格。无论从出席者、服务者的着装，还是坐次、进餐程序的复杂，都体现着清代以皇权为中心的等级制度。那种吃，想必非常累，因为吃的是身份、地位和门第。

淮扬菜选料严谨，讲究做工精细，擅长炖、焖、烧、烤，重视调汤，讲究原汁原味，并精于造型，瓜果雕刻栩栩如生。这与江苏人优雅、精致的性格有关。北方与南方，饮食上不仅仅是馒头和米饭的区别。后者的锦绣文章，离不开一个"水"字。灵动、婉约、精致，皆由此而来。江淮地域之间，河汊港湾，四通八达。"春有刀鲚夏有鲴鲥，秋有蟹鸭冬有野蔬"，像淮安的长鱼席，传说有108道菜，要分3日吃完，主要原料就是鳝鱼。杂以牛羊鸡鸭；其中的炒软兜、炝虎尾、大烧马鞍桥、煨脐门、生炒蝴蝶片等，最为著名。而"拼死吃河豚"，是流传在长江岸边诸如泰兴、江阴、靖江、扬中等地的一句歇后语。今天我们吃的河豚，大都属于"放养"，基本没有了中毒危险。可也失却了那野生河豚的绝美鲜味。古人为了一口好吃的，不惜搭上性命去冒一次险。宋人孙奕《示儿编》记载：苏东坡居常州时，极好吃河豚，有一士人家，烹河豚极妙；遂请东坡前去品尝。东坡入席时，士人家眷藏于屏风后，侧耳谛听。过了半晌，客人只顾大吃，竟无一句言语。主人怕出事，引颈一看，东坡正吃得满头大汗。突然放下筷子，大喝一声："值得一死！"主人及其家眷吓坏了，赶忙上前看个究竟。却见东坡大笑，说："吃了这等美味，死也值得！"

淮扬菜中，不可忽略的一道名菜，乃是蟹粉狮子头。相传，隋炀帝杨广，一次带着嫔妃大臣，乘龙舟，沿大运河南下，来扬州观赏琼花。回到行宫，趁余兴唤来御厨，命以扬州万松山、金钱墩、象牙林、葵花岗等4景为题，做出4道菜来，以飨扬州之游。御厨与扬州名厨联手，费尽心思，终于做出了松鼠鳜鱼、金钱虾饼、象牙鸡条、葵花斩肉等4道菜肴。隋炀帝品尝后，龙颜大悦，特别对其中的葵花斩肉，赞不绝口。于是赐宴群臣。一时间淮扬佳肴，倾倒朝野。传至唐代，一日，郇国公韦陟宴客，府中名厨韦巨源也做了扬州的这4道名菜，并伴以山珍海味、水陆珍奇，令座中宾客无不叹为观止。特别是用那硕大的肉圆子做成的葵花斩肉，更是精美绝伦。因烹制成熟后，那肉丸子表面的肥肉末已大多溶化，而瘦肉末，则相对显得凸起，乍一看，给人一种毛乎乎的凹凸感，有如雄狮之头颅。宾客们乘机劝酒献词：郇国公半生戎马，战功彪炳，应佩狮子帅印。韦陟大悦，举杯一饮而尽。遂将葵花斩肉改名为狮子头。一代代的食客，在口口相传的过程中，将一个狮子头的美味不断完善。蟹粉、虾仔、香菇、荸荠，这些原味珍馐、散发着天光地气。"狮子头"之名，越传越广，美誉至今。

其实，更多的淮扬菜，还是属于平民百姓。在一份长长的淮扬菜名单上，清炖圆鱼、砂锅野鸭、三套鸭、大煮干丝、淮安文楼汤包等。原料都是极普通的，没有居高临下的气派，也不与皇亲国戚沾边。但无论选料、刀工、调味等都中规中矩、精工细作、讲求韵味，就像对仗工整、格律严密的诗文，又像兼工带写、浓淡相宜的丹青，具有浓厚中国传统文化底蕴。

金陵菜，起源于先秦，到隋唐已负盛名，至明清成为流派。金陵菜原料多以水产为主，注重鲜活，刀功精细，善用炖、焖、烤、煨等烹调方法，口味平和，鲜香酥嫩。因了六朝金粉之地的缘故，菜品细致精美，格调高雅。这里，不能不提李渔和袁枚这两位老饕级别的文人食客。他们都不是南京人，但久居金陵，对坊间的美食，赞美有加。袁枚的《随园食单》里，多处写到鸭子的美味。清代的南京，烧烤之风盛行。"金陵三叉"，是当时流行的3个菜：叉烤鸭、叉烤乳猪、叉烤鳜鱼。其中"叉烤鸭"，与叉烤乳猪一起，被列为满汉全席中不可缺少的两大件。金陵叉烤鸭的特点，是嫩鲜爽口、皮脆酥香；早先，叉烤鸭也是用一个架子支起来，放在火上烤的。后来才改用叉子叉起来，由大厨端着烤。这绝对是个累人的活，但唯如此，才能够掌握烤制过程中，火候的细微变化，这样烤出来的鸭子，才是真正的香。南京人与鸭子的渊源很深，有人戏称，南京是一座雄性的城市。所以鸭子大行其道。它又紧靠长江，一到夏天，热得全城像只大火炉。鸭子是凉性食物，解暑消热。板鸭、桂花鸭、盐水鸭、黄焖鸭、裹炸鸭、料烧鸭、加汁鸭，名堂特别多。早先，南京板鸭腌得特别咸，是因为腌制品可以放得久。饥馑岁月，有一口咸的尝尝，就可以搭半碗白饭。一只咸板鸭吃几个月，蛮正常的。早年宜兴乡间有个笑话，说的是一户农家，年初买了一只南京板鸭，煮熟了上桌，吝啬的父亲对3个儿子说，板鸭咸煞人，吃不得，只能看。只消看它一眼嘴里就有咸味，就可以搭一口白饭；可别多看啊，你们会咸得吃不消的。且说那三儿子，扒拉饭的时候，眼馋地朝板鸭多看了几眼。大儿子就向父亲举报：小三子吃一口饭，竟然看了两眼。父亲瞪眼说，咸死他！

早先南京板鸭可是进贡皇上的"贡鸭"呢。南京人坚持认为，明成祖将都城迁往北京的时候，把南京的板鸭烤鸭全带到北京去了，那应该就是北京烤鸭的前身。没走的"板鸭"还是那么咸，不知是不是此物后来衰败的原因，你想想，口味几百年不变，一个跟斗咸到底，谁受得了？南京人后来几乎都不吃板鸭了，他们爱吃的，是金陵三叉，那其实是3个菜的组合：叉烤鸭、叉烤乳猪、叉烤鳜鱼。清代的南京，烧烤之风盛行，当时的名馆子无一不以烧烤菜肴著称。清代的满汉全席中，叉烤鸭和叉烤乳猪被列为不可缺少的两大件。高明的厨师会当场炫技，将叉烤的鸭子和烤叉当场亮相，满堂巡视后，当场退叉，当场片皮、削肉，那是只见刀光，不见剑影，片皮的功夫，雪花一样飘落，食客可以看呆。

　　不过，金陵三叉再怎么好吃，南京人也不可能天天下馆子啊。居家过日子，还是盐水鸭比较耐吃，也便宜。其中"鸭四件"，是南京人的宝贝。红烧清蒸，吃法很多。何以称四件？分别是鸭心、肝、爪、翅。而爪和翅合在一起，双打出击，还有一种形象的名字，叫"飞飞跳"。鸭子的全身都是宝，鸭掌是单卖的，价格不菲；刘海粟晚年，最爱吃鸭屁股，说它肥得过瘾；卤水鸭头，老早很便宜，是上班族最推崇的下酒菜，一个鸭头可以下二两酒。不过，如今也成为宴席上的贵族了。而大众特爱吃的，还有一种鸭血肠汤，最便宜时，只卖5分钱一碗。里头也有许多名堂。红的鸭血，白的鸭肠，青的葱蒜，清的鸭汤。南京人一喝上这碗汤，什么都可以放下，烦躁的心，马上可以安静下来。实际上，一个地域的每一种美食，不但连接着人们的生命记忆，也能打开人们的心灵密码。一碗汤里，有浓酽的乡愁，足以让人倍生温暖、感恩。

　　出南京往东南，一路水波摇曳，拱桥巷陌。这就到了清风柳絮的苏锡地带。明唐寅有诗云："小巷十家三酒店，豪门五日一尝新。市河到处堪摇橹，街巷通宵不绝人。"遥想吴国灭亡的700年时间里，中国的政治、文化的中心移至北方，处于边缘的吴地，反而获得了另外一种生机。那就是生活的安定、生态的繁衍，百姓的富足。吴地，最多见的是水，水是吴人的血脉和生命。体现在口味，或曰苏锡菜上，那还是离不开水的滋养。

苏锡菜的食客，主要分布于苏州、无锡一带。那菜品或华或朴，或浓或淡，讲究的是时令、清雅。不以珍奇为贵，重博采时鲜，凡物应时则贵，失时则贱。就是路边的马兰头、山间的香椿头、溪边的野荠菜等，刚出市时，其价不菅鱼肉。当然，地处水乡，触目茫茫泽国；鱼馔水鲜既是上帝的恩赐，自然是苏锡菜的主打。如"太湖三白"，说的是白鱼、白虾、银鱼。用清蒸之法，无须浓油赤酱；佐以料酒葱姜，若有民间酒糟，其味更为鲜美。清淡、细腻、回味。让生生的鲜，柔柔的美，慢慢融入肺腑。太湖里有一种船舫，等于是流动的餐馆，古文献里，对太湖船宴有这样的记载："沙飞船，多停泊野芳浜及普济桥上下岸，郡人宴会与估客之在吴贸易者，辄赁沙飞船会饮是之。"船舱内，小几窗明、清茶袅袅。或是软糯清亮的弹词，或是九曲回肠的昆曲，客人想吃什么，船家立马照单烹制。先上精致点心，俗称船点，用米粉制成，缀以花草、动物，自然是惟妙惟肖，不忍动箸。然后斟上一坛江南乡间酿就的米酒"缸面清"。

袁枚《随园食单补正》说："苏州灯船菜有名，每游必两餐，一皆点心，粉者、面者、甜者、咸汤者、干者，约二十余；酒席则燕窝为首，鱼翅次之。由此，我们知道，鼎盛时期的苏州船菜，最早是以燕窝、鱼翅为头菜的高档筵席开始的。当时，有一种豪华的船舫，专门给食客提供鳖裙、凫跖、熊掌、豹胎等奢侈滋补菜肴。因为，南方的有钱人集中在苏锡一带。直到太平军攻陷苏州，财主们伤了元气，船上的奢侈程度被降低，大家觉得，在船上品肴，还是时鲜货好。大闸蟹一分钟前还在湖里横行，眨眼间被钓上来了，这东西力气大，要用麻线扎紧爪子，放在蒸笼里清蒸。一会儿，热腾腾的大闸蟹端上来了。因了水质的澄澈清冽，阳澄湖的蟹堪称国内蟹中之冠。青背、白肚、黄毛、金爪、体硕。这是老饕级的食客对阳澄湖蟹勾勒的特点。"九月团脐十月尖"，说的是农历9月，团脐蟹黄最佳；到10月，蟹膏肥满，该吃尖脐蟹了。苏锡一带用螃蟹做的名菜很多，软煎蟹盒、雪花蟹斗、清抄蟹粉等。

不过，最流行、最经典的吃法，还是清蒸。那才最大限度地保留了蟹的原味。吃清蒸螃蟹是件雅事，也是一门学问。不懂吃蟹的人，乱嚼一通，古时称"牛吃蟹"，那是当地歇后语里，上升到对鲁莽、愚钝的别称了。

为了更精确、更淋漓地吃一只蟹，人们研制出了吃蟹的工具，明代称"蟹八件"，陆文夫的小说《美食家》里，吃蟹的工具多达64件。一个人有多少身价，单看他如何使用这些名目繁多的吃蟹工具，便可窥一二。有的吃蟹老饕，能把一只吃完的蟹壳、蟹骨，一丝一缕、一片一片地镶起来，镶成一只完整的蟹。就像机器的拆卸一样。晚清至民国年间，当地名媛出嫁，银质的蟹八件总是要列入嫁妆的。如果新娘子的陪嫁连蟹八件也没有，或者，新娘子根本就不会使用蟹八件，那就是土鳖家的女孩，会被人看不起的。那种吃蟹时玉指纤纤、拨来弄去，没有一个多余的动作，才叫个风雅。自然，一只螃蟹起码要吃上半个多时辰，端的是暗香浮动，满屋飘鲜，堪称是吴地的别样情致。

民国元老于右任，早年在苏州木渎小镇，曾尝到一道美味：鲃肺汤。老于是陕西人，但口味并不局限于羊肉泡馍。吃罢鲃鱼汤，豪情大发。可见人是抗不住美食的，吃到一道美味，绝不是件小事。所谓鲃肺，乃是太湖里鲃鱼之肝。鲃鱼也叫巴鱼，斑子鱼，口小、腹大，背花、肚白、鳞细。类似河豚，据渔民说，鲃鱼受到侵扰，便将身子缩成一团，涨成一个圆球。鲃鱼肉质细腻，但最珍贵的还是鱼肝，肥而嫩，其汤乳白色，浓而不腻。苏州人说起它，会得意地说："肥笃笃格。"这道菜的关键词是肥，但不见一块肉，至于"笃笃"，不仅是加强词，也是余韵未消的意思。难怪于右任吃得满头大汗，他哪里知道，他吃的是江南的地气，也是湖水的精魂。陕西高原能有这样的鱼吗？就像窑洞里的泡馍，江南人也做不地道一样。

开心之下，老于当然要写诗："老桂花开十里香，看花走遍太湖旁，归舟木渎尤堪记，多谢石家鲃肺汤。"此诗打油成分太多，在老于的急就章里也不是上品。但老于名头大，随便诌几句，天下人也当宝贝拾着。很快这诗在报纸上发表。居然有人挑刺，说这个陕西佬于大头，错把吴侬软语的斑鱼说成鲃鱼，其实这算不了什么。当地一班被老板收买的文人却起哄，要跟老于辩手腕，无非是替一道地方美食炒作。一时木渎小镇风光无限，客栈爆满，而鲃肺汤告急。

即便是江南温柔乡，吃的传说里，一样有刀光剑影。苏锡名菜"松鼠鳜鱼"，原本叫"炙鱼"。看起来是那么玉暖香温，可这道菜背后，却是一个惊心动魄的故事。春秋吴国公子姬光，谋划夺取吴僚王的王位。无奈吴王戒备森严，刺客无法接近。公子光便设计宴请吴王，安排勇士专诸乔扮厨师，为吴王现场进鱼炙。等靠近吴王时，专诸突然取出藏于鱼腹的鱼肠剑，将吴王刺死。而他自己也死于吴王卫士的乱刀之下。一介武夫，何以成为厨师？原来，专诸事先去姑苏城外拜了一位做鱼炙的高手，名太和公，学到了制作此菜的本事。最终，他和鱼炙一起成了宫廷之乱的牺牲品。桂鱼，其实是鳜鱼，乾隆爷下江南，肯定要让他尝尝鳜鱼的美味，为了讨一个"蟾宫折桂"的口彩，故改为桂鱼。早年，糖醋桂鱼，是江南人招待贵宾时必上的名肴，如今，人的口味变化太大，安徽人喜欢的臭桂鱼，在江南一带大行其道。其臭独特，臭而有味，那是一种偏方。也是一种交融的文化，你不是说江南人喜欢甜点吗？现在的江南人，还偏就喜欢酸辣加麻辣，关于臭菜，只要你臭得有道理，臭得吊胃口，爱吃的人就愿意奔波几十里，去杀一杀快活馋。

好吃的食物，靠的是一张张馋嘴的口口相传。拆开馋字，一半从食，另一半即狡兔的意思。人为了口腹之欲，不惜多方奔走，譬如古代，文人皆好云游四方，一张嘴吃遍天下，吃得开心，随手就写下赞词，反正秀才人情半张纸。由此，一旦美食跟文人挂上钩，那传播的力度，会成几何级增长。

譬如云林鹅，即是元代画家倪云林所创。此公生在无锡，家中富豪的程度，一般人难以比拟。元朝末年，倪云林的画已经非常出名，人也怪癖，倪云林突然变卖家产，得来的钱物，大都送给朋友知己。他自己置了一条豪华的船舫，快活地泛舟于江湖之上。何谓快活？除了自由，好吃好喝是一个非常重要的指标。倪云林生活很讲究，他喜欢喝山泉水，雇了一挑夫，天天去挑山泉。路很远，担子又重，倪云林却不许挑夫换肩。泉水挑到家里，倪云林只喝前面那一桶，后面的用来洗脚，他认为后面那桶水有挑夫的屁味儿。有一天，倪云林用前面的那桶水煮粥，尝出了异味儿，喊来挑夫责问：路上为什么换肩？挑夫说：禀老爷，小的不敢换肩。撒谎！没换肩，前面那桶水怎么有屁味儿？禀老爷，小的挑水进门时转了转身，前后两只桶的顺序变了，您准是把后面那桶当成前面那桶啦。

有关倪云林的洁癖故事，可以写成一本书，但他留下的文字，却是将其精髓的吃喝之道，编成一部《云林堂饮食制度集》，云林鹅当然是其中的一道拿手菜。其制法，乃取4斤左右的母鹅1只，洗净，用盐3钱擦其腹内，塞葱姜填实其中。擦盐时，捣入葱椒末子，以酒调匀。外将蜜伴酒，通身涂满；锅中温一大碗黄酒，以一大碗水蒸之。鹅身用竹箸架好，并不浸于水中。灶内用山茅草两束，缓缓点火、燃尽，待锅盖冷后，揭开锅盖，将鹅翻身，再用茅柴一束，烧尽为度。其时不可揭开锅盖，边沿要用绵纸封糊，遇燥裂缝，以水润之。想必倪云林烧鹅的过程，仪式感很强。连柴草的斤两，也是量化的。譬如，每束茅柴的分量，限定是1斤8两。起锅时，不但鹅烂如泥，其香扑鼻，蒸鹅之汤亦鲜美无比。倪云林追求的不但是鹅肉的味道，还讲究鹅肉蒸烂的同时，保持完整的外形。倪云林画山水，讲究简约、传神。对待美食的态度，一点也不亚于绘画的精度。除了口味，美食的仪态也很重要，画面的美感可以增进食欲，反之会影响胃口。

吃过苏锡菜的北方朋友，总是觉得太甜。尤其锡帮菜，无论是点心类的小笼馒头，还是像响油鳝糊、无锡排骨这样的大菜，甜，还是甜。无锡是个工商城市。一直是米市、布市的活水码头。早年，无锡被称为"小上海"，本地口味的核心价值观里，甜甜蜜蜜，是幸福指数高的体现。平民阶层，一般只有产妇坐月子，才能喝上一点红糖水。所以，有钱人聚在一起吃饭，面前放一碟金贵的绵白糖，吃什么都蘸一下，表明富足；也是时尚，因为绵白糖来自上海，是工业文明的产物。老板财主阶层比较强势，甜的背后，是钱。无锡人的口味，大抵就是这样变甜的。譬如无锡的"三凤桥肉骨头"，看上去浓油赤酱，口味还是甜。无锡人解释，这道菜的风格是咸中带甜。在他们看来，已经很咸了；但外地人还是觉得偏甜了一点。其实，如果你知晓了无锡的清风柳絮，感受了它的滩簧调、甜酒酿、青团、桂花糕、水蜜桃，你就知道，为什么这个地域的菜系，脱不了一个"甜"字了。

江南一带的青团，可算是乡愁里的药引子。农历三月初三为上巳节，古时有"洗濯修禊"之俗。人们会到水边洗濯，去除宿垢。文人会借此聚会，饮酒赋诗。那种仪式感想来很有意思，穿了一冬的棉衣该卸下了，无处不在的春光把灰黄的大地染成星星点点的绿。人们轻快的身影在河岸、山岗、田塍上跃动，马兰和荠菜最嫩的季节即将过去，人们的目光会格外关注一种叫作"棉茧头"的野菜，其茎叶软绵柔和，上面有一种毛茸茸的白毫，状如菊花，但味道完全不同。新采下的棉茧头，特别清香，江南人喜欢把最合适的东西称作"捂心"，无疑，棉茧头是人们做青团最捂心的原料了。

把从野地采回的棉茧头，用清水洗净，放在石臼里捣碎，连叶带汁揉进面粉里，加水，用劲揉捏，面粉变得像一块软绵的翡翠，其碧绿的色泽，非常诱人。淡淡的、柔柔的清香，隔了夜也挥之不去。远方的游子，闻到这股清香，眼泪鼻涕会一起下来。加了桂花的青团，软绵、甜糯之外，还有一种持久的香味；如果再加芝麻，那就是另一种醇厚的滋味了。萝卜丝加猪油渣，是一种肥鲜的馅心，如果用荠菜加碎肉做馅心，也是要鲜脱眉毛的。

拿青团祭祀祖先，有一种素朴的庄重意味，与清明时节的细雨绵绵也很搭。由青团演变出的各种点心，因人取义，团圆是开心团子，祝寿是寿团子，嫁娶是喜团子，催生是生团子，还有一种"得嘴"团子，新娘子嫁入婆家一定要吃的，希望以前那个害羞的小姑娘成婚以后，不要变成一个搬弄是非的长舌妇。吴语的方言里，"得嘴"即是多嘴多舌的意思。

同样是点心，徐海菜里的烙馍，因了地域的关系，就变得硬韧而无半点软糯。咸咸的，干干的；可折叠、有咬劲；若是你要在荒山野地待个几天，它肯定是你最可靠的干粮。自古淮海多征战，得徐州者得天下。楚汉相争时，韩信的军队攻破彭城，得知项羽军纪严明，深得百姓拥戴。便生一计，欲败坏项军名声。遂招来许多妇女制作大饼，由于饼大而不能烤熟，妇人们便用擀面杖将饼擀成薄薄的，两面烙一下，便成了方便食用的烙馍。韩信让人挑着大饼去项羽阵前叫卖，希望项军前来哄抢，以引起百姓不满。谁知断了军粮且经费匮乏的项羽头脑非常清醒，不但不白吃百姓的烙馍，还把自己的十三节霸王鞭拔出四节，让百姓带回，以便他们对韩信交差。韩信闻之，无奈撤兵。百姓们就把韩军婉拒的烙馍自己分吃，觉得比之前的大饼好吃多了。烙馍从此传开。不过，把烙馍仅仅作为行军打仗时吃的干粮，未免可惜。于是老百姓就琢磨出多种吃法，比如卷菜吃，卷馓子吃，卷羊肉串吃，还有汤泡馍吃。烙馍的嚼劲在于一个"韧"字，这与徐州的地域历史有关。三国时群雄割据，曹操攻陶谦、刘备战吕布、袁术攻下邳。之后从晋代到北宋，再到朱元璋以攻打徐州北取中原。这里的土地，几乎每一寸都是刀剑耕耘过的。兵荒马乱、黄尘滚滚的岁月，对食物的要求，首先必须在扛饿、耐嚼、放得久上做文章。

"刘项鏖兵迹已陈，空留茫砀锁烟云；鼋汁狗肉谁烹得，野老尤传樊将军。"这首打油诗之所以能够流传至今，关键是它跟一道美食和两个历史人物联系在一起。早年刘邦未发迹时，常去樊哙的狗肉铺白吃狗肉。老是白吃，樊哙这点小本生意当然吃不消，暗地里叫苦，只得悄悄把铺子搬迁到河对岸。刘邦发现铺子不见了，但狗肉的香味，还是从河岸对面飘来。传说河中游来一只大鼋，将刘邦驮到河对岸，哈，狗肉又白吃上了。樊哙有火发不出，就把驮刘邦过河的那只大鼋杀了，与狗肉同烹；谁知鼋狗同锅，味道更佳，刘邦特别爱吃。后来刘邦起事夺得天下，成为"沛公"。樊哙也成为其帐下大将。那鼋汁狗肉，依然成为他们宴客的一道美肴。名字也得道升天，成为"沛公狗肉"。此后数百年，沛公狗肉大行其道，成为徐海地域的一道名肴。只是到了宋朝，宋徽宗属狗，遂下令全国禁止屠狗。从此，狗肉便不再上席。唯独樊哙后裔继承的那家铺子，还能勉强支撑，起码是留下了一锅传世的原汁老汤。这样熬到了元朝，江山更替，狗肉的香味又开始席卷徐淮大地。元大德年间，书法家鲜于枢赴京任职时途径沛县，深夜被异香困扰，循之而至，原是樊氏狗肉正在起锅，一经品尝，赞不绝口。当即挥毫写下"夜来香"3字，赠予樊氏狗肉铺子。

长江边的镇江，有一道水晶肴蹄，也是吃货们不可放过的。而好吃的东西，总是包藏在一个民间传说里。有一对老夫妻，在城里开个小酒店，有一次，错把做鞭炮的硝当作盐，抹在猪蹄上，肉色鲜红。歪打正着，放到锅里一煮，满屋异香。但是，老夫妻不敢吃，生怕有毒。正巧神仙张果老路过，循着肉香进来，大快朵颐。连声称赞老夫妻。据说还口占了一首歪诗："风光无限数金焦，更爱京口肉色饶。不腻微酥香味溢，嫣红嫩冻水晶肴。"中国古代的神仙，总是充当胆大骁勇的角色，凡人犯难的时候，他们总是挺身而出，而且金枪不倒之身，荤素通吃。故事的外延，是饮食文化的魅力所在。说硝肉，毕竟难听，以谐音换成肴肉，就温和得多。说此物肥而不腻，太通俗；说瘦而不柴，倒也难得。肉皮有嚼劲。当然，吃肴肉，几样佐料是不可缺少的，香醋自不必说，还要细如发的姜丝，加少许红糖，再配上一杯酽酽的香茶，那才叫妙。

吃。吃好。好好吃。尤论达官还是百姓，几乎都是第一位的重要。有人的地方，必定有美食，在那些不胜枚举的美食里，列祖列宗的智慧，峥嵘岁月的悲欣，醇厚甘怡的人情，一方水土的精灵，全都汇聚到太多的美妙的口味里，刺激着我们的味蕾，变

成我们生命的气场。那些飘逝的欢颜，那些非常好吃的食物，伴
随我们长大、成熟，影响着我们的性格、气质、审美乃至方言、
衣着，以及对人生的态度。一年四季，取之不尽的美食总是在轮
番地抚慰着我们的心灵，滋养我们的性情与容颜，让我们从容、
淡定、容光焕发。让我们确信，在这里，我们一代一代做她的子
孙，春花而秋实，真好。

古城安静的目光

　　说喜欢一个地方是容易的。都有景点，都有历史，都有美食。但真心被一个地方打动，是不容易的。许多非常不错的地方，因为过于卖力的开发，因为人太多，因为太闹，美好就被挤走了。走进安居古城的时候，起先也有隐隐的担心，我生怕都市的灯红酒绿会也给它穿上浮躁的裙裾，我也怕过度的开发稀释了它的原汁原味。我先是看到了古城脚下交汇的琼江和涪江，缓缓的水流以意想不到的清澈宣示着一种与世抗争的安静，它的流动是畅快的，但不是喧嚣的；水很清的时候，天就会很蓝。而江边的泡沫，总是和市声一起消逝。或许这就是安居古城的基调，如果说安静是一种有教养的本份，那么，安居古城就像是个耕读传家的乡绅，他脸面安详、仪态平和，小碎步是踏实的，稳妥的，让人有一种不容置疑的放心。

　　想来，江面吹来的清风，几乎就是古城的节奏。那是不慌不忙的，一阵一阵的，有不经意的韵致在。起伏的丘陵成就了一座古城的气脉，街道就依山而走了，民居就依岸而安了。邂逅与重逢，相守与别离，会是盘曲古巷里每天上演的折子。又想，一个人能在山水聚居的地方过完平静一生，怎么也算是一种福气。我等凡夫俗子，从来就没什么壮志，脑子里都是庸常的碎片，在古街上一路逛去，一直馋着的，是自己的心。看到"欧麻花""陈糍粑""王粽子""刘抄手"的招牌，就不由地停下脚步，生起一种特别的温暖，仿佛照见了前世的自己，说不定就是这里的一个卖麻花佬。用一辈子来做好一根麻花，不回头，也不狂奔，把自己的姓也绑在上面，爹妈给的名字也可以忽略。自己想想，会有些不甘。但人家就这么做了，或许每天他会跟不止一个的改行机会擦肩而过，但他还是回到了欧麻花或陈糍粑。你不可以说他平庸，因为他的麻花或糍粑是有口皆碑的。都说好吃，他就有成就感，也有了活命的依靠。如果你愿意问下去，还会知道，其实他们祖祖辈辈就是做糍粑、做粽子、做抄手的。屋是祖屋，手艺是祖传，还有心性，都是一脉相承。或许，再过若干年，他们也不会变成麻花集团或糍粑有限公司，也不会在经营抄手的时候兼卖热狗三明治珍珠奶茶。他们不需要那么多，也不需要那么忙。就是做旅馆的，他们叫客栈，承接了一份难得的古风，他们不会叫大酒店，不像我们江南，连农家乐也要挂个四星五星。有一刻，客人消停的时候，他们会趁机歇个落儿，发发呆。是的，我看到了，有一家"老麻抄手"的主人，五十多岁的样子，还没到打烊的时候，生意只怕是有些淡了。他靠在夕阳映照的墙根下，一个懒腰，慢慢地伸着，那种舒坦，烟气一样柔和。慢慢地，他发呆了，那种神情，入定了一般。行人的脚步他是听不到的，就是有人把银子滚到他脚边，他也是听不到的。忽然想到，发呆也是上帝赋予我们的权利，忙忙碌碌的日子，若有那么一刻，把什么都放下，发一会儿呆，世界就会静寂无声。想来，那是多么惬意的事。可惜我们大都弃权了，有的人，还害怕发呆，我们看不到上帝叹气惋惜的样子。

这个时代太着急，所以有了太多的做旧和抛光。安居古城的气息里，有一种真正的旧，那种旧，不是落伍，不是颓废，而是古朴。那种古朴是靠鲜活的人气，一代一代滋养的。安居的古建筑，气宇都轩昂着，都有来路出处。那也是安居精神的筋骨所在。回想走过的许多"古城"，要么就是做旧的伪古建筑，要么就是一副颓败的空壳。房子要有人住，寿命才能长；人活得自在，房子就会光鲜。安居的旧，是因为这里的人们，在用一份过日子的安静和知足来涵养它。不是刻意的"坚守"，更摒弃了浮躁和冒进式的开发。造漂亮的房子，只要有钱，有想法，总是可能的。但是，蓄养一种可以传递、可以触摸，又可以仰望的精神，要难得多。安居的旧志里，记载着很多"好人好事"，古人的花样没我们今天多，他们不会按照行政级别，一层层地去评选"好人"，但他们会蘸饱笔墨，凝神屏气地给大家公认的"好人"写一块匾额，那是庄重、简洁的表述。匾额的好处，是它总会占得一个响亮的落脚之地，让人们仰望，却又不是那么高不可及。它还是说得过去的书法，雕刻的功夫也不会太差。还有呢，它的文字总会比较含蓄，让人琢磨，却又不太费解。比如"谊敦任恤"，说的是嘉庆十七年，监生吴世玉出粲赈饥，数字大概很不少，邑令吕某手书此匾赠之。相隔了二百余年看那字，圆融内敛，温度与气场俱在。还有个名叫马纯融的郎中，针灸特别厉害，无论达官显宦、布衣百姓，端的是针到病除，应该是当地的扁鹊再世了。知县黄某以"功能寿世"之匾来赠他，实在是应该的。这样的一块匾，不知给马郎中提了多少气，能够流传到今天，应该是马家后代以及马粉丝们合力保护的结果。

平常人可不可以得到匾额呢？我在此地的旧书里找到一块"德必有邻"。那是一户普通人家乔迁呢，亲友赠他的。木质坚硬，油漆体面。字写得温和滋润，虽然少了些骨力，但有着迎面而来的喜气。这匾里就有风俗和人伦了。就脱离了"吉星高照""恭喜发财"的俗气了。还有一块儿子赠给母亲的匾："慈寿永延"，我仿佛看到一位小脚老太，风中的古树一样颤颤巍巍，而她的远归的儿子，双泪长流地跪在她的膝下。这块匾写于民国三十一年，战乱的风烟还残留在匾额的眉眼里，看那字体，蚕头燕尾，左波右磔，给人以宽博大气、雍容端庄之感。

不知道这古城里，有多少这样的匾额。据说，仅当地的匾额博物馆，就收藏了500多块。遗落在民间的，会有更多。我相信，这样的匾额维系着一个地域的精气神，其间也有人生更多的隐含。"坐破蒲团"是专给读书人题的吗？"淑范从心"是给哪位美女的写照呢？"鹤算齐眉"应该是金婚的以上的伉俪了，我仿佛看到了他们相依而行的背影，那是有温度的背影，栏杆拍遍，终是忘不了那风雨同舟的一幕。透过这些匾额，我还能谛听那遥远的传说和动人的歌哭。它是入世的，也是出世的。它是庄重的，也是温和的。或许，那些欧麻花和陈糍粑，王粽子和刘抄手们的客堂里，未必会有那样的匾额，他们庸常的日子，也未必拿那些匾额作为他们的精神参照。但是，许多东西是潜移默化的，这座古城有那么多匾额，肝胆是不一样的，气场也是不一样的。若说一块匾额就是一双眼睛，那么即便岁月剥蚀，它们也是不会老花的。它们和古城一起凝望，一起承担，一起沧桑。铅华洗尽的安静，在太多的地方已经荡然无存。但安居是有的，琼江和涪江千百年的合奏，滋养着它淡定的灵魂。那是一定的。

2017年5月4日　宜兴宽斋

三种心

　　有件事说起来很惭愧。我平生得到的第一笔稿费，只有一元钱。

　　并不是第一次投稿就拿到了稿费。而是连续写了几年，颗粒无收；身边几乎所有的人、包括我那在小镇医院从事救死扶伤工作的父母，都认为我写作是一种斯文的胡闹。我床下有三个大麻袋，里面装满了我那几年积下的废稿。它们集合在一起，以一种残酷的沉默来证明我的无能和无助。确实是有好几次，我打算金盆洗手，遵顺民意，不再继续我那看起来毫无指望的所谓写作，直到那一元钱的稿费不期而至。

　　是县文化馆的一位老师，在回家度假时，顺便把一元钱的稿费送到我家里来的。奇迹的降生，竟以这样一种很家常的方式。我们家当时还没有接待过县里的人，更何况是来送稿费的。反正那天一家人有些手忙脚乱。而我完全记不得，什么时候给县文化馆投过稿。直到那位老师告诉我，他是无意在一份油印刊物上看到了我的作品，觉得不错，才将其登在了县文化馆的内部小报上。记得我非常激动地接过那份小报，找了半天，才在报屁股上找到了一个叫"杨瘦人"的名字，那正是在下的笔名，之前因为一直难以发表作品，我和几位同道私下编印了一份名叫《寸草》的油印刊物，满足一下发表欲。里面的所有"作品"，都是我们自己的，为了表示人多势众，我们各自胡乱取了很多笔名。杨瘦人这个笔名有什么出处吗，那居然是对鲁迅先生的一次致敬。先生的母亲姓鲁，在下的老娘姓杨；先生的本名叫树人，鄙人当时特瘦，自嘲瘦人。叫杨瘦人，致敬之余还暗合着某种狂妄，且不会跟别人重复。但就是今天来解说个中原委，依然满地都是牙齿。

但是，在杨瘦人的名字之下，竟然只有寥寥六句诗。那本油印刊物上，有我不止一篇的小说、散文，它们像冷宫里永远得不到宠幸的老宫女，被县文化馆老师忽略了，而那完全被我忘却的随手涂鸦的六句诗，初衷只是为了填补刊物某页太多的空白而已。

所以，在接过文化馆老师的一元钱稿费时，我内心就像烧得通红的火钳突然被浸到了冰冷的水里。虽然一元钱当时还能买到一斤四两猪肉，但它已然在我心里变得非常不堪。六句诗，窄窄的几行，真像墙角的一丛可怜的寸草。真的太不能体现我的水平了。我生怕我那一贯反对我写作的爹娘会当场嘲笑我，因为我曾经无耻地在他们面前吹牛，如果我得了稿费，我会给他们买一台当时还很紧俏的黑白电视机。而一元钱，恐怕还不够买一个电视机上的零件。

　　然而，一个更大的奇迹发生了。我的父母看到那份小报，竟然表现出十分的虔诚。他们以一种从未有过的庄重表情向那位县文化馆老师表示感谢。然后，等老师走后，他们又细细研究了我那六句屁诗。结论竟是高大上的。首先，一元钱稿费虽然不多，但是，只有六句话就一元钱，他们认为其中的每个字单价都可以买一支奶油棒冰。这简直太奢侈了。其二，这毕竟是县里的报纸，虽然是内部的，但他们认为，内部供应的东西才厉害。我父母这一辈人，对铅印的文字持有一种本能的敬重。在他们看来，这六句话虽然没头没脑，但已经得倒了国家承认。这比一元钱重要得多。于是，那天原本乏善可陈的餐桌上，母亲破例摆出了一盘只有我生病才能吃到的炒鸡蛋。父母在这件事上给出的反应，真的超出了我的想象。无疑，在一元钱的稿费面前，父母看到了我写作的希望。这件事让我懂得，写作必须有名利心。名就是尊严，利就是劳动的价值。作品只有发表了，才能挣回应有的名利。这句话揣在我心口几十年，一直不敢讲。因为我看到大作家在谈创作体会时，都强调要淡泊名利。有时看到他们在那里振振有词，我心里暗暗好笑。要么你真是个天才，从来没有受到过失败的挫折，要么你就是在撒谎，不在乎名利，你在乎什么，你能把自己的作品换成别人的名字发表吗？稿费和版税给低了，你心里能平衡吗？你的心高气傲，不就是被名头和利润撑起来的吗？不被名利熏心，不让名利把自己压垮，这是对的。但如果写作永远没有名望和利益，对写作者公平吗？这个名利心，我们为什么不理直气壮地公开坚持呢？

除非是脑子灌水的作家，会说自己写出了最满意的作品。哪怕是假心假意的谦虚，也是被公众呵护的。文学野心并不是一个坏东西，但确实没什么用。倒是一种悲悯心，一种士子情怀，会让一个作家长大。读了几十年书，唯一的收获，就是自己的心一直比较柔软，比较敏感，比较容易悲悯。别人在讲一件事，他自己讲得若无其事，我却在一旁听得涕泪横流。这样的事，常常有的。有时会拍案而起，有时会黯然神伤。都不是为了自己。往大里说，悲悯也是一种担当，所谓的家国情怀，应该是从悲悯出发的。今天我们把文学说成是人类的良心，或许会有人笑掉大牙。但是，文学如果真的只是满足一下一己之心，它还是文学吗？从私情走向公义，要有悲悯心做支撑。人活着，总要舍弃一些什么，我庆幸自己还没有舍弃一种叫悲悯的东西。这些年写了不少书，老娘知道我已经不在乎吃她奖励的炒鸡蛋了。有一次她说，早年看书，老是会感动得流泪，现在没有这样的书了。我想，应该不是老娘的悲悯心衰老了，而是我们作家的悲悯情怀减弱了。这对我是个警醒。我祈盼悲悯的温度，点亮自己的文字，哪怕发出点点微弱的光亮，也是好的。如果连这都成了奢望，或者连这都要被社会取笑，那我们这些搞文学的，还有什么尊严和价值。

没有平常心，长期在基层写作的人，是没法坚持下去的。

我们的牢不可破的体制，总是把人分成若干等级。文学界当然也不例外。各种排行榜，各种高规格峰会，光圈和范围总是小小的。别人有那么高的文学成就，别人有那么好的行政资源，别人有那么好的区位优势，别人有那么好的人脉关系，难道不应该分享那些权威奖项和座椅及名次吗？要知道，自己写作的初衷就是喜欢。最后的落脚点也还应该是喜欢。写自己熟悉并喜欢的东西，而且时不时还有点小奖领领，小版税拿拿；有点好书读读，有一圈好朋友走走，有一些逸闻听听，还不开心啊。一种世俗的开心，几乎就是写作的动力。平常心真好，它让我们进可攻、退可守。它可以抚慰因偶尔失落而黯然的心灵。我始终不惭愧地认为，一个作家拿得起并不稀罕，拿得住才厉害，放得下才是大本领。作家不应该是个雅人，而应该是个俗人，对世态人情的洞悉，也是决定一个作家能走多远的标志。没有平常心，人就会经常处于紧张状态，口干舌躁，身上的火气就会太重，那可比景阳冈的老虎还凶。且自己根本就没有武松那样的力量来摆平。

　　结论是，你可以向好作家的好作品致敬，但千万不要跟他们去比聪明、比成就、比地位。也不要因为我们赶不上那些当红作家，就无地自容。该吃吃，该玩玩，该写写，把自己的元气和造化写出来，就是对自己最好的交待。

2017年6月8日　宽斋

庭院深深深几许

抖落江南园林的历史，有一个遥远的朝代是绕不过去的，那就是六朝。

六朝时期，是中国经济与文化重心东移江南的肇始。秦汉在前，六朝的文化虽然还吃着它的奶，但其差异十分鲜明。建都于南京的六朝，都属偏安一隅、半壁江山的小王朝，已不再具有秦汉雄吞万里的现实与气势。江南人口密度大，不像北方那样地大人稀，新的人文情趣正在形成，体现在园林上，有着由大到小、由粗犷到精致，由豪富到雅游的变化。更值得注意的是，文人化园林的出现，从神异化转向山林化，从夸豪斗富转向游观清赏，仿佛于万千苍茫中现出一线光亮，为后世江南园林的文脉开了先声。

烟雨迷离。那是人们说到江南园林时，很容易想起的4个字。那首先是一种意境。与北方的粗犷奔放相比，江南人喜欢含蓄的美，体现在园林的格局上，那就是曲径通幽。放眼这里的一切，都是委婉曲折的。桥、廊、亭、榭，与本地的山歌、小曲、民居、家具，那么匹配、和谐，都是含蓄曲婉的依存。而中国园林的庞大体系里，江苏南部太湖沿岸一带的园林一枝独秀，尤以苏州、扬州为盛，兼及金陵、无锡等地。正是中国传统文化熏陶下、中国人生活质量的鲜活写照。

春秋时，吴王夫差在甪直古镇枫村，建了一个梧桐园。凤凰栖枝乃吉兆。但传说中的金凤凰最终没有降临。遥想那潇潇秋雨，落叶满庭，正是悲秋时节。"梧宫秋，吴王愁。"这首收录在《汉乐府》中的古代童谣，便是此园秋时的生动写照。它与西晋时的顾辟疆园，堪称苏州园林的开山之作。顾辟疆，字不传。顾氏为江南著姓，顾辟疆历仕郡功曹、平北将军参军。他的家园，史载为第一例苏州私人园林。当时王献之自会稽经吴，闻此名园，径来访之。王与顾并不相识。王献之来时，值顾宅聚宾友醑宴。王献之入园游赏，指麾好恶，旁若无人。顾辟疆勃然不堪，曰："傲主人，非礼也。以贵骄人，非道也。失此二者，不足齿之伧耳。"驱其左右出门。王献之足有残疾，被逐出园门后还骂声不休。文人的癖性就是这样。后来李白、皮日休也在此留下题咏。到了宋代，它却落拓不已，变成一个庵堂，当年况钟还去庵里烧香。那应该是凭吊古贤之心使然吧。

由此表明，苏州后来成为举世公认的"园林之城"，主要还是文人带来的文气。有人干脆把它称为文人园林。想想也是，唐代诗人韦应物、白居易、刘禹锡先后在此为官，政声虽不显赫，但留下了许多传世的诗文，开创了一代文风。到宋代，范仲淹、苏轼、欧阳修、陆游、范成大等，都有诗文赞美苏州；明代苏州出了唐寅、祝允明、沈周、文征明等大画家，所以苏州园林的出名，诗歌与书画的作用功不可没。

15世纪初，永乐大帝把都城北迁，给了苏州一个崛起的机会。也使得苏州成为南方风雅的渊薮。唐宋以降，明清的富贵权要，和发达了的文人名士，将先秦时代哲人们对生命本义的发现，转化为享受生命的实践。明中叶后，昆曲盛行于江南，园与曲相依相生、水乳交融。它与诗词书画一起，汇成园林的文脉。昆曲的骨子里，一是雅，二是糯。有时，曲境就是园景，而园景又通曲境。中国人看景，往往带着自己的审美感情，一个园林的建筑物，看起来是物质的，其实更是精神的，它是精神的物质，也是物质的精神。"芳草有情，斜阳无语，雁横南浦，人倚西楼。"这句词中，最精彩的是一个"人"字，是那个脉脉含情的人，点活了园林的"睛"，所以，俗世生活的娱乐戏本里，会把缠绵悱恻的男女爱情安排在园林里，"私订终身后花园，落难公子中状元。"正是这样的民间范本。由此，园林的格局，不光因了情感，更由于人格、风骨的因素，成为士大夫精神的一种依托与延伸。

昆曲风行过勾栏，评弹悠扬于里巷，哪一种形式更能够代表苏州？

　　然后，你步入苏州的园林，觉得这才真正代表苏州。因为此地有句俚语：日半世，夜半世。不独当年下榻于此的主人，因为姑苏古城到处都是园林式的旧房子，明代有一首姑苏竹枝词是这样写的："外边开店内书房，茶具花盆小榻床，香盒炉瓶排竹几，单条半假董其昌。"

　　苏州园林的最大特点，是纯属私家，不沾皇气。其核心，还是归隐文化的影响。园子的主人，或是当官者被贬，或是当权者下野或是年长者告老还乡。三年清知县，十万雪花银。一般地讲，古时为官者一有文化，二不缺钱。那山林野趣，是古人最向往的，但要真让他们搬进深山老林，又太清苦；享得清福，没了洪福。而把真山真水请到自家宅邸里，只能在画卷上体现。但是，文人与工匠却给出了一种可能。南宋绍兴年间，《营造法式》重刊于平江，对彼时建筑起了一定影响。到了明代，苏州香山一带的匠人获得参加营建两京宫殿的机会，眼界和技艺手段都有提高；著名的建筑家蒯祥就是香山人，他设计并参与建造了北京的故宫，连天安门，也是他的作品。有一点很重要的是，早期的苏州园林都不是一次完成的，往往是园子的主人在"基本建设"刚搞完的时候，就把一些文人雅士请来把脉，饮酒赋诗、题匾撰联，意见当然要提的，好的主意便融到往下造的亭台楼阁中去了。造园的专著也应时而生，明代计成的《园治》，是一本非常不错的园林专著，文字好，又实用，插图也很精美；文征明的曾孙文震亨，写了一部《长物志》，他说的"长物"，最早系晋人首提，其涵义，乃多余、奢侈之物。这本书不单讲室庐与花木，还涉及禽鱼、书画、几榻、器具，兼及衣饰、舟车、蔬果、香茗之类，笔调非常闲散，他讲述的，是一种生活美学和操作法则。什么是"宜"的，什么是"不宜"的，怎样使用这些器物才是雅的，怎样又是粗俗不堪的。用我们今天的话说，如何使用美、消受美、维护美。透过对这些美器、美物的不同消费方式，我们看到了社会对精英和大众如何进行划分，那种晚明时代的风雅，对后世的园林、住宅、建筑、生活，是有较大影响的。

说到"造"，很容易被人联想到造作、斧凿之类。但苏州园林的核心理念，却是难得的"天人合一"。平地上造出山林沟壑、曲桥流水。把大自然请进小小的园林之中，虽然是假山土丘，一样有逶迤峭拔、真切自然。

苏州现存最古老的园林，当是宋代的沧浪亭。宋代的苏舜钦被罢官后南游姑苏，见府学的东面草木茂盛，附近还有一块池馆荒芜的废地，乃是吴中节度使孙承的旧邸，遗意尚存；苏某人便买地建亭，名曰沧浪亭。意出《楚辞·渔父》。后世官场上的文人，便把渔父当做是归隐山林的一种代称。此后几乎所有的园林，都是在"隐"字上做足文章。而曲折委婉、含而不露便是它的不变基调。如苏州的拙政园，巨大的芭蕉树后面，是雪白的粉

墙，墙壁上方做出婉转优柔的形状，若云彩飘动，称云墙；黑瓦
白墙在青山绿水间勾出一条逶迤的曲线，沿溪而建的回廊曲曲折
折，每隔一段，便有一亭；小亭伸入水中，亭子上方的卷角如鸟
翼展翅欲飞，给这静止的画面加入了飞动之势。你看那园子里，
连花木，也多是曲的，柳枝、古松、龙爪、藤蔓、寒梅，无不在
渲染着一个虬曲、婉柔的世界。

　　被列入世界文化遗产的苏州拙政园，以其布局的山岛、竹
坞、松岗、曲水之趣，被胜誉为"天下园林之典范"。该园最大
的特点是以水为主，水面广阔，景色平淡天真、疏朗自然。它以
池水为中心，楼阁轩榭建在池的周围，其间有漏窗、回廊相连，
园内的山石、古木、绿竹、花卉，构成了一幅幽远宁静的画面，
代表了明代园林建筑风格。拙政园形成的湖、池、涧等不同的景
区，把风景诗、山水画的意境和自然环境的实境再现于园中，富
有诗情画意。淼淼池水以闲适、旷远、雅逸和平静氛围见长，曲
岸湾头，来去无尽的流水，蜿蜒曲折、深容藏幽而引人入胜；通
过平桥小径为其脉络，长廊逶迤填虚空，岛屿山石映其左右，使
貌若松散的园林建筑各具神韵。整个园林建筑仿佛浮于水面，加
上木映花承，在不同境界中产生不同的艺术情趣，如春日繁花丽
日，夏日蕉廊，秋日红蓼芦塘，冬日梅影雪月，无不四时宜人，
创造出处处有情，面面生诗，含蓄曲折，余味无尽，如同人间仙
境，不愧为江南园林的典型代表。

暗香浮动、疏影横斜。这该是园林的风神吧；山因水而活，石依树而生；亭台连接细径，云墙牵引绿植；这便是园林的韵味吧。西方的游客到了这里，发现苏州的园林里没有西方常见的雕塑，而怪石嶙磷的假山，却有着比具象的雕塑更多的想象空间。苏州留园的冠云峰，是一座独立于清泉旁边的太湖石。行家对极品太湖石的审美评价，只有4个字：皱、瘦、漏、透。冠云峰的瘦影颔首水面，石姿伸入潭中，山是假的，山影却是真的；潭中假山的倒影，则是影子的影子。亦真亦幻，今夕何夕？文人眼里，它若一清癯长者，超然物表、不落凡尘；更象征着傲然不屈的风骨；老百姓呢，瞧着也好玩，那是他们平淡生活里，难得的稀奇古怪。

石头固然重要，木头也不例外。园林中的楼、堂、馆、榭、轩、亭，等等。都要木匠来完成。那种叹为观止的精雕细镂，无论木雕、砖雕、竹刻，催生了无数传世的名匠。而园中空间的美感，则如文章的气脉，那种透气、呼吸、舒展、开张，都是让人心旷神怡的条件。我们知道，园林里几乎所有的楼台亭阁，都是为了给观赏者"望"的，借景、分景、隔景，都是用来布置空间、组织空间、营造空间的手段。苏州留园的冠云楼可以远望虎丘山景，拙政园在靠墙处堆一假山，上建"两宜亭"，把隔墙的景色都借了过来；爽借清风明借月，动观流水静观山。天上的云烟、日月、晨露、雪影都可借入园中；四时的风物，亦能揽入怀抱。

现在我们知道，风雅才是苏州的气脉。一座烟水迷蒙的城市，不只是靠鲜蟹活虾、嫩藕新菱来喂养。而风雅的底蕴，当然是文化。

与苏州园林的私密性相比，扬州园林的特点，主要是它的"接待功能"，说白了，苏州的园林，是给自己享受的。扬州却不同，早先它比苏州牛，远的不说，光是在唐朝，它的地位就是今天的大上海。如何去想象1000年前的繁华扬州，应该是个课题。大运河的开通，把运气给了扬州。皇上动不动要来，还有一拨拨的达官显宦。文人当然也不落后，不过，接待上就寒酸了点。杜甫当时还是一介寒儒，听说扬州遍地都是发财的机会，也想搭个顺风车，可惜最终没能成行。关于扬州，他只留下一句诗："商吴离别下扬州"。到过扬州的诗人，感性的味道要浓些，不若"十里长街市井连"，就是"九里楼台牵翡翠"。

扬州的园林，当初都是有钱的富商建的。这里要提一下盐商文化对其的影响。有资料表明，盐商文化对江南的昆曲、园林有孕育作用，腰包肥满的商人们，好宴游、逐古董、兴园林、狎优伶，不乏醉生梦死；或许，起先这个暴富的阶层纯粹是为了玩。据说，当时康熙、乾隆皇帝下江南，地方政府不堪承受其巨额的费用开支，还需要盐商们凑份子加以解决。不过，要商人掏银子，也不是那么容易，钱用在皇帝身上，总要得点实惠。比如，捐个官做做，哪怕弄个虚衔也好。封建社会，一个人出息的大小，总是与官衔的大小联在一起的。于是，在园林的设计上，与文人士子的想法完全不同。豪华。必须豪华。皇上一高兴，随口给个"候补知府"之类，蛮有可能。土鳖们没有去过皇宫，在他们的想象里，皇上的尿盆子也是金的。既然园子是给皇上享受的，那当然得有皇家气派。皇上又不会在这里住一辈子，把皇上住过的行宫作为自己的交际场所，岂不美哉！因此，高敞华丽、斗彩焕金，那也是必须的。商人们并非不要"诗情画意"，文人的意见，比如扬州八怪之类，也不是不听；大凡造园，必有清客在侧，所谓清客，其类不一；不但有文人、画家，应该还有笛师、曲师、山师等。不过，富商们大抵来自徽州一代，梦里故园，家山历历，绝对不是江南的小桥流水。正如他们的胃口，不喜欢苏州的甜食。那些入园的诗文与书画，与苏州的吴门派比，硬朗、豪放、沉厚，慢慢地，这些都变成了扬州园林的风格。

豪华的园林，太需要娇艳的花卉来点缀。扬州处于江淮平原，地势平坦，土壤干湿得宜。兼有南北两地的长处。花木易于繁滋，而牡丹、芍药尤为茂盛。一到花季，到处蝴蝶飘飞，牡丹芬芳。扬州本地，并无太湖石，但盐商们有的是船，叠石所用的石材，用载盐的大船，一路浩浩荡荡，近则取于镇江、苏州、宜兴一带，远则运自宣城、徽州、灵璧、河口等地，更有少量奇峰异石，从西南边陲万里迢迢弄来。这一点他们比苏州的文人厉害多了，钱不当钱、不惜工本这一点，也是苏州园林所不能比的。

由此，扬州园林素以"叠石胜"，其中突出的个案，以雄伟而论，当推个园；以苍石奇峭论，则算片石山房；而小盘谷的曲折委婉，逸圃的婀娜多姿，都是佳构。棣园的洞曲，中垂钟乳，亦为一般园林罕见。其中，个园的石师工匠们分别选用褐黄石、太湖石、雪石和状如竹笋的石笋，叠成四组假山，表现春夏秋冬四季景色，称为四季假山。让天下游客兴叹不已。

清初扬州园林，有一座万石园，为余氏元甲所有，一时盛极；因出自大画家石涛之手。一般人不知道石涛还有一手叠石绝技，垒完万石园，他留下8个字："峰与皴合，皴自峰生。"读他的画，与叠石法一脉相承，叹为观止。另有乾隆年间董道士，垒九狮山，也轰动一时。其山在扬州城北门外小洪园中，原为郧园，以怪石、奇木胜。乾隆年间，归洪氏，董道士以旧制临水太湖石，搜岩剔穴，为九狮形，置之水中，上点桥亭，题之曰"卷石洞天"。《扬州画舫录》称："狮子九峰，中空外奇，玲珑磊块。手指攒撮，铁线疏剔。蜂房相比，蚁穴涌起。冻云合逻，波浪激冲。下水溅土，势若悬浮。横竖反侧，非人思议所及。树木森戟，既老且瘦。夕阳红半楼，飞檐峻宇，斜出石隙。郊外假山，是为第一。"

扬州园林融合了北方园林的气势，却并未丢弃江南园林以小见大、曲径通幽、古典雅致的特点。一座园林里，遮掩与间隔非常重要。"庭院深深深几许",本身就是一种意境,瘦西湖以一片片的杨柳为遮掩,远远近近的厅堂、亭观、塔桥,在影影绰绰的柳影中若隐若现、若明若暗;一重重柳林,如一道道竹帘。虚实、显隐、浓淡、静动,这些中国传统文化中的审美经典,在此得到淋漓的彰显。再说桥,如果说,苏州园林以曲拱桥为美,那么,扬州园林则以平曲桥为贵。它介于似桥非桥、似石非石之间,无架桥之形,却有渡桥之意。虽属人工巧作,更有自然野趣。其骨子里,还是以"曲"为贵的中国造园理念。

盆景,也是园林的点睛之笔;如果把园林比作一首长赋,那么盆景就是一阕短章。苏东坡在扬州做官时,曾经亲手制作盆景以自娱。文人墨客纷纷效仿,买单的当然还是两淮盐商。到清代,扬派盆景声誉隆隆,扬州梅花岭一带,出现了不少制作盆景的高手。他们制作的盆景,大者高可及人,小者可置于掌上把玩。当时扬州的盐商巨贾不仅玩赏盆景,还把盆景艺人请至家中,定制他们喜爱的盆景。盐商之间还经常拿出自己珍爱的盆景相互"斗宝",实际上,也是艺人们之间相互斗艺。云片式盆景,是当时及后来盆景爱好者公认的精品。其特点是,树干虬曲多姿、一寸三弯,枝无寸直。而丛林式盆景则如六朝山水,层峦嶂叠,水随山转,委婉曲折。如果说,苏州盆景的特点是阔笔写意,那么扬派盆景好比工笔细描而独具风格。

灵山记

一

去灵山胜境的路上淅淅沥沥下起了雨。是初秋，难得的清朗之夜。下榻灵山精舍，若庙非庙的建筑。入内，迷宫般布局，且有佛的气场感应。参加笔会的作家们被一一告知，晚上有功课，须穿上出家人皂衣入场，合身与不合身皆无关系。分明我们从红尘深处聚首到此，各自带进纷乱气息，兼杂人间诸多困扰。手机响彻耳际，尘世晃荡不已。笔会组织者希望我们体验一下佛家的情怀，让纷扰的心获得片刻安稳。并且，在灵山胜境的佛教氛围里，写下内心的感受。但是，心能静下来吗？不能。为何不能？因为我们跟这割不断的世界有太多的联系。社稷家国、爱恨情仇、生老病死、荣华富贵、功名利禄……一具疲惫的血肉之躯，年年月月穿行在欲望的丛林里，突然来到这个叫灵山胜境的地方，佛，佛经，佛堂，还有缥缥缈缈的梵音，合力包围，似乎想割断我们跟世界的联系。佛堂庄严，法师让我们盘腿而坐，静心，敛神，洗手。以虔诚之心抄写心经。但见佛堂里人人正襟危坐，执手抄经而静寂无声。忽然想到，众生皆有佛性，世间之人，只怕个个与佛多少有些缘分。尘世的爱欲执着，把人们的心蒙得太深。或许这次的偶然机缘，又把人们某些沉睡的记忆唤醒了些呢。按照佛家的因果来讲，我们今天的"短期出家"，亦因亦果？或许，既因又果。远世种因，今日有果；今日种因，未来有果。

心经抄毕，法师问作家蒋子龙，心静下来了吗？子龙如实作答：没有，反而更乱了，仿佛前世今生的事情，一齐涌上心头。众皆窃笑。少顷，法师又问，心静否？子龙答曰：非也，还是乱。法师笑了，说，老师您能感觉到心乱，证明你已经能把持住了，实际上心已经在归于平静了。七旬子龙，乃文坛骁将，此刻不禁莞尔，那一笑，感觉特别纯真。

佛的根本是什么？平常心。因为太多的人不愿意平平常常，所以，人们的心总是在欲望的沟壑里突围、奔走。但是，这个世界如果大家都没有了欲望，那岂不成了植物的世界？故人说，赤橙黄绿青蓝紫，谁持彩练当空舞？如此悖论，常常左右人们的灵魂，生生不能停歇。

笔会的还有一个规定动作是"过堂"。寺院里称吃饭为过堂。吃饭时，须恭敬肃穆，不可有半点声响，且有整套仪式。平日里习惯在酒桌上喧哗叫喊的人，真该来这里修炼一番，静下来，让耳朵听听自己的心跳声，对于今天的人们，该是多么的奢侈啊。脑中忽闪一个画面，一跣足僧人，蓬头垢面，托钵沿街乞食，此人好生面熟，袖中半卷破书，囊里一枚古壶，抑或是我的前世？一时恍恍惚惚，心无安放。依稀想起周作人的一首诗：前世出家今在家，不将袍子换袈裟。街头终日听谈鬼，窗下通年学画蛇。老去无端玩古董，闲来随分种胡麻。旁人若问其中意，且到寒斋吃苦茶。

少顷，托钵素食，让钵中白粥，就着清淡素菜，慢慢入口；个中滋味，渐渐弥漫心头，仿佛尘头落地，回到凡间。想那佛陀，曾经开示托钵乞食的三层意思：一、少欲知足、专心修行；不贪珍珠、美恶均等。二、为破我慢，解脱烦恼，于富贵贫贱等家，皆无拣择。三、去除贪心，慈悲平等，令众生广种福田，大作利益。谁能想到，文明社会缺失的东西，在偏安一隅的佛堂里，正静静地与行色匆匆的人们擦肩而过。而礼仪与规则、法度，在浮躁甚嚣的今天，除了佛堂，我们又去何处寻找呢？

在灵山，听一夜禅雨，心有所悟。

二

一个奇迹的秘籍终被缓缓解开，内中写着4个字：无中生有。

无锡不出锡，此山非灵山。原本是残垣断壁，举目皆荒冢昏鸦。古树，仅有一棵，无名；古庙，小小一座，无名；古井，枯竭一口，依然无名。

88米高的释迦牟尼佛像屹立起来了。江南造化，天下造化。自此，看山，山得灵魂；观水，水获灵动；环顾四周，一草一木皆生灵性。

为什么人们需要佛？那是因为，人们的灵魂需要有一个洗濯、净化、安放、寄托、诉求的地方。

佛，唯有佛，能让人保持清净之心、省悟之心、敬畏之心。星云大师说，正信比迷信好，迷信比不信好，不信又比邪信好。在他的理念里，佛不是来无影、去无踪的神仙，也不是玄想出来的上帝，佛的一切皆具有人间性格。他和我们一样，有父母，有家庭，有生活；他只是比我们慈悲、宽怀，他更懂得磨炼、修行，于是他便超越了我们。

见到了灵山梵宫。一个镶砌着世上华美之器的巨大气场。说它有旷世之美并不过分，说它集合了尘世的至臻至丽亦不夸张。何以证明佛法无边？没有壁立千仞的建筑，敬畏之心何以生起？没有大气磅礴的构造，何以体现重重无碍的博大境界？佛力有时必附丽于器物，方派生出宏大感应，使众生敬仰。细腻精湛的木雕，绚丽夺目的壁画，流光溢彩的琉璃，清馨典雅的瓯塑，浓艳华贵的漆器，雄浑苍厚的油画，静谧端庄的石刻，因其神圣庄严奢美至尊，继生无边浩瀚，而成为净化众生的心灵归所。穷人走进这里，会感到很富有，赤条条来去无牵挂，世上绝佳皆为佛有，人心因此大平。如此大饱眼福，不枉人生一遭；富人走到这里，会感到很贫困，碌碌一生为财而搏，倾其所有不过沧海一粟，在梵宫他会一下子丢失自己。好人走到这里，会感到很欣慰，劳动与创造在这里修成正果，内心的凤愿得到佛光青睐，身心的满足如同醍醐灌顶。坏人走进这里会感到很恐慌，佛法庄严疏而不漏，灵魂霉变内心孽债全然曝光，仿佛头顶五雷轰响而群佛攻之。

　　九龙灌浴。佛教故事之现代演绎。据说佛祖释迦牟尼诞生时场面宏大，佛教典籍《本行经》说：佛祖释迦牟尼自诞生起便能说话走路，他向东南西北四个方向各走了七步，每走一步，地上就开出一朵莲花。佛祖一手指天，一手指地："天上天下，唯吾独尊"，此时花园里忽现两方池水，苍穹则闪出九条巨龙，皆喷吐水柱，为其沐浴净身。灵山胜境的大型音乐动态群雕"九龙灌浴，花开见佛"再现了故事中的绚丽景象。在九龙灌浴广场，一座含苞待放的巨大莲花铜雕矗立在前方，巨大的荷花由四个威武的大力士托起，底部衬托着白色的圆形大理石水池，九条飞龙和八个形态各异的供养人环绕着巨大的水池。当《佛之诞》音乐奏响时，巨大的六片莲花瓣徐徐绽开，一尊高达7.2米全身鎏金的太子佛像，一手指天，一手指地，从莲花中缓缓升起，这时，九龙口中一齐喷射出数十米高的水柱，为太子佛像沐浴。顷刻间鼓乐齐鸣，喷泉若九天而来，尽显百态千姿。真可谓天上人间，不知今夕何夕。

不容说这是一个巨大的秀场。支撑这个秀场的，无疑是策划者的妙意精心和现代科技的力量，但何尝不是一次众生心灵愉悦的美好体验？突然想到多年前，在山西太行山的一次游历，那一日行程紧迫，车马劳顿之累遍及身心，辗转十万深山之中，忽闻钟磬之声，隐隐约约，若无似有；仿佛天籁之音似风拂过。顿时，清心愉悦之感一扫疲惫萎靡。那种奇妙之感毕生难忘。庄子说：堕肢体，黜聪明，离形去知。这个世界上确实存在一种洗濯人心的力量。无论山川、草泽、阡陌、河港，它皆可无处不在。哪怕它的力量是暂时的，甚至只有一瞬，但它确实存在。而一瞬足以洞穿千年。

三

天下的寺院皆是我喜欢的。我喜欢佛像的端庄、法度无边的微笑；喜欢僧人从容淡泊的身影，喜欢晨钟的清凉、暮鼓的浑厚。

灵山胜境无疑是一个绝妙的安放身心的去处。青青翠竹皆是法身，馥郁黄花无非般若，每一条通道都延绵着无尽的禅意。不过，走向这里的人须有禅心，才能感受禅福。旅游者在这里花钱消费，完成了一次尽兴的游玩之旅，膜拜者在这里烧香念经，完成了一次虔诚的心灵洗礼。而香客所求，无非平安富贵、发财圆满。佛日夜忙碌、普度众生；超度与布施如繁花竞放。在这一切的背后，我们听到了银子哗哗的声响，这是佛给人间带来的财富。袅袅的香烟里，人与佛默契相处，皓月清宵、冰玄曳指；苍山无语、蕴藉生辉。

若是问我，灵山胜境还缺少些什么？我会一时答不上来。只是觉得，此地醒目之处皆见佛语，如布施、持戒、忍辱、般若、普济、禅定，等等，只是断断少见"慈悲"二字。而我们身处的这个提倡和谐的社会，最缺乏的恰是慈爱与悲悯。这其中，包含着统治者对于百姓的慈悲，强者对于弱者的慈悲，富人对于穷人的慈悲，健全人对于残疾人的慈悲，等等。

没有慈悲，便没有了光明，没有了人间的温度。缺少慈悲，则仇虐生长、暴戾泛起、淫盗滥行。我们的核心价值观里如果能多加些慈悲的力度，周遭的鲜花便会愈益馥郁芬芳。

离开灵山的那天风歇雨止、四野清旷。长天碧空如洗，大地呼吸绵长。苍穹如同佛光普照，身心俱被温暖。向着灵山大佛，我默默行礼。释迦牟尼说，我们在每一口呼吸里都经历着生死。平常心，便是人生最持久灿烂的花。拜完佛我又转身走向人间，带着山间的岚气，心也清了，目也明了；许过愿我又转身步入红尘，带着云水的轻松，行囊也轻了，步履也轻了。

唇齿的欢颜

——邂逅365年前的一个良宵

　　走进如皋水绘园那个放晴的冬日，头顶的天空瓦蓝，空气难得地清新。有风，落叶被卷起来，在空中旋舞。这样的天气，比较适于远足与冥想。为了写一篇有关如皋的美食文章，我专程自江南而来；之前，内心的些许期待，基本被水绘园圈定，但冒辟疆和董小宛的故事并不是我的首选，虽然，地方就是人。无论我写如皋的什么，都不会绕过这对旷世侠侣。我的目光锁定在1650年的阳春3月，我景仰的一位前世老乡，一个名叫陈维崧的宜兴人，他风尘仆仆，满身尘土；过太湖，渡长江，辗转抵达如皋；在终于走进水绘园的时候他目光里的疲惫顿然消失。这一年他30岁，按辈分他该叫冒辟疆一声叔叔，因为他父亲陈贞慧与冒辟疆都是"明末四公子"里情如手足的兄弟。父亲在世时，曾

多次向陈维崧谈起苏北这位风貌俱佳的大才子，尤其是冒辟疆坚
决不穿新王朝的官服，不领新王朝的俸禄。为了明志，他还自取
"巢民"之号。宁可在绿林中结巢而卧，也不愿生活在外族统治
的土地上。其铮铮傲骨令陈维崧敬佩、仰慕不已。现在，他终于
来到这位父辈至交的身旁，他们见面时的礼仪与寒暄，以及水绘
园给陈维崧的第一印象，在此暂且略去。按照江南宜兴的风俗，
珍贵的客人第一次上门，应该吃一道别致的甜汤。但这里是长江
北岸的如皋，翻遍《如皋美食》一书，我斗胆认定，如果是晌午
时分，冒辟疆和董小宛一定会先让仆人给陈维崧上一道三珍茶，
那是将龙井、珠兰、瓜片掺和的香茶。那茶有讲究，水，是接的
隔年腊月里梅蕊上的雪水；火是炭火，煮沸后，水汽与茶香，淡
淡浓浓，绕梁三匝，味入口舌。这一盏茶喝下去，自是清心醒
目。陈维崧多日来路途之劳顿，竟消除了大半。接下去端上的是
一碟糖果，董小宛取过一枚，放到陈维崧面前，说陈公子请吃
糖。陈维崧或许会客气一声，晚辈从不食糖果。冒辟疆则笑着
说，这可是夫人的杰作呢，你来如皋，只要说到董糖，大街小巷
无人不晓。且看那糖块，色白微黄，长约5分，宽约3分，切得齐
整、精致，取一小块放进嘴里，酥，软，钻心地香，回甘地香。
陈维崧不禁赞道：这是糖么？仿佛沾了仙味！小宛笑道，无非小
技雕虫，原料倒是精心配的，上等白面、纯净饴糖，还有去皮芝
麻、花生仁、椒盐、玫瑰、桂花之类，缺一不可。陈维崧听罢肃

然起敬。将一颗糖做到妇孺皆知，人人喜欢，那是一份何等的真心呢。

　　按如皋人待客习俗，又兼水绘园主人的一份至诚，那一天的晌午，肯定还要让客人尝些肴点。水晶蹄和软炖鳝，那是如皋肴点里的"硬菜"，小小的两蝶，配上如发般细致的姜丝，那刀工，色泽，香味，让人不馋是难的。关于这两道点心，300多年后如皋的老饕是这样写的：

　　"水晶蹄乃带皮的黑猪前蹄，须放在老卤里煮透，火候要到家。皮入味，松软而有筋道，冷却后切块，味道极佳；软炖鳝即把鳝鱼划成细条，以文火炖烂，加香料煮透，冷却后切成短条。味美一绝。"

　　或许，布衣文士陈维崧会觉得有些奢侈而不忍下箸。他在老家宜兴乡下的亳村，常年粗茶淡饭惯了。冒辟疆劝道，入乡随俗，这些肴点也不金贵，无非家常小点而已。你饱一顿饿一顿的好几天了，快吃吧。

　　董小宛说，不要把自己当客人，今后这里就是你的家！

　　这样的一席话，是会让陈维崧泪水湿襟的。虽然系出名门，但命运对陈维崧并不公平，半生饱读经史子集，笔下文思泉涌；文笔颇具东坡、稼轩风骨。但仕途的大门始终不能洞开。几回乡试，均名落孙山。其心境可想而知。

365年前那个温暖良宵，以及冒辟疆夫妇设宴款待陈维崧的那份菜单，在想象的大门洞开之后，正抖落着被堆积的岁月尘埃，向我们露出山重水复的微笑。按照水绘园待客的规矩，为最珍贵的朋友接风，应该在湖心亭。现在我们终于可以腾出一点时间来说说水绘园的景致了。

位于如皋县城东北隅的水绘园，始建于明朝万历年间。原是邑人冒一贯的置业，历四世，至冒辟疆时始臻完善。旧园重整，须赋予思想、才情，园子才有灵魂。"妙隐香林""壹默斋""枕烟亭""寒碧堂""洗钵池""小语溪""鹤屿""小三吾""波烟玉亭""湘中阁""涩浪坡""镜阁""碧落庐"等十余处佳境，无不是冒辟疆人生价值观与美学思想的放射与归宿。这里，有画堤的两岸夹镜，涪溪的窈窕，香林的妙隐，似镜浮的茅亭，洗钵池的空明和屿地的不羁，水中倒映着冬季的"碧落"，早春的"寒碧"，夏日的"悬露"，爽秋的"泼烟玉"，更有那含蓄的涩浪坡和恬淡的枕烟亭。园中以洗钵池为中心，池水四方分流，把园分为数块。再加上水中洲，在其回环的水道上，疏疏落落地建有一堂、一房、一斋、一庐、二阁、三亭剩下来的，便全是水景了，无水不活，活水亦当注入文化的灵魄，才能发扬光大。冒辟疆名士风流，一个破败的园子到了他手上，便如诗若绘，步步皆景。但这时水绘园已易名水绘庵，一字之改，道出了冒辟疆不与时世同流合污，隐居不仕的政治态度。

到今天我们依然认为，陈维崧的面子真的是天一般大。这天晚上的接风宴，竟然由董小宛亲自掌勺。水绘园应该记叙这样一个难忘的激情之夜，一批聚居在此吟词弄文的江左词友们都来了。酒是如皋白酒，30年陈酿，烈而醇。董小宛不仅工诗词，擅音画，还是一位技艺高超的家厨。一些极普通的蔬菜，经她一拨弄，无论蒲藕芦蕨，还是枸蒿蓉菊，材料还是那个材料，味道却被提起来了。古人用词精辟，以"芳旨盈席"来概括董菜特点。那其实已经不单是菜了，是一种品位、一种情调、一种精神。想那冒辟疆不仅有艳福，更有口福，其得意之言，在《影梅庵忆语》中偶有披露："火肉久者无油，有松柏之味；风鱼久者如火肉，有麋鹿之味。"这里说的是董小宛烹饪的火腿版本，风味自然独绝；招待陈维崧时，此菜已被定名为"董菜"之一。另有"鱼肚白鸡"，也是"董菜"的一道力作。据称，董小宛曾经求教于余淡心、杜莱村、白仲等3位名厨。乃取嫩母鸡，脱骨，填入水发鱼肚，以炒锅久炖；其汤色，清如碧泉；渐渐浓白呈素，口感浓若陈，味鲜嫩，肚糯胶，自是美不胜收。

还有一道"董肉"，也是不应被忽略的，如皋人称其"跑油肉"。而董小宛说到它，难免不眉飞色舞：选肥瘦均匀带皮肋条猪肉，加葱姜黄酒，煮片刻取出，漂洗；再入锅煮至八成熟，滤尽水分，趁热将皮抹上糖色，入八成热的花生油锅内煎炸，待肉皮起泡，呈红色时取出冷却，改切薄片；加相应佐料，上笼蒸至酥烂。其色若虎皮，质地酥烂，醇香味美。俗称虎皮肉。据称，某一日，抗清名将史可法吃到了这道菜，大加赞颂。于是《淮扬拾遗》一书里，便收集了史可法的一段评价："董肉肥而不腻，咸中渗甜，酒味馨香，虎皮纵横。"想来，即便顶天立地的彪炳汉子，在董菜面前，也是可以化作一汪春水的。陈维崧当亦如是。董小宛手巧是其次，情商高才是首位；所以她肯为自己心爱或敬重的男人用心费神。于她，下厨弄几个菜算什么，弹几首曲子又算什么。就是上天摘星捞月，亦会在所不辞。

　　酒酣。聚畅。此处还应有挥毫吟词唱和之举，或悲思故国，或讴歌贞烈，或谴责清兵，或击节抒怀。董小宛趁大家雅兴酣浓之时，抚琴弹奏了一曲江南小调《声声慢，寒夜》：

　　　月潋潋，波烟玉，故国的残山剩水……

　　一时间，那幽怨、伤感的曲子袅袅缭绕在每个人的耳际，有人长长哀叹，有人悄悄流泪。他们痛惜故国不在，悲恨江山何失，哀泣故土难离……在明末的江南名妓中，陈圆圆以姿色见长，柳如是以才情取胜，李香君以品行出众，而董小宛则以多艺温娴倾人。董不仅能豪饮，令许多男士侧目而尽兴，而且她清亮悠长如诉如泣的歌声更是令在座的众男子感慨动容，不能自已。想那陈维崧，早已两眼潮红，心潮澎湃，是晚夜不能寐，趁酒酣耳热之兴，乃赋《贺新郎》一首：

把酒狂歌起，正天上、琉璃万顷。月华如水。
下有长江流不尽，多少残山剩垒！
谁说道、英雄竟死！
一听秦筝人已醉，十艮月明、恰照吾衰矣。
城楼点，打不止。

水绘园作为一个生命的驿站，在陈维崧一生中非常重要。《水绘庵记》即是他留给这里的不朽文献。他在这里久住下来，结交了一帮志同道合的江左文友，如任绳槐、曹亮武、蒋景祁等。创作上也渐入佳境。《今词苑》即是由陈维崧主编的一部众多文友的合集。成为"阳羡词派"领袖，固然是后来的事，但在如皋的岁月，对陈维崧不仅提气，而且养生。这里文脉厚重、水土温润，师友厚道、民风淳朴，慢慢他就有了如皋情结。从口味的角度说，他无法不喜欢这里的美食。而真正的美味不止在水绘园，那些古朴的市井街巷，简陋的寒舍田塍，隐藏着太多好吃的

食物。譬如，蟹黄灌汤包，绝鲜美；吃汤包时，如皋友人告诉他
要"轻轻提，慢慢移；先开窗，后吸汤。"慢慢地他也听懂了如
皋方言，譬如吃过桥面，跑堂的伙计会问，老板，吃"开儿"还
是"免青"？那是说，您要半份还是一份，要不要放葱花？但见
那师傅麻利地摆好几个面碗，抓起手工刀切的跳面撒向面锅，几
大筷一划一拨，然后用爪篱从面锅里一一捞起浸在冷水中"过
桥"，再经沸汤一浸，迅捷甩干面中的水滴，如此，面条变得非
常筋道，然后极齐整地排列碗中，像刚梳理吹风的发丝。质感，
嚼劲，形式感，几百年不动摇。后来陈维崧知道，三珍茶、水晶
蹄、软炖鳝、灌汤包、过桥面，是如皋早茶肴点的五绝。不过，
还有一种锅子一样大的荞麦面摊饼，也应被记取不略，那饼薄而
脆，葱花点缀其间，香气汹涌，直到骨子里。而如皋的美食太
多，水灵灵的野菜就有几十种，草木山川，葳蕤滋茂；都是鲜活
的地气。即便最平民的萝卜干，那个嘎拉崩脆、咸里带甜；那个
甜里带鲜，鲜里回甘，也是可以写一篇美文的。李渔是如皋人，
史载他与冒辟疆从无交往，这很奇怪；与陈维崧有否深度交集，
亦无历史记载。但聚首想必是一定的。此公亦乃美食家，他的饮
食观，全写在《闲情偶寄》中。重蔬菜，崇简约，尚真味，主清
淡，忌油腻，讲洁美，慎杀生，求食益。换在今天，也很时尚。
那也一定是如皋人的美食宣言吧。

　　在邂逅了365年前的那个良宵之后，我走出沧桑满怀的水绘

园，竟好长时间回不过神来。恍惚间，绕过几条巷子，走到李渔纪念馆附近的一家烧饼铺子前。扑面的香气让我无法再挪动步子，刚出炉的烧饼正以它无可抵御的美味迎接着每一个行色匆匆的路人。忙乎的老板娘朗声吆喝：刚出炉烧饼，荠菜馅、萝卜丝馅、葱油馅！朋友为我买了一块荠菜馅的，烫手，滋滋流油；焦黄的饼面上，满天星一样的白芝麻；一嚼，其酥软香脆，无法描摹。好吃！抬头一看，迎面墙上一张巨大照片上，央视主持人撒贝宁正咬着一块烧饼，满足地龇牙。炉中正红的炭火，烤得老板娘脸上也油汪汪的。不无骄傲地说，自从小撒来采访后，烧饼的生意更好了。

是啊，你就是一尊神，到了美食面前，也会是一个馋吃的人。

饕餮（外一篇）

我年轻时，也有过许多愿景；说来惭愧，大抵局限于生计方面。譬如吃，长身体的时候，特别会饿，也贪吃。记得17岁那年冬天，我在一个名叫九里山的煤矿上，做建筑工地的小工。遇上大雪封山、天寒地冻的日子，开工是不能了，大伙儿很开心，在工棚里"斗地主"。然而，总难尽兴，为什么呢？就差一口好吃的，嘴里都淡得发慌。酒倒是有，菜却半点也无，连一根萝卜干也找不到。工头孙胖子，嗜酒如命，老白干当开水喝。只是，他喝酒，一定要搭酒菜，哪怕几颗花生米、茴香豆。但雪下得太紧，下山的道路都封住了；煤矿食堂里，只有水煮的大白菜，缺油少盐，顿顿如此。孙胖子没有下酒菜，酒就喝得沉闷，无端地骂人。当时，我年纪最小，细长腿，跑上跑下，蛮讨胖子喜欢。记得那日，他塞给我一张5毛的钞票，我知道，不远有个六里棚村，村边小商店，是个刘姓寡妇开的。她炸的花生米，孙胖子最爱吃。但那天刘寡妇不在家，铁将军把门。一问邻居，去镇上女儿家了。奔波了半日，空手而回。胖子有些恼，见我跑得上气不接下气，又不好发作。半晌，迸出一句话：火柴盒总有吧？我赶紧递上，说，有、有！他抿下一口酒，苦笑，说，看来，老子今天只能吃摔菜了！他一说完，旁边的人都笑了，杂乱的地铺上，赶紧让出一块空地。只见他把火柴盒放到鼻子跟前，闻了闻，说好香啊。我一惊，难道，这火柴盒，也可以吃么？孙胖子猛地将火柴盒高高举起，往地铺上狠劲一摔，吆喝道：糖醋排骨，油炸透啊，芡勾足啊，老陈醋加点糖啊，啊约喂，香煞人啊！

旁边的人笑开了。孙胖子肥肥的腮部，仿佛真在啃一块热气腾腾的糖醋排骨，还发出跐溜跐溜的声音。紧接着，他喝下一大口酒，叹出一口大气，拍着肥肥的胸脯说，小神仙啊！

命令我：你，就帮老子上菜。老子摔一下火柴盒，就是一道菜。你就喊，来了来了，知道吗？我忍住笑，使劲点头。说时迟，那时快。胖子又狠命将火柴盒摔下去：烩羊肉上啊，大蒜清香、甜酸上口，到嘴就化啊！

我喊：来了——来了！

胖子腮部又大动起来，嚼劲十足的样子，嚷嚷：是芳庄羊肉吧！

我一愣：不晓得啊。他一瞪眼睛：不是芳庄羊肉，老子不吃！又摔火柴盒：面拖蟹，快上啊，外脆里鲜、有嚼头啊！嘣脆酥肥、蟹黄喷香，馋死你们啊！

我真馋得直流口水：来了——来了！

孙胖子愈发来劲，将火柴盒连摔了两次：快点上，清炖白鱼狮子头，兰花地衣痴虎鱼，上啊！

来了——来了！

一屋子的人，都被孙胖子喊馋了。"地主"也不斗了，都围拢来，盯着他手里的火柴盒，仿佛那里面，真的能变出菜来。

孙胖子喘口气，哼哼：来道汤，爽爽口。我问：什么汤？孙胖子又把火柴盒摔了一下：算了，来道腻蟹糊吧！问，小子，吃过腻蟹糊吗？我咽着唾沫说，小时候，在高塍外婆家吃过的。

什么味道？

甜酸可口，入口润滑。

哦，你小子馋我啊！还不快点给我上啊！

来了——来了！

东坡肉——响油鳝糊——腌笃鲜——萝卜煨鸭——

来了——来了！

那一晚，孙胖子摔破了3个火柴盒。一共摔了多少次，大家都不记得了。反正，他摔出的菜名，如果真要上的话，应该像宝塔一样叠起来，完全是一桌江南宜兴风味的丰盛宴席，可以供10人同时开吃。

最后，孙胖子显然吃撑了，和喝空的酒瓶一起，滚倒在地铺上；在满足的饱嗝声中，打起震天的呼噜，沉沉入睡。

害得大家馋涎欲滴，肚子里咕咕直叫。

之后我的人生里，虽然也经历了许多奇诡风云，却再也没有做过"堂倌"之类的历练，江湖的菜谱鱼龙混杂，当然不会再有摔菜的滋味，但那一夜的情景，多少年来确实难以忘怀。

那天夜里，我做了一个梦。孙胖子摔出的那些菜，一齐来到我的眼前，它们将我团团包围，散发出热烈的香气；我浑身的每一个毛孔，全都撑饱了。我那贪心的吃相，想必难看，但内心的愉悦无法形容；有记忆以来，最满足的一次饕餮，竟是在梦境。遗憾的是，最后一道汤，好像是鸡汁桃凝羹，我没有来得及喝上一口，就醒了，原来，是睡梦中的孙胖子蹬了我一脚。

猪尾巴

男孩12岁时，还不太懂事，太贪玩。快到年尾的时候，家里来了两个裁缝，帮全家做过年的新衣。那时，不但猪肉、鱼、豆腐是配给的，就连肥皂、火柴也要凭票供应。饭桌上添了两张嘴，荤菜渐渐端不出了。父亲扔给男孩一只篮子，让他明儿一早去肉铺排队，买肉骨头。

天刚蒙蒙亮，肉铺前的队伍就很长了。肉骨头才1角5分钱一斤，骨头汤油水足，且不用票证，所以排队的人特别多。男孩拎着篮子，在队伍里慢慢往前挪动。肉铺里，那个叫秦歪嘴的斩肉师傅，男孩认识的；饭桌上，父亲常说起他，好像还是不错的朋友。此刻，正乒乒乓乓地挥舞着他的斩刀，忙得满头大汗。男孩排队有些烦。发现秦歪嘴突然抬起头，朝他看了一眼，还朝里边歪了一下嘴。男孩感觉，秦歪嘴是在暗示他：你的肉骨头我留着呢，现在人多，晚点来拿吧。男孩虽小，开后门之类，已然略懂。他父亲是医生，在小镇上人脉广，朋友很多。男孩本来就贪玩，旁边正有小伙伴在叫他，就扔下篮子，拔腿去玩了。

快到晌午了。玩成一只泥猴的男孩，想起了他的肉骨头。赶紧跑到肉铺，人都散了。只有秦歪嘴在清洗他的案板。男孩问，我的肉骨头呢？秦歪嘴听不明白：什么东西？男孩朝里面一指，说，肉骨头啊，你不是答应我的吗？秦歪嘴更不明白了：什么乱七八糟的，你是谁，我答应你什么了？

一个大人，一个小孩，就这样吵起来了。男孩坚持说，你当时向我朝里边歪了一下嘴，我以为你把肉骨头留下了，你要是不肯，为什么朝我歪嘴啊？

正巧有人走过，听了好笑：他天生就是个歪嘴么！

秦歪嘴没好气地说，小赤佬，再胡闹，老子打你嘴巴！你是谁家的小孩？

男孩没辙了。就说出了他父亲的名字。

啊？你是徐医师家的小孩？秦歪嘴顿时变了一个人，语气缓下来了。

最后的结果是，肉骨头实在没有了，只有一根猪尾巴，是秦歪嘴给自家留下的，因为是徐医师的缘故，他愿意把它让给男孩。

男孩拎着一根猪尾巴回家了。在脸色铁板的父亲面前，男孩不敢撒谎。说完事，父亲大发雷霆，让他把猪尾巴送回去。

父亲说，你知道吗，秦师傅的老婆动了手术，营养不够，是我给他开了医疗证明，食品站才照顾他一根猪尾巴。你太不懂事了，还不快送回去！

男孩知道闯下祸了。

可是，肉铺已经打烊上锁。男孩拎着猪尾巴，不敢回家。后来，是母亲把他找回家的。那根猪尾巴，最终还是没能退给秦歪嘴，母亲用足佐料，烧了浅浅的一盘，两个裁缝一见：啊，红烧猪尾巴啊，吃得眉开眼笑。都说，好吃，脆，香，肥，有嚼劲。

第二天，男孩发现，家里一只下蛋的母鸡不见了，母亲悄悄告诉他，你爸把它送到秦歪嘴家去了。

这件事，对男孩影响很大。之后许多年里，每当在饭桌上见到猪尾巴菜，心里都会有一种隐隐的障碍，难以动箸；一直到今天，他已不再年轻；写这篇文章时，都不知道，猪尾巴是什么味道。

有一种气场叫信仰

　　七月里，溽热的光景，江南已然被蒸煮得滚烫。在离开玉树的许多个安静的夜晚，我在江南一隅的书房里谛听它的呼吸。我走不出它的强大气场而夜不成寐。原本以为，记叙一次行走并非难事。然而，几番动笔，我却无法再次抵达那一座精神的高原，我只能以一种仰望的姿态向它致意。那些云霄里终年不化的雪山，天际线上盘旋的苍鹰，青天白云下招展的经幡，纯净、明亮的奶茶和歌声，马，羊，牛，草原；晶莹剔透的青稞酒，黧黑雄健的康巴汉子，再次汇聚成无声的激流，从我心头缓缓淌过。

　　玉树在青海。一场惨烈的地震让它闻名世界。从那以后，每天有许多人从世界的各个地方奔赴那里，在一个美丽遭到严重伤害的地方重建美丽。于是在去玉树的路上我被反复告知，很艰苦，没有舒适的宾馆，空气稀薄，开水只能烧到80℃，缺氧，会有高原反应。而我简易的行囊里始终夹带着一个私人的提问，各地都捐款了，钱应该不是问题。"灾后重建"已经变成一支神圣的号角，吹遍了玉树的角角落落。人气把玉树变成了一个浩大的工地，从废墟里站起来的人们在重建家园的时候，他们被重创的精神得到了疗救吗？

玉树予我的第一次震撼，是一座高耸入云的格萨尔王骑像。地震让玉树的建筑几乎无一幸免，唯有这座雕像岿然不动。说起这一点，玉树的朋友个个表情诡秘而又庄重。有关格萨尔王的传说与故事，可以是一部厚厚的书。我从这部织锦般的厚书里抽出一根绵柔的丝来，在高原刚烈的阳光下它诉说着一个伟大民族和她的英雄的缕缕往事。在扑面凌厉的风中我若有所悟，不由地用心去贴近这块雄奇的土地。

似乎玉树的一切都可以从格萨尔王出发。刚烈坚韧、桀骜不驯、勇敢尚武、生猛彪悍。这些元素构成了玉树藏人性格的基本色调。我想解读的是，支撑他们精神纬度的，是怎样的一种东西呢？

在经历了最初的高原反应之后，我厌食，无法入睡；浑浑噩噩，打不起精神。以我不够强健的躯体来感知高原的艰苦，也许是以卵击石。但我无比珍惜这些契入生命深处的感受。在漫漫的唐蕃古道上我不断见到满面风霜、衣衫褴褛、用身体丈量生命的朝圣者或曰信徒，我默默向他们行注目礼，我无法不动容，佛教把大千世界万世千载归结为"苦"，是为警喻世人，要对现世人生有恐惧和厌离之心，这样才可以有决心不贪恋生命物欲，立志脱度苦海。我不能肯定血肉之痛与精神之累，到底哪个更苦呢？

尼玛江才，玉树本土的第一个硕士研究生告诉我，如果没有来自信仰的支撑，人是很难在高原上生存下去的。

我终于知道，是一种叫信仰的东西贯穿于他们生活的全部。它像天地一样广袤辽阔，像江河一样永不干涸。也许我一时还无法解读那种信仰的内核，但我知道，它上接天脉，下通地气，他们的呼吸连接着大自然的心跳，由此，高寒缺氧、气候恶劣、物质匮乏皆不再被理解为苦难。因为，在他们眼里，大自然的一切，包括风霜雨雪、飞禽走兽，都是人类的朋友。人是不能征服自然的，人可以做的，就是认读自然，亲近自然，把自己融入自然，从而找到生存的契合点。朗朗乾坤，天地分明；鸟有鸟道，虫有虫道。人是最后才来到世界的。人来到这个世界的时候，鸟虫豸兽都有自己的路了，人的路会不会阻挡它们的路呢？哪怕对一条草虫，人也应该心生敬畏。万物有灵。这是玉树的朋友以虔诚的口气告诉我的一句话。后来我知道，这也是藏地本土的古老宗教——本教最核心的教义。在玉树，随处可见供奉于山巅、湖畔的牛头与羊头，堆垒于路旁或垭口的玛尼石，插在屋顶或门楣之上的松柏与艾草，寺院前飘着青烟的煨桑，连天而起的印满祷文的五彩经幡，等等。这些带有强烈地域色彩和民族气质的、独属于藏传佛教的图腾与信仰，汇聚成一种巨大的气场。它滋养一个民族，让每一个感知、参透它的人心智清明、精神爽朗、体魄健壮。

　　如同一条奔流的大河，它的每一朵浪花都具有山川草泽的本性。在藏地先民有限的认知体系里，他们把大自然的一草一木按照自身的感受，拟人或者拟物，赋予灵魂、思想、感情和意志，于是在玉树我常常见到这样的情景，各种自然神灵，遍布在人们日常生活的各个方面。在一条哈达、一件藏袍、一首歌、一碗酒、一场祭祀里，你都能感受到诸如日月星辰、风雨雷电、大山巨川、古树怪石、飞禽走兽等等无所不在的神之灵性。

　　我是一个从寸土寸金的江南来的汉人，我只知道周围的人都在拼命挣钱。就是农民，他一锄头挖下去必须有一锄头的效益。否则，锄头一扔，坚决不干。方言里说，打来骂来，蚀本不来；没法干的事，就叫没交易。约定俗成的民间价值规范，从容地操纵着老百姓的日常生活。物质的丰腴和精神的干瘪，像我们周边不太干净的空气和水一样无处不在。所以我在玉树的嘉那玛尼城见到用26亿块玛尼石垒起的"圣山"，顿时生起无限的感慨。26亿块，只是一个约数。每一块玛尼石上，都刻着六字真言。一个老百姓的一生，如果能在这无上的圣地捐一块玛尼石，那他就圆满了最大的一件功德，相当于吾乡的大伯在锄地的时候挖到了一麻袋黄金。而黄金与玛尼石放在一个玉树的藏人面前，他会毫不犹豫地选择后者。钱财是身外之物，玛尼石却关乎人的今生来世。一个风尘仆仆的藏族老人从我面前走过，当他把一块刻满经文的玛尼石轻轻安放到玛尼堆上的时候，已然是泪流满面。陪同人员说，看见了吗，他在玛尼石上刻了一百张嘴。意思是他的家人遭到了口舌的诽谤，让别人去说吧，那些口舌不过是风刮过而已。

给远方的亲人祈福，有平安经；亲人亡故了，有度亡经；送给老人的，是长寿经，献给那些误入迷途的朋友的，有解脱经。等等。

想来人的幸福是一件很主观的事情。来捐过玛尼石的人们，当他们离开的时候，无不脚底生风，步履矫健。那些石头上想必刻满了他们对生活的感恩，对岁月的追忆，对真爱的铭心，对苦难的排遣，对罪孽的悔过。精神被提升了，身体就格外轻快，通向天堂的道路一片明亮。

而勒巴沟的水玛尼，更是让人震撼心魄。那是一条水流清澈的十里长溪，两旁的山岗缀以异香扑鼻的花草，让人感到熟悉而陌生，恍惚如前世的一个驿站。但见那所有的石头上，都刻了满满的经文。溪水从山上流下，一路汹涌澎湃。有的怪石嵌在河道中央，任水流冲击。声音响亮如万众诵经。漫山遍野的玛尼石大如车斗、小若篮球。大多刻着字体洒脱的六字真言，而更多的，是密密麻麻的各式经文、颂词、咒语。2010年的地震把山顶的巨石滚到山下，藏民们认为这是天赐之石，分别刻上六字真言，祸石变成了吉祥之石。即便是陡峭的山崖绝壁上，藏民们依然可以借助冬天的寒冷，将速冻的牛粪垒砌梯子，艰难地爬上去刻字。

一份功课，用一生去做，无怨无悔。勒巴沟应该是地球上的一大奇迹，连天蔽日的石头，都刻满了藏人的虔诚！人置身于这样一个偌大的气场，心灵会忘记一切杂念，仿佛有一种与天地接脉的感觉。此生必将记住，有一条神圣的流淌着虔诚文字的溪流，曾经与我相遇；灵魂亦在此得到了短暂的洗涤，获得过片刻的宁静。一个未谙藏传佛教的汉人依然可以在这里流下真诚的泪水，因为我想到了，是无数双手，托举着无数颗赤诚之心，天荒地老，世世代代在这里留下永不磨灭的印迹。每一个文字，都留下了他们生命的温度，在清澈的流水中，成全了一部永恒的史诗。

这就够了。

团队里流传着这样一个笑话，一个藏族老人拉住一个北京作家的手说，北京好啊，就是太偏僻了。

北京偏僻，肯定是以玉树的不偏僻作为前提的。其间有一种精神的自豪被无限放大。老人也许还会担心，北京那么偏僻，生活在那里的人们一定非常寂寞吧。他不能想象，如果没有雪山草原、没有青稞酒和六弦琴、没有转经筒和玛尼石，人还怎么活下去？由此我终于释然了，玉树地震毁坏了人们的家园，夺走了人们的生命，但是丝毫没有损伤活下来的人们的精神。家园需要重建，但他们的精神却不存在重建的问题。在玉树的采访中，我听到了许多生命毁伤、家破人亡的故事。但人们在述说的时候表情淡定，那种平静中的达观让我感叹不已。在他们看来，宇宙中的有情生命皆处在一个生生死死、流转不息的轮回之中，如同一个上下转动的水车，生命就是水车里的斗子，在不断的转动中变换位置。在世积德的人，他们去天堂之前把肉身交给上苍了，干干净净、坦坦荡荡；今生作恶的人，来世则会坠入地狱。而亲人上路的时候，他们不能呼唤他的名字，他不回头，就可以顺利抵达天堂。

离开玉树的前夜我睡得非常香甜。所有的高原反应奇迹般地从我身上消失了。精神大爽的我和同行的作家们一起，收集着灾后重建的许多动人故事，在我密密麻麻的笔记本上，分明流淌着一种瀑布般的精神，我收拾起它们，感觉到了精神的重量。

精神的重量，我们还秤得起吗？当物欲的沧海快要没过我们的头顶的时候，我们还剩下几多精神的稻草？当物质文明的方舟并不能把我们送往精神的高地，那我们用什么来扯起一杆精神的大旗？如果说，精神上的缺钙比高原上的缺氧更可怕，那我们又用什么来拯救？

在与玉树惜别的转身里有我深深的眷恋。在无数次回望玉树的时候，我的目光一直在搜寻着一种路径与方向，我知道有许许多多的人跟我一样在搜寻的路上，也许我们终无所得，但一定不会由此而放弃。

一个作家的永生

　　那一刻特别安静。风停了，没有鸟鸣，总之，什么声音也听不到。在这样一个闷热的初秋的下午，我们从四面八方赶来，为了拜谒一位故人。周克芹。一位作家，一位写出过《许茂和他的女儿们》的作家。滔滔俗世早已将他忘却了吧，20年了，在四川的简阳，在简阳农村一个寂寞的山岗上，周克芹在这瑞安卧着，他不能再写作了，他只能给乡亲们守着山，守着地。要是可能，他会为他的乡亲们祈祷。一辈子，他都是这样的，用他的笔，为他的父老乡亲书写、祈祷，一直写到了死。他死的时候才54岁，像一根坚强而脆弱的芦苇，轻轻地，就被折断。翻开他的书，总是乡场，乡亲，乡音；总是热腾腾的红薯气息，还有苞米、南瓜。周克芹就是用乡土中国最常见的生活场景、最普通的世态人情，加进自己的血肉，熔铸成不朽的传世之作，一部书创造了几百万册的发行量，也创造了当代文学的传奇与尊严。他的文字曾经深入到中国大地的每个角落，让每一个阅读者感受到追求幸福、公平、正义、理想的力量。

去简阳的路上作家们一直在谈论周克芹。一路的山，水，树，苞米，土地，仿佛都浸透了周克芹的气息。生与死，贫困与奋斗，光荣与梦想。这块厚土养育了周克芹，最后又过早地埋葬了周克芹，冥冥之中，这就是命运的力量？你能想到吗，早年周克芹最穷的时候，妻子坐月子，食无肉。屋里连柴棒都没一根多的。怎么办？心一横：卖门板！既然家无长物，夜间何须闭户？周克芹不去近处的简阳城，而从山间绕远道去石桥镇，怕撞见熟人。谷草挽圈，门板上一插，做出售标志。这辛酸的情节，后来在《许茂和他的女儿们》里，演化成金东水卖毛衣。试想在一个没有门板的寒宅里，一个胃里连红薯也填不满的乡土作家，陋室青灯，长年累月地书写着一部部关于中国农民的大书，这是何等的中国特色。

忽然想到，春秋的时候，申包胥曾对伍子胥说："子能覆楚，我必复之"。江山也好，天下也罢，颠覆或被反颠覆，小说都是不能的。但是，小说从来是一个社会的寒暑表，小说还可以是历史的见证人，是一个世道的正义与良心。所以，真正的小说肯定是永生的。

这些，周克芹都做到了。许多年，那一片山水恩养了他的心性与气脉。于是他蘸着自己的心血写字，至情与大爱，永远地留在了他作品的字里行间。

于是，墓地四周的常青树，都变作了他伟岸的身躯，清甜的风在山岗上轻轻吹拂，都是他绵长的呼吸。对于这样一片山水来说，克芹大默如雷而无处不在。

我们把手执的黄菊轻轻放在他的墓前，俯身，谛听，那来自天国的呓语。作家阿来与他生前交往甚多，知道他爱抽烟，便把一支刚燃着的烟，轻轻放在他的墓前。然后，焚化了他写于多年前的一篇祭文。那火焰跳跃着，灼烫着我们的心。祭拜的队列里有轻轻的啜泣，像风一样游弋，那是一群作家的灵魂在悲鸣。"做人应该淡泊一些，甘于寂寞，潜心于工作和事业……"墓前的碑文，是周克芹当年说过的话语，字字如钉，更让人感受到作家对写作的至诚。周克芹的夫人，一位土生土长的农家老妇，她淡定而慈爱的目光一直看着我们，她轻轻地叮嘱，不要那么贪命地写，要保重身体；她的克芹，当年就是那样，三更青灯五更鸡，不要命地写，写，写。那么早，人就写没了。"他今天若还活着，才七十四岁，可是，他已经死了二十年。"她深深叹息又深深摇头。"重大题材只好带回天上，纯真理想依然留在人间"，这副周克芹墓前的挽联，集聚着人们对作家不尽的叹惋。

一个作家死了，还有许多人读他的作品；或者说，他的作品还在影响着一代又一代的人们。那样的死，莫如永生。

一个作家活着，他只写一些不痛不痒的文字，或者说，那些文字飞快地速朽，如同扑火之飞蛾。那样地活着，充其量是活着。

克芹先生，可以安息，足够安息。

我们离开的时候已然是黄昏，四周林木萧萧，肃然无语。周克芹的乡亲们全都站在村道的两旁，仿佛今天，是这个平素寂寞的村庄难得的节日。他们的脸上表情淡然，但与我们怅然相望的时候他们身体前倾，这是他们与我们作别的朴实姿态。我看到女作家徐坤的眼里有薄薄的泪光，我看到作家何立伟，还有裘山山、葛水平，他们都在用相机记录这感人的一刻。汽车发动了，轮胎却陷在低洼地里拔不出来，乡亲们便蜂拥而上，一时数不清有多少肩膀在拼力相帮，当肩膀和钢绳的力量终于举起了沉重的车体，人们才发出一声如释重负的长嘘，而汽车终于长吼着驰离村庄的时候，腾起的黄尘里，"周克芹故里"的门匾大字，正在夕阳下向我们发出欣慰的微笑。

想要的生活

一、不想要的生活

　　在小城的日常的慵懒表情里，饭局和宴会，就像一个社交女子必不可少的口红一样。要是你细心，就会发现，几乎是每天，许多有身份的人士奔波在路上。他们的爱车行色匆匆、喇叭轰鸣；他们的手机频频爆响、声声催急。出入各大酒店的身影，则如霓虹般闪烁飘逸。跑片。这个久违的名词的原意，是指当年放露天电影时，A地与B地同时放映一部电影，因为片源不够，放映员只能骑自行车驮着拷贝片子来回奔波。现在人们把它套用过来了，送给那些（通常是领导或老板、名人），在一个晚上同时得到几个饭局宴会邀请的重要人物。他们虽然身份显赫而高贵，但遗憾的是他们跟草根平民一样，也只有一个皮囊一张嘴。通常是，一个等了太久的饭局终于开始了，主宾或次主宾的位置还空着。主人还在近乎绝望地打电话，来了，终于来了。气咻咻，汗淋淋。一屁股坐下，显然他带进来一股气场，饥肠辘辘的人们目光变得恭敬。对不起，对不起！让大家久等。重要人物的表情，有一种不动声色的诚恳与谦恭。主人开始替他解释，领导太忙，实在太忙。领导是从一个非常重要的宴会上突围出来的。于是纷纷向领导敬酒。于是重要人物回敬，于是大家再敬。这时重要人物的手机及时地响了。从容打开，并不看，对着话筒说快到了，快到了，你们先开始！呵呵。于是重要人物再次给大家敬酒，太对不起大家，以后再聚！大家送客至门口，如众星拱月。15分钟或者20分钟后，重要人物在另一个场合出现，开场白照例，敬酒照例，手机响照例，打招呼照例，众星拱月照例。

像潮水一样退去。重要人物像被扔到岸上的鱼。疲惫。不过满足之后的疲惫，还是满足。然而，一种臭，一种挥之不去的臭气，充斥于他浑身的每一个细胞。家里人抱怨说，真臭啊！那种臭，集中了酒场上的一切浑浊气息：烟臭、酒臭、油臭、肉臭；还有男人的体臭、女人的脂粉臭。那种汹涌汇聚的臭味虽然熏不倒一只蚊子，但可以慢慢地改变一个人的气质，不光让他的脸上平添一些酒肉疙瘩，还让他目光迷茫、味觉迟钝，身体发福、步履蹒跚。

猛然发现，其实真正的重要人物是不需要赶场子的。他会让别人赶他的场子。一天到晚赶场子的人，内心并不强大，他需要"场子"来支撑自己。

看来我们都不是真正重要的人物。所以，那种臭，也常常充斥于我们的领口、衣袖，甚至内衣，甚至肌肤。由于我们确实不那么重要，所以我们也常常地"跑片"。所以我们的身上也是那么地臭，讲句老实话，那种臭味，比农民腿上的粪肥臭多了。几乎，那也是一种生活质量的重要指标。有时我们会痛恨，宁可在家吃青菜豆腐，也不要那种臭！但是，饭局来了，宴会来了，我们能拒绝多少呢？那些悦耳的邀请电话，那些烫金的大红请柬，表明一种生活的质量。人们把没有臭气的地方叫"边缘"，我们害怕边缘，所以我们常常迁就。或者，嘴上痛恨，心里窃喜；或者，一边痛恨一边窃喜。友人说，3天没人请吃，嘴里便淡出鸟来。并不是嘴馋，而是被人遗忘的感觉，确实难受。在一个功利社会，一个常常有饭局的人突然没有饭局了，他的下坡路就开始了。

于是我们的身上总是很臭。

二、想要的生活

假如你真的想要，它就能真正地到来。

又到秋天了，安安静静的日子。

天气还不太凉的时候。树叶是纷纷地掉了，但风还带着薄薄的温情。螃蟹在湖里肥着，躲避着人们疯狂的追捕；菊花在岸上从容地开着，有时，它窃笑，因为有人对着它作诗，它会掉过头去，说：酸——，拖音长长的，像风的声音。

更多的时候我感到内心的安静，是多么地好。我每天写一些字，存起来；我能听到它们集合在一起时的愉悦。有时，感觉好像在温暖的稻田里捡穗子，是一串一串的欣喜。写字的时候真静，除了自己内心的声音，别的什么也听不见。写字台对面是窗子，阳光有时会以瀑布的方式倾泻进来，你不必怀疑它的能量足以醺倒一个渴望温暖的男人。在这样的阳光里，人会觉得特别满足、富有，心也会变得透明。突然感到，那些多余的财富、名声，全是累赘。然后，沏一壶茶，为自己，我相信这壶茶先是滋润心田的，因为我的眼睛有一种渐渐清澈、明亮的感觉。向来以为，清茶伴书，是人生的一道佳酿。有茶陪伴的书，有隐隐的淡香，分不清是书香，还是茶香。有时，会有朋友轻轻叩门，于是，摆出青花的碟，让紫砂壶里的琼浆，变成最家常的问候。茶无道，平常心。能在一起喝干几壶茶的，必定是好友；酒则不然。你和一桌不相干的人在一起吃饭，你的酒杯和他们的酒杯碰撞的声音很清脆，但吃了半天你不知道他们是谁。吃完饭了，好不容易记住他的大名。一个转身，大家各奔东西，后来又在一个饭局上遇见了，却怎么也想不起他是谁。

向来怕酒，因为无酒量，还因为身体不适，一个酒场上的逃兵，颇遭诟病；男人女人都不喜欢。因祸得福，身上少了许多酒肉气，里里外外落得干净。对于无谓的饭局，婉谢；对于无聊的聚会，坚辞。很久了，不赶场子，于是不必躲避查酒的警察。也不嫉妒善饮的酒仙。如果一个男人一定要醉，我宁愿醉茶。在茶里我可以醉得稀里哗啦，让我醉10次茶，也不要醉一次酒。拜托了！

古人说，何地无尘，但能不染，则小河大地，尽为清净道场。我也知道，自己这一生，一直在为一份禀性难移的清高买单。不喝酒、不应酬的男人，会失去太多，但毫不足惜。江山也好，美人也罢。不是我的，都走吧，我看着你们绝尘而去。

偈语：对色无色相，视欲无欲意，莲花不着水，清净超于波。我的秋天是静的。在安静的秋天里我过得自在，悠然。

地 气

雁来蕈

西渚的秋天，像凡高的一幅画。

人在西渚的山岗上走，那无数的山野气息与朵朵繁花向你扑来，如此脉脉相望，彼此心扉豁然敞开，无限情语不着一字。一路恍惚而过，微醺的感觉，秋光便这样被打开了。

你推开了一户农家的门扉，一股奇异的清香扑鼻而来，简陋的饭桌上，盛在粗瓷海碗里，堆得山尖一样，冒着袅袅热气，肥而圆，像伞一样撑开，黑亮黑亮的，是什么菜啊？

主人憨憨地只说了3个字：雁来蕈。

主人好客，你禁不住尝了一口，那是一种什么样的鲜嫩呢，鲜，是一种不容置疑的清纯可口；嫩，是一种眉舒目展的爽脆软润；一种无可名状的清香，酥酥地麻住了你的口。你恍然觉得，用味精调出的鲜，与雁来蕈相比，是何等的伪劣。等到你走遍西渚，你发现，这样的一道菜，在招待珍贵客人的饭桌上，几乎无处不在。西渚里的雁来蕈，或者雁来蕈里的西渚，你分不清它们谁是前世，谁是今生。

你知道的，秋高气爽的蓝天上，大雁们总是排成一个"人"字，无论怎么飞，都飞不散的。它们不会知道，有一种躲在隐蔽处的山珍，是用它们的名字来命名的。而雁来蕈就像一支伏兵，它们埋伏在某一棵松树的落荫部分，像躲在深闺里。有时，寻找它们的人们匆匆从它们身边走过，它们就暗笑，你听不见它们的声音，但松树听到了。后来你吃到的雁来蕈有淡淡的松针的清香，人们就说雁来蕈是松树的孩子，它靠的是山水的灵气滋养。

北雁南飞的季节总是让人感怀。秋风一紧，松针纷落；雁来蕈上市了。在西渚，一种最常见的吃法，是把它放在上好的酱油里，用文火熬；浸透了酱油的雁来蕈，让人看一眼就吊胃口；那香有些异，你能感觉到松风摇曳，有人在松下抚琴，风雅天然，真没的说。雁来蕈一般不单作菜，或许是金贵；吃面条时，搛几块搭搭（宜兴话，品味的意思），浇上一点酱汁，是雁来蕈的原味，那样一种鲜，是难以用文字表达的。郭沫若早年到过宜兴西部山乡，他口福好，宜兴的好东西都让他吃到了，雁来蕈尤其让他感到妙不可言。他的老乡苏东坡，口福不比他差，吃了雁来蕈还做诗，当然不像《赤壁赋》那么有名。他还告诫别人，透鲜的东西不可多吃，食多无味。不过，你既然到了西渚，就应该把雁来蕈吃个够。

香　椿

　　春天让人的嘴变馋了。香椿悄悄地上了人们的饭桌。西渚多山，皆挺秀葳蕤。在高高的山上，香椿寂寞地生长，它最嫩的时候，天还凉着，山上的花还都没有开；爱吃它的人赶紧上山了。这里的人叫它"香椿头"，那是吃它的嫩头的意思；当地还有句俗话叫"吃嫩"，是指别的意思了，其实，人都有吃嫩的心理。医书说，香椿早在汉代就被国人食用，曾与荔枝一样作为贡品。它性凉，味苦平；且能清热解毒、健胃理气、润肤明目。其实人们在乎的，还是那一口鲜香。西渚人朴实勤劳，他们舍不得让香椿老在山上。当香椿的香气弥漫在饭桌上，你就知道，在高高的山坡上，留下了主人多少辛勤的脚印。

　　香椿分紫椿、油椿两种，紫椿质优；味微苦，温。药理上具有涩肠、止血、固精等作用。早年，西渚一带有道凉菜叫"香椿拌豆腐"，是把上好的紫椿在沸水里稍煮，以半熟为宜。然后切匀，浇上麻油，与滑嫩的小箱豆腐拌在一起，还可佐以虾皮、葱末、豆腐干丁之类；爽口而多味，口感极佳。微苦的香椿多嚼几下，就有回甘，那是一种悠长的滋味，再吃一口，满身心的春风荡漾。西渚的朋友告诉我，香椿炒鸡蛋，也是这里有名的土菜，极香，又不像野葱那样冲鼻；再浇一点麻油；色泽鲜黄翠绿，整个春天都在你嘴里了，你还不陶醉啊。这道菜里，鸡蛋是丫环，香椿才是金贵的小姐。

香椿炒竹笋，又是西渚的一道不可抗拒的土菜。那竹笋从山上挖来，架硬柴、入铁锅煮，须烈烈旺火，煮得那竹笋酥软而无节骨，切成块；又将嫩香椿头洗净切成细末，并用精盐稍腌片刻，去掉水分待用；炒锅烧热放油，先放竹笋略加煸炒，再放香椿末、精盐、鲜汤用旺火收汁，点味精调味，用湿淀粉勾芡，淋上麻油即可起锅装盘。这道菜的味道如何，我不告诉你了，自己去西渚吃吧。

螺　蛳

没有到西渚之前，我一直认为，螺蛳只有水乡才有。在西渚，吃了云湖里的螺蛳，我一时失语。螺蛳居然可以这样肥，这样鲜。

我一向认为，吃螺蛳就是吃地气。螺蛳在河泥里过日子，谁也不会羡慕它们。它一生都没有见过什么世面，老天爷就赐予它一个坚硬的外壳，是为了让它不受欺负。我想，云湖里的螺蛳之所以这般鲜美，还是因为它们吸收了山川河泽的气息。回想我们的孩提时代，小河里的水永远是那样清澈。夏天，我们和水牛一样喜欢泡在水里，和水牛不一样的是我们还喜欢摸螺蛳。那几乎不需要技术，你往河泥多的地方踩，一摸就是一把螺蛳。不到半天我们的木桶里就满了。天下没有比螺蛳更胆小的动物。你一碰它，它就缩进壳里。可它一有机会，就从壳里出来透气。我看见过螺蛳的眼睛像孩子一样顽皮，它想跟人玩，它不知道人只是为了不让它下锅的时候太脏，才把它像客人一样放在清水里养。它生命的最后几天是做贵族的，没有河泥的气息它们会有些难受，有些寂寞。最后它们就下油锅了。它们的末日是从屁股被剪掉开始的，在滚烫的油锅里它们尽情地舞蹈，黄酒、辣椒、酱油、生姜、葱花……都在成全它们变成佳肴。我无法想象，云湖里的螺蛳是怎么生存的，那样的碧水涟漪、湖光岚气，螺蛳们会不会变成半仙啊？我拿起一颗螺蛳，满心的敬畏。一吮，仿佛仙气入口，云湖就在头顶；然后，鲜味荡漾，一点点微辣，像米酒的后力。十几颗螺蛳吃下去，额头冒汗了，这时候，就是天王老子来传我，我也坚决不站起来。微辣鲜，一吮间。不经意我就吮到了西渚人的性格之美了，朴朴实实的秀美。仿佛天下至味，就微缩在一个小小的螺蛳壳里。吮螺蛳，就在那一吮一吸之间，生活就粲然变得美好了，心气高的人，让他来吮吮螺蛳吧，你不一定比别人能，经常吮吮螺蛳，心就平常了。

云湖鱼头

说云湖是仙湖，我相信的；那样的美，有时可以惊心动魄，有时又静如处子，是恬淡之美。在每一个朝霞满天的清晨，月落乌啼的夜晚，或者雪霁的黄昏，雨过天青的晌午，流动的诗情如清风，若雾岚，似裙裾，四季变幻；于是我又相信云湖里的鱼，都是诗情画意的化身。它们朝朝夕夕，悠游于仙境一般的云湖里，白云苍狗，今夕何夕，何以不为诗仙呢？

在西渚的饭桌上，云湖鱼头好比是一出好戏的高潮，是顶级大腕压轴出场。你看那硕大的砂锅端上来，如浓缩了的云湖，氤氲着一锅鲜气。那浓汤，色如乳汁，甘如天露。便是唐诗宋词，便是国色天香，这次第也退避三舍吧。主人殷勤，侃那云湖鱼头的种种妙处，首先那砂锅，必得选用正宗的宜兴货，透气好，存得原味。水则是云湖里纯净清澈的活水，鱼选七八斤重的花鲢，从云湖里现捕活杀。除鳞去鳃，除去内脏，洗净剁下鱼头，将鱼头下锅煎黄后捞出，放入砂锅，注入云湖活泉，辅以葱结、生姜、料酒、香醋、香菜、胡椒等，撇除浮油，先以旺火烈炙，继而改以文火，煨煮数小时，如此烧制绝无土腥味，且白里透红、细嫩滑爽；肥而不腻、美妙绝伦。

喝一口鱼头汤，妙哉妙哉！遥想那云湖，朝朝暮暮风生水起，岚雾妙曼潮起潮落。顿觉浮生若梦，一夕便是百年。主人说，君若不食云湖鱼头，等于没到西渚。就像到了新加坡，不能不品尝咖喱鱼头一样。酒已酣，人犹醉，再看那砂锅里汤色依然乳白，鱼肉细嫩似豆花，山之光，水之声，月之色，花之香，诗之韵，画之魂，汇聚一锅，氤氲一阕婉转小令，无字处飘逸成仙；在味觉与思绪的深处，一直荡漾开去。

园魂何处　云水当年

通常，我们讲述一座园子，总是要说到它的前世：风水、际遇、气场，免不了的恩恩怨怨，道不尽的坎坎坷坷。诗词总归有一些，匾额碑廊也有一些，朝代故事更要有一些。接下来，说男人如何聚财，然后风流，女人如何多情，又薄命；什么地方是谁来过的，什么地方是一把火烧掉后重建的；大凡有水的地方，譬如古井、藕池，难免要留下几条人命，让后世的人，借着凭吊古人，抚慰自己的心伤。当我们走进一座上了年纪的园子，行走在长了青苔的古径上，有时会恍恍惚惚，过后才悟到，那些曾经的隐约履痕，其实是我们心生的幻影，我们是什么心情，它就扮出什么表情。

寄畅园在2015年春天的一个早晨走进我的襟怀，相信只是一个偶然的机遇。明前茶以它超拔的翠绿，在透明的玻璃杯里，虔心表现着亭亭玉立的罗裙风度。湖心亭，藤椅，雾霾难得消散的天空，有心成全着一次文人的聚会。运河上吹来的风，还有些许寒意。桃的红，柳的绿，全然不顾料峭的春寒，在游人的顾盼下，已然绽放得没有了半点矜持。浮华俗世里的清虚，从哪里去找？这是一个奢侈的话题。想来，寄畅园最早的主人，还是悟透禅机的，他分明要避世，又不肯放弃凡尘里的洪福，这样的一座园子，曲与直、明与暗，通透与遮蔽、简约与繁复，如同魔方一样的有机组合，走进这里的人，等于走进了他的花样经，仿佛他就躲在暗处，等着你在此处感叹，在彼处夸赞。碧绿的石潭，嵯峨的假山，杨柳岸，晓风残月。一个明代人这样写道："石径欹斜，小池清映，落落虬松。"你要歇脚的时候，凉亭到了，石凳来了；你要观花的时候，松风竹影伴着牡丹杜鹃，海棠芙蓉伴着蔷薇木兰，不声不响的脂粉队，悄悄地就围着你了；你要静一静，拐过一道幕墙，顿时风无声，鸟也不鸣。想当年白居易，曾经为自己的宅园，写过这样一首诗：沧浪峡水子陵滩，路远江深欲去难，何如家池通小院，卧房阶下插鱼竿。那个时代的文人都是这样，为爱真山，偏筑假山，起起落落，都是自己的块垒、胸臆。世道人心，反正就那样了，有才无才，都补不了苍天。既如此，就造一座园子吧，这个必须像自己，虽为人工所筑，却宛自天开。寄畅园坐落在惠山脚下，若说借景，不如说借东风，那聪明是跟诸葛亮学来的。山脉与人脉一样，得脉者畅行天下，失脉者寸步难行。垒一座假山，让自己扮作惠山的余脉，然后，借景移势，将一脉真真切切的惠山气度引进园子，从建筑学的角度延伸开去，其间凝聚了为人处世的许多学问。

　　寄畅园的水，也是好的。古人用暗渠手法，将"天下第二
泉"的泉水引到园中，利用高低落差，将流泉折成三叠；然后形
成涧流顺势而下，飞泉之景由此而生。从假山的开合处走进去，
是一条狭窄的通道，两边石壁高耸，闻听泉声，似远若近；清脆
而不沉闷，若黄鹂齐鸣而山谷回荡。想来，江南文人的创造，总
带有地域倾向。铿锵化作婉转，静水会当深流。譬如吴钩越剑，
不再仅仅是战争利器，斗转星移，它早被赋予了英雄仰止、建功
立业的人生渴望。吴钩文化，则由刚转柔，从尚武转向崇文。阴
柔的特征由此而生，诗性的园林，正是建造在这样的根基之上。
水，是清秀、温婉的象征，是纤柔、静雅的品质所在。这些特
质，后来不光体现在建筑、家具、衣饰、舟车之上，还反映在吴
地的吃食之中。你无法想象，在寄畅园里吃着羊肉泡馍，听高亢
的秦腔一路唱来；或者，用草原上的马头琴，来点缀八音涧的夜
空。这里的山水楼台，是为昆曲、评弹、滩簧调准备的。与之相
关的，是碧螺春、紫砂壶、油纸伞、檀香扇、乌篷船、印花布、
黄泥螺、豆腐干……此地的民歌里这样唱道：江南最好焙茶天，
阳羡旗枪谷雨前；买得蜀山窑器好，为郎亲试惠山泉。至于饮
食，鲜与甜，精致与清淡，囊括了吴地无锡饮食的精华。从小笼
包到推酥饼，从酱排骨到响油鳝糊，无论吃什么，都要放一点
糖。最初，这与本地口味并无关系。只是因为，穷人出汗多，盐
吃得多；而糖比较金贵，平头百姓，只有在产妇坐月子时，才能

喝上几碗糖水。甜甜蜜蜜，是吴地语境里对幸福生活的一种比喻。而富人在吃饭时，随意地蘸一点糖吃，或者吃什么都放一点糖，遂成为一种炫富的时尚。无锡的菜系里，堆砌着太多的糖分，是与这个当年的活水码头富人多、自然吃糖也多，有很大关系。据说乾隆爷来无锡，吃不惯锡帮菜，但寄畅园这样的园子，他是喜欢的。无奈，他带不走它，下令在京城给他也造一座。这看起来不难，但京城那座复制的园子，即使仿得与寄畅园一模一样，也只是一具美丽的躯壳。因为，无锡的寄畅园，并不是一个孤立的个案。它根深蒂固，连接着江南的历史、文化、手艺、器物、风习。清峻秀逸中带着狂傲，灵动智慧中透出稚拙。亦秀亦豪，刚柔兼具；才高八斗，浑然天成。这便是江南的缩影。它的根基，是耕读传家，是勿恃富而惰学，勿不第而丧志，勿以困苦而辄止，勿以明敏而荒疏。所以才有了东林书院，有了星斗般的一大群被历史记住的人物。

　　寄畅园的高潮部分，应该是锦汇漪吧。古树、假山、亭廊、花圃，皆倒映其中。将惠山的山景借进园里，气脉也被接通，仿佛置身山中，视野一下子开阔起来。文人墨客到了这里，没有不击节折腰的。乾隆四十九年，跟随乾隆皇帝南巡的嘉庆，遂被这里的景色打动，写下的诗中，有两句尚可玩味：名园正对九龙岗，鹤步滩头引径长。他似乎比乃父强些，乾隆虽好诗文，大都平庸；在寄畅园留下的墨迹，虽然名噪一时，到底抗不过时间，被岁月彻底地遗忘了。

站在这里冥想，隐隐闻听运河涛声。水的灵动，孕育了这里的一切。人们挂在嘴边的水文化，其核心是什么？水，是吴人的血脉和生命，行舟楫，兴城邦，亨国运。唯其灵动，才聚集八方之安逸、唯美、精雅、奢靡、悠闲。由此派生的米码头、布码头、丝码头、钱码头，都可以在"经世致用"的哲学里，得到诠释。再想想，寄畅园的每一寸空间与土地，都被赋予了意义，那就没有清空的意义了，这是无锡人的聪明，又何尝不是当代人的局限。

走出寄畅园，立即被惠山古镇热腾腾的俗世气息所包围。喧嚣的市声里，红男绿女挨挨挤挤，茶楼酒幌扑面而来，让人一时恍惚。不过，很快我就找到了它与寄畅园一脉相承的地方，雅与俗，就像一枚硬币的两面，从来就与无锡的魂魄息息相关。异景同源，仿佛时空穿越，终点又回到起点。看着远处的惠山，我们不妨长长地出一口气，然后融入滚滚的红尘之中。或许，这正是造园者所要的效果，所谓匠心所在吧。

化蝶千年

农历三月二十八，是宜兴民间传说中的祝英台化蝶之日。

流传了1000多年的爱情经典，仿佛如一块被记忆凝固的琥珀，在最美丽的时候被抽走了真实；它遗落于民间，未被宫廷"招安"，却反而成全了它。只是历代世俗的传唱与演绎，平添了太多的脂粉和眼泪。红尘男女的附会，更派生了许多趋时的诗文，渲染出尘世的因果轮回。

时间会损伤一种记忆吗？岁月会稀释一往情深吗？

幸而，这里的草桥，古亭，修篁，书院……还带着昨天的温情和遗恨，古意绵绵的小径，还留存着主人的气息。十八里相送的界牌还在，落叶纷然，雁声却不再凄切。恍惚的秋光里，遥想着当年那一对痴情男女在这里玩智力游戏，以层层叠叠、自我折磨般的"闯关"形式托付终身。真不知如今在电视上"速配"而相伴的情侣们该作何想？一地碎片千年遗落，水波里的缤纷，天空中的蝴蝶，分明是人们对情爱终局代代相传的厮守，是对善恶有报的执着，爱与情愫，才终于在这样的寄托里，化羽而登仙了。

善卷洞畔有一条涌金街。堆满陶器的街头，跟跄走来一个蓬头垢面的唱曲艺人，扯着破锣般的嗓子，敲着比嗓子更破的铜锣，唱着自编的春调："正月梅花雪里开，小锣一敲就开台，祝英台本是我同乡人，祝陵村上好人才……"像农家自酿的米酒，这春调乃地道乡音，唯其粗犷才别有风味。在宜兴民间流传的梁祝故事里，祝英台是善卷山南祝家庄人，而梁山伯是善卷山北梁家庄人。儿时，两人在附近的碧鲜庵共读，情同手足，义结金兰。寻常男女的欢愉，全因爱的如期而至，翩然生辉。冲破樊笼，让爱作主。在当时需要多大的勇气！爱情的蝴蝶从来就不是自由的。玉碎和瓦全之间，只有一条不归路。父母之命媒妁之言门户之见是一口深不见底的酱缸啊，封建的时风势雨以万钧霹雳之猛，利落地斩断了它们那脆弱的翅膀。

殉葬台下，聚集的冤魂有几多？梁祝已经远行，历代的追随者亦步亦趋不计其数。忽然悟得，世间被传颂的爱情，总是因残缺而美丽，因遗恨而哀伤。唯其冰清玉洁，才被膜拜着，才纯净如炼，如梦如幻；才会有纵身一跃的超脱，才会有不绝如缕的守望。

1000多年，时间真够长的了。人生的酒杯，何以浇却殇情的块垒而空对明月；看春水枉自东流，而独自锥心断肠。知道吗，那道美丽的虹影，是用两个年轻的生命拓印下来的，杜鹃啼血，岁岁年年，它们有理由骄傲地飞架在万物蓬勃的季节。

螺岩山是有福的。梁祝在这座名不见经传的山中诞生，在它的环抱里成长如蜕。一对惊世骇俗的爱情，如闪电划过万古长夜，早已属于大千世界。无论何时，只要你静心谛听，山谷里随风回荡着空旷的绝响，还是那样声声入耳："英台——，山伯——"

无须玫瑰，也不要菩提。这里的人们总是默默地用自己的方式纪念他们。祝英台的衣冠冢前，默祷的脚步总是轻轻，白发苍苍的老人会在这里咀嚼金婚银婚的滋味；年轻人呢，遥想着一纸婚书，如何经受得住时间风雨的冲刷？上帝总是把我们当成小孩子，哄我们吃下一枚名叫爱情的甜果。憧憬和祈盼毕竟不能承受生活的千钧辎重。有一些提问，即便是梁祝，也会窘迫的。假如你们也结婚了，金玉满堂能其终吗？风雨同舟是一种意境，作为柴米油盐的日子，决无华丽的色彩。能共同走到生命的尽头，真不容易呢。

据说，一到下雨的日子，碧鲜庵里就会传出琅琅的书声。风也停了，鸟也不鸣。读书真是人生一大快事，思想的刀刃磨快了，却会滋出许多事来。祝老太爷平生最大的失误，就是不该让女儿读书。那时尚无东邪西毒，文字的力量却还是透过纸背的。思想的裹脚带一旦松开，行为的魔瓶便放出妖怪来。雨后的一脉斜阳，把两个读书人一直送到山的那边，也送到思想的禁区里去。

当地的人说，这里的蝴蝶很特别，总是成双结对，棒打不散。它们是哪来的精灵呢？若不是情爱的化身，它们何苦这般形影相随呢？在它们的跃动之间，我们感受到生命的佳酿是如此陶醉；而美丽又是如此短暂。滔滔红尘，哪里去寻觅永恒？时光游移，惊鸿照影，只有满山遍野的一簇簇洁白，才传递着可以暖心慰怀的温热。

也许，中国式的爱情圣典都是这样，唯有伤悲的分离，才会有幸福和痛苦被镂刻在时间的深处，才会有生死难了的承诺，没齿不忘的期许。

没有了铭心刻骨的爱情，人类会是什么样子？

再也不会有化蝶的故事了。可我们应该留一片晴朗的天空，让普天下的蝴蝶自由地飞翔。让它们好好地在天上飞着，寄托着我们美好的情感，让普天下的人们好好地爱着吧；一生一世，忠贞不渝。让我们的孩子也知道，人生的路途不能没有爱，而爱，是可以改变世界的……

夕阳阁老

徐溥记得,他离开京城的那一天,是一个薄雾淡阳、阴晴不定的早晨。皇上终于恩准他告老还乡了,帝国皇宫紫禁城巨大的红色宫门沉重地打开了一道缝隙;这是皇上对他这位四朝老臣的极高荣誉。几千年来,这个统治着世界上最广袤和最众多的人口的帝国的皇室与它的臣民们被世界上最高大的围墙隔开着。即使是得到皇帝的特别恩准得以"瞻仰天颜"的帝国功臣,没有一个不是早早地穿戴好表示自己官阶的全套锦绣蟒袍;外面披着皇帝恩赐的黄色马褂;天色未明之时,就候在宫门之外,紧张地等待着宫门里那些皇家侍卫低声地呼叫他的名字。然后,上面排列着金黄色大门钉的门缓慢地打开,这样的时刻,即便是统领数十万军队征战于遥远疆场的强悍无比的将军,也会由于激动和恐惧而双腿战栗。如果皇上咳嗽一声,跪成一片的金銮大殿上的百官们会齐崭崭地打一个冷战。

对于走出紫禁城的徐溥来说,这一切终于结束了。

真不知道这些年是怎么过来的。

伴君如伴虎，是老百姓的说法；其实大内里的胜残去杀，让你看上几十年，足以把一个血气方刚的汉子变成精神上的侏儒；游宦40余年，历经景泰、天顺、成化、弘治四朝皇帝，见过了太多的朝廷变故、人事代谢；徐溥阁老先生早就腻烦了熙熙攘攘、刀光剑影的官场。是的，帝国的体制就像一个巨大的阴魂，它攀附在每个人的身上；你可以击溃一个政敌，你却永远不可能战胜体制。普天之下，莫非王土；率土之滨，莫非王臣。就像长城一样厚实严密的伦理与朝纲，已经形成了一个精密的理论与运作体系，每一个置身其中的人不可能不就范顺从。过了70岁，眼睛老花了，两个膝盖也跪不动了。做官之人，如果连上朝跪帝的力气都没有，还怎么分出心思来斡旋于翰林呢？他战战兢兢地去向皇上乞恩告退，心里一定有着十五只七上八下的吊桶。那天皇上高兴，龙颜一直是开着的。老生姜了，不能走，走不得呢！你办事，朕放心；刮风下雨的日子，朕准你不必上朝。

这是谕旨呢。阁老出了一身汗。原来老夫还有用处。但赶紧得见好就收了，日头一落山，天就要暗下去；潮，早该退了。是一个冥冥之中的声音在提醒他。

弘治十一年，皇太子出阁，加授他少师兼太子太师，进华盖殿大学士。徐溥已经被推到了权力与荣誉的巅峰。这一年他的眼睛坏得厉害，基本上不能看文件了；写字的手老是哆嗦。又去跪见皇上乞准回乡。皇上叹了一口气，用他的朱砂笔极不情愿地画了一个圈。

自由了。把泰山一样沉重的顶戴花翎放在一边，徐溥一定感到一种从未有过的轻松。用我们今天的话说，他终于平安地降落；画这个圈，用了毕生的精力，画得好累啊。

总是在断断续续的残梦里隐现的故园江南，就在眼前了；古城宜兴郊外的溪隐村，那陌上青青的老家，一直在他灵魂的深处招摇着还乡的旗幡。从此可以悠游于竹篱茅舍，有泉石天籁伴随着桑榆晚景，那才是皇帝也过不上的神仙日子呢。

这一天黄昏降临的时候，被别人尊为"阁老"的徐溥，以他颤巍巍的老迈之身，终于扑进了故乡的怀抱。

在朝为官多年，徐溥没有在京城建造府第；回家了，该有个安身之所吧。平生积蓄的银子不多，阁老大人只在县城东南的狄溪河畔建造了一座住宅。里人以他祖辈累世积德，将此宅定名为"世德堂"。他跨进门去的时候没有喧闹的乐队和震天的鞭炮。当地迎候的官员也被劝回去了，接风洗尘的宴席也被取消。天色微暗，阁老目力不济，基本上看不清什么东西。只觉得宅院深深，好像过于奢华了些。老人家在两个小童的搀扶下，沿着宅第转了一圈。并用双手抚摩着每一堵墙壁和每一根楹柱。人们不知道这位刚退位的宰相要干什么，只见他向着北方喃喃自语："皇上，臣罪该万死，栖身之所茅庐即可，如此奢华则寝食不安矣！"

人，虽然离开了紫禁城，心还被皇上拴着；风筝的线头还在皇上手里。

家里人说，"好歹也是个四朝的宰相，人家当个三年穷知府，还十万雪花银呢！"

"不可妄言！"阁老把一张饱经风霜的老脸绷得紧紧。"从今日起，老夫就是一个普通百姓。"

还说了一些司马温的家训之类，下人听得半懂不懂。

徐溥回到家乡的第一晚睡得非常香甜。

第二天清晨他起得很早。江南的秋天没有北方寒冷，湿润的空气里还带一点清香；缓缓走在乡间的小路上，比走在宫殿里的青砖地上要舒坦得多。虽然视力模糊，他依稀能感受到秋天丰富的原色与万物生命的蓬勃。脚下那无拘而欢快的溪流消解了太多的清规戒律的意义；林丛中那些在风中晃动跳跃的树叶述说着生命的欢愉；绸缎般的阳光平均地撒在每一个人的身上，尘世间的富贵在这里变得何等脆薄。一路走去，在田塍上劳作的农人们看见他纷纷一头跪下了；原来这里是他的"义田"，早在弘治二年，他的二弟复斋先生就进京和他商量置办义田，以赡宗族之事。他把自己名下的800亩良田作为"义田"，分与族里村人耕种。并请籍记于官，以垂永久；如遇饥荒，则开义仓赈济，凡乡里族人，遇有婚丧大事或遭受意外灾难，均有补急救济。

庄稼成熟的香气扑面而来，种瓜得瓜，种豆得豆；阁老在这里有些陶醉了。

一日，徐阁老在家门外散步，四野悄然，不似往常；这里原是蜀山、大浦等地乡民上城必经之路，今日为何这般静寂？家人答曰：为了相爷能够安静休息，所以把大路改道到河对面去了。阁老闻之大怒，怎么可以为了我一人安静，而让众人绕道呢，既令恢复原路。乡民们无不为之赞叹。

忽然想起一件事，早年京城的一位曾经送他一幅画，是张择端的《清明上河图》，那可是国宝级的极品，他命下人把这幅画拿出来，戴上老花镜，细细端详。不知多少回了，每次看这幅画，他都会一阵阵地激动而沉浸在张择端笔下的氛围之中。但今天他想到的是，应该把它送回京城，物归原主了。所谓"原主"，是他原来的同僚李东阳，这幅画上有李东阳的叔祖李祁的题跋。如此推算，这画应属李东阳也。阁老命他的孙子专程携画赴京。此后一个多月，他一直耿耿于心。有一天傍晚，孙子终于风尘仆仆地回来了。看了李东阳充满感激和挂念的亲笔信，他才放下一颗心。今人大约不会知道，《清明上河图》原来一直在一位退休的宜兴籍宰相手里藏着。在徐阁老博大的胸怀里，不属于他的东西，哪怕金山银山，他也不会染指。

接下来的日子，他去了古城东门外的浉溪河口，这里河水汹涌，河面宽阔，过往行人殊多不便。无端端一声长叹，让下人们不知所措。"吾祖父徐福，自幼贫苦，昔年就在这里摆渡为生。"阁老沉吟半晌，又问："平时百姓如何过河？"

管家说："有条小船在此摆渡百姓来往。只是船小人多，平时比较拥挤。"

当即决定，出银子设置一条能坐8人的摆渡船；家丁中选两个水性好的，担任渡工。所有来往百姓，一律免收渡资。

从此，这里便有了"徐氏义渡"的美称。

义田，义渡，义学，义仓，义庄……一个帝国体制外的温情的阁老，在他生命最后的岁月里，尽情释放着他的人格魅力。他一生不喜欢摸钱，吃素，穿布衣；荷包里最后的银子都用在他的诸多义举上了。洗尽铅华的人生，生命将尽的人生，就是每天做一件好事，还能做多少件呢？原来一个读书入仕的书生，他的一生就是在自己的道德碑上添砖，一支精神的蜡烛于风雨飘摇中燃到尽头，何其不易啊。江河浩荡，谁解心怀？

人们发现，自从阁老大人回乡以后，溪隐村外的阡陌上，就多了一道风景，那个弯弓一样的背影，并没有给人夕阳西风瘦马的凄凉感觉，而是像一棵坚实的老树，在劲吹的北风里，它虽然不再枝繁叶茂，但气场还是那么大，有一种温煦的力量。

这便是1497年的秋天，一个退休宰相的陈年往事。

生命书

单锷不愿意做官。

嘉祐四年中了进士。其兄单锡，亦进士，早他两年，与苏东坡同榜，且友情甚笃。苏东坡喜欢阳羡风土，主雅客勤；系单家常客。最多时，一家30余口，住在单家，不是举家出游，而是避难。后来他把自己甥女嫁与单锡为妻，此事东坡甚得意。但他说服不了单锷，这个书呆子，终究不肯入仕。

后来东坡不再劝单锷做官。可能他发现，单锷的志向，比入仕高洁。那个时代，求官之道已然拥挤，由士而仕，是主流社会拥戴的光明大道。归隐者当然亦有，那只是异数。后来，单锷身边的人都知道了，他要写一部书，不谈风月，亦非志怪；而是关乎水利，寻觅根治洪涝漫溢之策。

单锷的人生，走到这里，一下子就到"歧路"上去了。

本来，进士已经到手，"主流社会"已经对他刮目相看。此人早晚是要做官的。吃请之类，会一天天多起来；一些场面上的活动，断少不了他。风月和佳人，都是为成功者预备的。那时对文人士子的"标准",有如此概括:"起个斋号,出入有轿,刻部书稿、讨房妾小"。这样的"地位",让太多的文人士子心气很高。如此的"风雅",单锷是不是附和,我们并不知道。但从他此后的选择看,他大抵不会看重并且超越了这些东西。

终于有一天,单锷背着一口袋干粮上路了。轿子肯定没有,随从书童,也免去了。此人应该是将三万六千顷的太湖,装进心里了。莫不是滔天的水浪,时时击拍着一颗强悍的心灵,他何须做出此举。

原来,在单锷居住的山村一带,几乎每年都要遭到山洪的袭击。此地人称山洪为"发礁"。有记载的1055年,特大的山洪暴发,大量民居被毁,1000多人丧生。一块巨石如野牛般从山顶冲下坡底,最后在山镇湖父的小街上刹住脚步。邑人称其"天石",是老天爷赐给百姓的,遂肢解成若干块,造桥数座,还债于民。

从太平兴国二年,到宣和六年,其间140余载,太湖流域共发生洪涝灾害20余次。十年九荒,百姓遭难。有一年洪灾特大,单锷亲属之中,有数人被洪水卷走。

发誓要写一部水利书。于单锷,当非偶然。但根治水患这个计划过于宏大,意味着他将以一己之躯,走遍吴中各地,沿太湖察访灾情。与之为伴的,只有星辰日月、风霜雨雪。

而悉心给出良策,对于一个文人来说,也是太难的课题。

世人皆曰，不切实际。

想必单锷上路之日，并无仪式；家人担忧，生离欲如死别。无论如何，都拗不过一个死心眼的士子。但见他一身皂衣、脚蹬山袜、腰束麻绳，怀揣遗书，俨然死士。

乘一叶扁舟，顺画溪河，蠡河，过诸家荡口，入茫茫太湖，遁影于天际。

想那风餐露宿，终是必然；驿路艰辛，更是秉笔难书。古时士子于驿路，总有红颜相随。然单锷却无。即便有肝胆的女子相随，也会半路退怯，毕竟月黑风高，驿路茫茫。但一路之上，并非没有知音，凡知晓他心中宏图伟业者，莫不击节称佩。纵有友人鼓励，然千里搭长棚，终有一别。想那沿途一沟一壑、一河一浜、一圩一坝、一潭一塘，单锷无不周览。沿途笔记，兼及水文资料，手提肩扛，即便三头六臂，亦无法应付。即便船装车载，亦将兴叹。

自此竟30年，单锷终于写成《吴中水利书》。这是一部以血肉之躯丈量太湖流域的万古奇书。该书结尾如此写道：

"锷存心三州水利，凡三十年矣。每观一沟一渎，未尝不明古人之微意其间曲折婉转，皆非徒然。惟执事者上之朝廷，则庶几三州憔悴之民，有望于今日也。"

书写成，又如何。

一石沉大海。

元祐四年，苏东坡任杭州知府，对单锷之书大喜过望，极为推崇。杭州离阳羡很近，风习与地貌，血肉毗连。其主政浙西水利，当然以该书为参考。苏东坡素与朝廷周旋有术，凭他眼光，此书甚珍贵，远远超过那些"传世"的诗文。与朝廷较劲，这砝码够重的了。他多次劝单锷将此书上奏朝廷。这时单锷已经50余岁，功名之类，更是一风吹过，况且，他对朝廷失望，已非一日。"上奏"之事，终是抛掷一边。而东坡心有不甘，于元祐六年，具疏代奏于当朝。

然而，朝廷很忙。或许，吴中那点水患，在皇帝眼里，就那么一调羹罢了。《吴中水利书》并没有引起朝廷太大的重视。故单锷的治水主张，一时受困，灼见与博识，只囿于书卷之中。

但《吴中水利书》还是在民间活下来了。

单锷活了79岁，在宋代，已属高寿。他有不灰心的底线。因为，吴中治水之策，是他用30年生命丈量太湖流域、披肝沥胆之作。有的书，生便是死，所谓速朽；有的书，毋庸贴金，而需要用时间来做证明，而人们认知上的姗姗来迟，更多已转换成付出代价后的警醒。

他相信，《吴中水利书》会比他活得更长。

大观四年，单锷病逝于家乡。

　　如果说，《吴中水利书》最初是以手抄的形式在民间流传的，那么，随着时间的推移，随着水患的蔓延，如梦初醒的人们想起，时光深处的那一部被搁浅的奇书。那绝非是一堆故纸的复活，它从来就没有死。遮蔽的尘埃一旦拂去，这部江南第一治水之书，便成为汹涌灾患的克星。据载，明代疏通吴江水门，修筑溧阳两坝，均参照该书。各种刻本在坊间流传，几乎每一位县官的案头，都会放一部《吴中水利书》。

　　一个文人，能够用自己的生命做抵押，去写一本书，然后，持久地活在他写的书里，当是最高褒奖。

仕与途

古代到江南做官，身段与仪态都很重要。

要会吟诗作赋。这大抵没有问题。一个书生熬到进士，那些场面上的功夫不会太差。朝廷的盘算，总有他的道理。江南这个地方，历来是朝廷的粮仓。但最关键的，是个文雅、知书达理的所在。

但像苏州这样的文脉厚重之地，并不是一般文人能够镇得住的。唐朝时，朝廷先后派了3个重量级的诗人在苏州做刺史，他们分别是韦应物、白居易、刘禹锡。以他们的诗名，完全够得上我们今天的"著名专业作家"，但光会写诗，肯定当不好刺史。所以，古代的文人，从来不会因为自己诗好，文字好，就不做事了。韦应物在苏州做了3年刺史，他对老百姓的疾苦，有深切感受。"自惭居处崇，未睹斯民康"。他理赋税，勤民务，为苏州人做了许多好事，诗却写得很少。古人爱用"两袖清风"来形容官员廉政，而韦应物3年任期做满离任，连回陕西老家的路费也没有，只得暂住苏州城外的永定寺。不做刺史，便没有了官俸，一家老小的生活，却还要继续下去。便与子弟们租地耕种。这时他终于有时间写诗了："野寺霜露月，农兴羁旅情。聊租二顷田，方课子弟耕。"谁也不会想到，两年后，韦应物竟然在贫苦中病死，一个帝国官员，为什么会这样？"三年清知府，十万雪花银"，说的是古时官场的普遍现象。以苏州的富裕程度，无论如何不会让一位卸任官员在贫病中死去。这，难道不是文人士子的操守！苏州百姓非常敬仰他，但并没有给他许多溢美之词，只是称他"韦苏州"。

白居易的境况当然要比韦应物好。他也勤政，几个月不出衙门，也不宴客，当然更不会接受吃请。埋头处理公务，诗是肯定没工夫写了。他为苏州做的一件千秋好事，就是疏浚开凿了一条从阊门到虎丘长达7里的山塘河。对此，陆文夫先生在他的《老苏州》一书里这样评价："河边筑堤，堤上遍植桃李，两边开了很多店铺，这就是现在的山塘街。七里山塘不仅解决了水患，同时还为苏州人游虎丘提供了水陆交通之便，造成了阊门外千百年来的繁荣。"这件事做完，白居易松了一口气，诗心上来了。"自开山寺路，水陆往来频。银勒牵轿马，花船载丽人。"那种为百姓做了好事以后的成就感、得意感，溢于笔端。

等到白居易离任，刘禹锡来了。他跟白居易诗缘颇深，两人常有唱和。但他们都知道，做官不是做诗，所以他们的交接应该没有诗情画意。刘禹锡到苏州当刺史的前一年，苏州遭遇了一场非常严重的水灾，他到任后一看，洪水虽然退了，但到处都是灾民。便立即投入赈灾。刺史就是个市长，权力有限。官府的粮仓，是给朝廷守的，动一颗粟，也要皇上恩准。最后朝廷被他说服，同意开仓济民，整整12万石，按户发到灾民手中，并宣布免除赋税和徭役。苏州安顿下来了，这对整个江南都是一个极大的抚慰。刘禹锡在苏州两年，主要精力用在救济灾民和恢复生产。诗，被扔到了脑后。直到他离开苏州，才写下自己此时的心情："流水阊门外，秋风吹柳条。从来送客处，今日自魂销。"

回过来说，为百姓办事的好官，历史上会有很多，但为什么比不上3位诗人加起来主政苏州才6年的影响？从长远看，他们对苏州的贡献，主要还是开了一代文风，用他们的禀赋和才情，为苏州的文脉注入了清新婉约的基因。这一点，一般官员绝对做不到。苏州的知名度一直很高，主要还是诗人的功劳。历代的大诗人，有几个没有写过苏州？好像苏州历来就是一个让诗人展露才情的擂台。就像张继，与白居易他们比，名气要小得多，但他写了一首《枫桥夜泊》，就四句诗，就把他自己和苏州捆在了一起，名声响彻了天下。

唐代江南的"刺史"阶层里，还可以提到一位离苏州不远的另一位官员，时任常州刺史李栖筠。

说李栖筠，不妨先从陆羽说起。他后来的出名与成功，光靠他自己是没用的，用我们今天的话说，他的起跑线太低，一个被僧人救命而抱养成人并在寺院里长大的孩子，虽然他在无锡结交了官员兼诗人皇甫冉，还在湖州结识了同样是官员的书法大家颜真卿，但分量不够。他还有一位诗僧朋友，谢灵运的十世孙——释皎然。后来他的际遇表明，这个著名的和尚对他也很重要。但是，他要取得全国级别的影响，在当时封建的农耕社会，一定要靠够分量的官员出手相助，才能成功。于是时间到了代宗永泰元年（765）的时候，一个对陆羽，对茶乡宜兴非常重要的人物终于出现了，他就是常州刺史李栖筠。

那时宜兴称义兴，归常州府管辖。通常，大凡常州府的一把手，对宜兴这个辖地总是重视的。这里风景优美、溪山如画，春夏秋冬物产丰富，佳肴美食应接不暇。但李栖筠并没有一般贪吃多拿的官员的恶习。他常来宜兴干嘛？居然是剿匪。宜兴南部多丘陵，正是盛产茶叶的宝地，无奈常年受贼寇侵扰，茶农们苦不堪言。李栖筠认为，宜兴的茶事要兴旺，不剿灭山匪不行。史载宜兴南部山区有个宿贼名叫张度，长期占山为王，欺压百姓，官府多次征讨，总是扑空。李栖筠知道了，还就是不买账。此公居然善用兵，没几下，就把张度的匪巢端了，其余喽啰一网打尽。史笔对这位官员不乏钟情，说他所到之处，尽受百姓拥戴。"登歌降饮，人人知劝。"不知不觉，李栖筠为阳羡茶，创造了一个安定的生长环境。

接下来李栖筠做了一件天下人很少知道的好事。陆羽在顾渚山一带写他的《茶经》，被李栖筠知道了。一次，陆羽在与浙江毗邻的宜兴湖父山区落脚，在朋友的帮助下，准备在那里建一个"青塘别业"，也就是我们今天的"工作室"。李栖筠与之见面，大有惺惺相惜之意。读完《茶经》，他非常兴奋，果断地把陆羽和阳羡茶一起推荐给了皇上。这里面有三点，一，他要真正懂得陆羽和阳羡茶；二，他要有朝廷的人脉与管道；第三，他要有足够的胸怀。李栖筠的眼光肯定没有问题；虽然他只是一个"地市级"的刺史，但他早年做过唐肃宗时代的殿中侍御史，还当过吏部的员外郎、工部侍郎，至少是副部级以上的宠臣。史载，本来他可以当宰相，受人排挤，才远放常州。所以，他把陆羽和阳羡茶推荐给皇上，人脉与管道，应该是畅通的；说到胸怀，那才是最重要的，古时官员用文人，大都是利用，为自己所用；如果这个文人气场太大，本事太大，不能为自己所用，那他何必要用？不但自己不用，还不能让别人用，更别说皇上了。看着昔日的属下比自己还风光，于他们，也是人生的一种残酷。这样来看，李栖筠的雅量真是够大的了。

结果，皇上尝了阳羡茶，龙心大悦；陆羽的《茶经》，陛下也很受用。其中，陆羽用传神的文字，吊了一下皇上对江南阳羡茶的胃口。大凡皇上开心和愤怒时，都喜欢拟旨。陆羽和阳羡茶一起，从江湖迅速走向庙堂，应该是朝野始料不及的事。宜兴这个江南小邑，也一下子从大唐辽阔的版图上脱颖而出。不过，让李栖筠感到意外的是，皇上想把一个"太子文学"的头衔给陆羽，让他当太子的老师，后来又改任为"太常寺太祝"，陆羽居然均予拒绝。李栖筠最终明白了，这个世界，并不是所有人都想做官，陆羽在这个时候，已经底气十足，就是给他个皇上，他也不干了。

无论如何，阳羡茶成为朝廷贡茶，头功当记李栖筠。为了方便修贡，李栖筠在古时阳羡一个叫罨画溪的地方，建起了一种茶舍。当然那不是为达官贵人休闲娱乐所备，而是一种季节性的制茶场所。史料表明，这种茶舍应该就是最早的贡茶生产与监督之地。一到采茶制茶的季节，李栖筠就在这里现场办公，官员们纷纷效仿，不敢懈怠。新茶的采摘与制作，想必在官员们的监督下，层级都有大的提高。今天的人们喜欢用"挑灯夜战"，来形容加班加点，古人却不是这样的。早春时节，鸡叫时分，山野里还非常寒冷。茶农们被官员们督促着上山了，干吗？敲锣打鼓把春山喊醒，好让茶芽快快生长。这种催生的方法，显然缺乏科学依据，但极具仪式感和娱乐性。山鸣谷应，此起彼伏。山野里到处都是欢快的脚步，果然太阳提前上山了，山风也不刺骨了，雾岚褪去，茶树们都在阳光下婆娑起舞，拼命拔节。星星点点、深深浅浅的绿，居然布满了山岗。那凌厉的风神也回过暖来，变成绿色的精灵，它牵引天光、吐纳地气；铺陈翠绿，营造一种可人的清馨，那种似仙非仙的氛围，今天的我们只能通过想象来完成。李栖筠置身于此，能不陶醉吗？他一定有成就感，但他或许会不动声色地转身离去，而他一点也不摇晃的背影，让属下们不敢有半点非分之想。

古时贡茶，为保新鲜，采制完毕即用八百里铁骑加快，程程相送，一直送到长安，史称急程茶。在李栖筠手里，大约还建立了一整套驿路传递的程序与制度。好茶从来离不开好水，而金沙泉与阳羡茶堪称绝配。李栖筠干脆将此泉之水一起送往长安，贡茶若是新娘子，贡泉便是伴娘。主婢共获恩宠；李栖筠还在金纱泉附近建茶亭5座，"时役三万，工匠千余"。看官说，那还不是拍皇上的马屁吗？为臣者，当然要讨君主的欢心，但又何尝不是在提升一个江南茶乡的地位呢？

到后来李栖筠肯定爱上了宜兴。当他离开常州府，调任苏州刺史时，人们发现了他写宜兴的一首诗：

春日题山家

偶与樵人熟，春残日日来。

依岗寻紫蕨，挽树得青梅。

燕静衔泥起，蜂喧抱蕊回。

嫩茶重搅绿，新酒略炊焙。

漠漠蚕生纸，涓涓水弄苔。

　　丁香正堪结，留步小庭隈。

　　此诗写得颇有情怀。全是画面，全是景致。轻松恬淡、活色生香的背后是什么？是对这块土地的深情。你看，紫蕨，青梅，嫩茶，丁香，蚕桑，溪流，新酒。此公的身段全部放下来了，他就是个穿官袍的茶人。原本这里就是李栖筠的精神家园，也是他性情深处的根本。

　　有地方文人考证，这样的一首好诗，居然没有被收进《全唐诗》。这不奇怪。古往今来，文坛和官场一样势利。即便你写出一首好诗，也是偶然的。没有人为你追捧，且你产量也不稳定，你就没有名气，文坛对你没有期待，何来信心？凭什么让你进《全唐诗》？好在李栖筠不会在乎，他是个勤政的官员，无暇也不屑为一点虚名浪费时间，写诗于他，完全是兴之所至。所谓的身后名，莫如天上之浮云。好在今天的我们，还是读到了这首诗。《全唐诗》可以忽略它，但老百姓用口碑把它流传下来了。野史笔记把它保存下来了，到这里，官场和民间的力量突然发生了逆转，1000多年前的江南风情，温度依然，质感还是清新的。

春风沉醉的夜晚

  遥想那1131年春天的油菜花一定黄灿灿地开得好浪漫。一个名叫岳飞的大将军带着他的抗金大军，在江南宜兴的丘陵地带与金兀术所部激战犹酣。山清水秀的宜兴在金兵的作战地图上就好像一只黑色的蜘蛛。金兀术大人已经被这只黑蜘蛛蜇得遍体鳞伤，惨烈的战争总是让太多的女人哭坏她们美丽的眼睛。天下人都知道，一个小小的宜兴，竟然成了岳家军的发祥地。假想这时候有一个宜兴人不适时宜地前往大金国访问，他一定会被愤怒的金人撕成碎片。

  时间飞越了800多个春秋，是2006年的一个春风沉醉的夜晚，一个来自江南宜兴的游客，悠闲地坐在大金古都——阿城的一个弥漫着乡情的小剧院里看二人转。当晚的本地电视新闻，正在播出"中国作家看阿城"活动的消息。大家都知道来访的作家采风团里有一个人来自江南宜兴。宜兴一定很美吧？热情的阿城朋友都这么问我，接下来的话题，总是要说一说金兀术老爷子的，想当年他在宜兴与岳飞打得好苦啊。岳飞和宜兴是什么关系呢？哦，原来岳飞还是宜兴人的女婿，怪不得他打起仗来那么卖力。按照今天的逻辑，如果金兀术首先给宜兴人的网上发一个帖子，说他也喜欢宜兴的美女，然后给宜兴人磕头，做女婿；那仗还能打得起来吗？岳飞不抗金，也成不了大英雄了。这个损失大得谁也担当不起。如此混账的推理无非让大家开怀大笑而已，我突然觉得，这笑声箭镞一般穿越了800年历史隧洞，它的碎片弥漫在北方浓烈的白酒、热气腾腾的猪肉炖粉条、风味独特的俺家杀猪菜里，弥漫在血肠子、黏豆包、大白菜鲜肉馅饺子的气息里，弥漫在东北二人转的悠扬顿挫与应接不暇的笑料里。

　　阿城的夜晚月明星稀，5月的风被温柔的白杨林过滤了一遍，散发着丝丝缕缕的清香。这一片雄性的土地给我的第一感受，竟是温柔与缠绵的重奏。离此不远，有萧红的故居，旁边流淌着蜿蜒、清澈的呼兰河水，我能感觉到那一片独特的气场，清爽而恬淡。是月光的恍惚，在助长我的遐想，在那街灯的阑珊处，闪烁着萧红幽怨的眼波。月光婆娑的白杨树影里，隐隐地，是梦呓般的箫声，仿佛是一个罗裙少女在悄吟着《呼兰河传》里的某个章节。北国阿城的温柔部分正在夜色里悄然放大，心，已然似一只扶摇直上的风筝，冲向那深邃的天际。而我的耳边不断被告知的，则是大金古国说不完的辉煌历史。夜色中的女真部落遗址一片模糊，岁月在那些遗址上追加的情感部分，想必早已超出它的原始意义。以我们今天的眼光，五十六个民族早已是亲密

无间的大家庭了。雄性刚烈的大金古国则匍匐在公元10世纪初的
金色晨阳里向我们深沉地诉说着它的往事。完颜阿骨打，这位女
真族的传奇英雄，能征善射的金太祖，以蔑辽、抗辽的胆识而挥
写出一部历史的华章。如果与当时繁华的汴京城相比，这个位于
偏僻的东北一隅会宁府的金国大都确实是个地老天荒之地，既无
锦帷绣幄、香草美人，亦无楼台水榭、巍峨宫宇；但就是在这样
一片"不毛之地"上升起的火焰，一直烧到了大宋的版图，烧毁
了宋徽宗赵佶佳丽如云、粉黛如山的好日子。当时这位曾经创造
了"瘦金体"的昏皇帝，身边聚集了太多的文人、词家、书家、
画师、道士以及青楼里的尤物，这些性情男女好不容易挨近了皇
上，哪里肯放松半步？各种名义的"笔会"和"演唱会"想必是
白天连着黑夜，一个接着一个。连皇城根下引车卖浆的平头百姓
都知道，皇帝最宠爱的名妓叫李师师。而"行幸局"竟然是官方
下属的安排皇帝嫖娼的专职机构。汴京城正在纸醉金迷、春光乍
短，会宁府这边却金戈铁马、杀机正涨。攻灭辽国的胜利助长了
完颜氏族人主中原的野心，对于宋徽宗这样不理朝政的银样镴枪
头，此刻不打，更待何时？金国人所觊觎的，不仅仅是大宋的金
银珠宝，更是大宋的膏腴疆土。对于习惯了渔猎游牧的金人来
说，只有战争才能让他们血脉贲张，只有在奔腾的马背上，他们
才能用矛戈写出荡气回肠的史诗。

　　于是1125年12月，金兵分东西两路向北宋统治的中原发起了进攻。

　　完颜阿骨打的四儿子完颜宗弼，就是在江淮及中原地区人们心目中几近于恶魔的金兀术。史载，少年金兀术勇锐悍烈，在征辽的中后期即以雄威英武扬名军中。一次，他率百骑追袭辽天帝，箭断骑尽而全无惧色，乃奋力冲进敌营，连杀8人，生获5人，辽兵惊悚溃退，金兀术则声名鹊起。他出任南下攻宋的统帅，追撵宋帝逃至江浙入海，江南百姓则饱受涂炭。史志与演义在描绘这位一代雄主的时候，没有忽略记录他那长长的阴影。《说岳全传》里的金兀术，则已是被妖魔化了的四狼主。但无论如何，我愿意用想象去走近他。我想他在率兵开进宜兴时的心态可能会比较轻松。南京留守杜充已向金兵投降，常州也轻易拿下，宜兴不过弹丸小城，他想象不出在这里还会有酷烈的战斗。阳光将他的铠甲擦拭得新鲜光亮，他的骏马迎风飞扬着长长的鬃毛，我能隐约听到他身后那些兵器相撞的声响。这里的空气像水果一样甜蜜多汁，铜峰叠翠、太湖漫漫，古阳羡的百里山川一定令他心旷神怡；江南的米酒纵然太甜，但畅饮之后那种晕晕乎乎的感觉甚合于进入极乐梦乡。但是金兀术的宜兴战役实在打得太差，湿热的淤泥里到处都是金兵留下的盔甲，岳家军简直无处不在，所有的湖光山色都成了可疑的美丽圈套。这年4月，岳飞在宜兴西部的太华山区摆了一个口袋阵，一向精于山地战的金兀术竟然大败。据说岳飞打了胜仗就喜欢写诗遣兴，他在张渚山镇附近的金沙寺泼墨题壁，抒发其光复山河的壮志宏愿。我想，那诗词应该是"靖康耻，犹未雪。臣子恨，何时灭？"的姊妹篇，史载当地有一位宋神宗元丰八年的进士张大年，家中有一座清幽宜人的"桃溪园"，传说这位张进士诗词俱佳，与岳大将军颇多唱和之作，后人将其凿成诗碑，供万世敬仰。岳飞的宜兴妻子李娃，还给他生了一个大胖小子，即三子岳霖。应该说岳飞在宜兴不仅找到了当英雄的滋味，还找到了当男人的感觉。

而金兀术则相反。那个曾经与岳飞大战一百回合的一个丘陵地带，后来被宜兴人称为百合场的地方，终于成为金兀术在宜兴的伤心之地。虽然在他一生的战史上，宜兴之败只是个案，但他终于明白了，岳飞之所以所向披靡，是因为得到了宜兴人的支持，这里的每一座丘壑，每一条河流，每一片芦苇，仿佛都是岳家军的庇荫之所。大金国部队的兵员得不到补充，可靠的情报告诉他，大量的青壮年都去投了岳家军了。城南门外那条军民共筑抗击金兵筹运军粮的"岳堤"，就是宜兴人支持岳飞最好的佐证。

宜兴到底是个什么东西？在金兀术大人感伤的视野里，那飞絮般的杨花里、那纵横的绿色阡陌上一片迷茫。如果可能，他愿意与岳飞对话，他真不希望岳飞为一个腐败的皇帝而战。

江南飞来的捷报或许会让焦虑的宋帝松一口气。其实，在历代君王心目中，宜兴绝不是地理意义上的一个江南小邑。这里地处苏浙皖三省交界，东临上海，西接南京，南望杭州。自古以来就是沪宁杭的后花园，所谓兵家必争之地、天赋生态之乡。逆长江，可直上巴蜀；沿运河，可贯通京杭。这里的洞潭湖溪、茶竹林草；寺院楼台、亭院水榭，交相辉映而美不胜收。水作精神山为骨，得天独厚的自然禀赋，丰厚博大的文化底蕴，让宜兴向世界展示的，不仅仅是一幅幅空灵壮阔的风物长卷，数千年的制陶史，更是让宜兴在泥与焰、水与火的图腾中锻就了刚柔并济的性格。

如此有山有水的温柔之乡，必然为天下文人所青睐。截止到唐宋，到过宜兴并在这里留下诗文的文人骚客，已是一张长长的名单。如王昌龄、李白、白居易、卢仝、陆羽、杜牧、李商隐、陆龟蒙、苏轼、陆游、朱熹等。他们在这里吟风踏月、采茶品茗而流连忘返。而宜兴本土不仅盛产文人，也出武将；西晋时代"浪子回头除三害"的周处，改邪归正后即成为栋梁之材，作为朝廷敕封的平西大将军，他英勇善战，打起仗来十分了得。他最后报国捐躯，战死在陕西干县，成为万代师表。

在宜兴人支持岳家军这件事上，颇见周处那种忠勇刚烈、义重如山的精神。

由于携手抗金，一位南宋的民族英雄和一个江南小邑联手写下了一段难忘的历史，成为宜兴人世世代代的美谈。其实，以我

们今天的眼光看，那场血腥战争的核心，不过是南北两种文化的
冲突，具体地说，是一种健康的、硬朗的、平民式的帝王文化与
一种腐朽的、堕落的、贵族化的帝王文化之间的殊死搏斗。谁胜
谁负，史家是一目了然的。据史料记载，大金国前期的皇帝们非
常亲民，君臣之间、臣民之间几乎没有尊卑贵贱之分。皇帝可以
与百姓分享一只鸡，百姓们可以为了一个难解的问题直闯皇宫与
皇上论理。国家是大家的，所以人人都愿意为它卖命；而大宋这
一边已经腐败得不行，皇帝几乎被美女珍馐、丝竹弦管包围了，
对于一个执政者来说，那些应接不暇的诱惑，那些令人心旌摇荡
的气象，等于是一帖迷乱心志的毒药；体制的腐败已经让一个金
玉其外的王朝摇摇欲坠，它的覆灭是必然的。

　　金兀术在出征前大约很读了一番大宋江南的历史。但一旦
打到了江南地带他又想不通，为什么北方人一到南方，就变得软
弱起来？这里湿润的空气和太多的燕舞莺歌会让一些潜伏在人心
底的胡思乱想像胡子一样疯长。那种叫乡愁的东西，本不应该在
军营里滋长，但这里的吴侬软语和少女流盼的眼波，是矛戈难以
抵抗的。而江南人呢，在南来北往的碰撞中卷着舌头说北方话，
便制造出一种很怪的杂交方言，让大金国的士兵笑掉了大牙，但
他们最后才知道，这里真正厉害的，还不仅是下了蒙汗药的甜米
酒，而是杏花秋雨般到处飘飞的诗词散曲背后，那种水一般漫漫
无边秘而不宣的合力。一个不容忽视的事实是，大宋的朝廷虽然

腐败不堪，但是汉文化在民间的力量却是无法估量的。即便金兵的长矛枪擦得再亮，也打不过漫天而来的洪水波涛啊。

不过，金兀术在另一个战场上还是笑到了最后。南北停战，是以杀岳飞作为帷幕后的交易的。可惜岳飞到死，也没有读得懂政治家们的权术逻辑。岳飞屈死风波亭后，岳家被抄，家眷发配岭南充军。宜兴人冒死去岭南接回岳氏后裔，帮他们在太湖边的周铁小镇唐门村安了家，并赠以田产家财。数百年后，岳飞后裔已繁衍成宜兴大族。

那金兀术呢，他一生征战而得以善终，这个结局是他自己也没有想到的。在他生命的最后时刻，他写下了《临终遗行府四帅书》，文中对他失败的江南战役依然耿耿于怀：

吾天命寿短，恨不能与国同休……江南人心奸狡，即扰乱非理，其人情风物必然有诈而不可轻信。汝等应一心选用精骑，备具水陆，谋用才略，取江南如拾芥，何为难耳？尔等切记吾嘱，吾者南征，见宋用军器大妙者，不过神臂弓，次者重斧，外无所畏，今付样造之。

说金兀术把一生都献给了他的女真民族，一点也不过分。他去世后，大定五年谥忠烈，十八年配享太宗庙，算是备极了哀荣。

800年后金兀术的后裔们在谈论这位老爷子时，感情多少有些复杂。无论如何，最后的金兀术还是主张南北讲和的，一个民族总是要推出自己的杰出人物，但经得起时间淘洗的英雄却实在不多，坚硬的石头腐烂了，就是一堆粉末；真正的英雄却是千秋万代不死的。人什么都能经得住，就是经不住时间。敌乎？友乎？胜乎？败乎？再过800年，又是怎样的一番结论呢？亘古不变的是苍茫大地，是斗转星移。渡尽了劫波，兄弟还在；我们终于知道，大中国的历史不仅仅是汉人的历史，远古时代的匈奴人、契丹人、蒙古人、女真人……都是我们的骨肉兄弟。在中华民族这棵参天大树上，谁是枝，谁是叶；谁是根，谁是须，你或许能分得清，但奔流在彼此血管里的，都是母亲身上的血啊！

阿城的月亮抚慰着一个江南游客的乡愁。主人的盛情则完全让我们忘记了东南西北。在一条弥漫着酒香的巷子里，我和几位作家朋友海阔天空一路逛去。谈笑间不知是谁又说到了江南的米酒，散文家卞毓方原籍江苏，他早年喝过不少江南的米酒，说那玩意口感非常不错，但确有一种不动声色的力量，不知不觉就被放倒了；评论家何镇邦数次到过江南，他觉得江南这地方，能打败人的东西太多了，区区米酒算什么？东北作家阿成肯定地说，当年在宜兴打败金兀术的，绝不是什么岳飞，而是喝了让人发晕的米酒。而女作家迟子建则有些感叹，啊，那是一种什么样的酒呢？能让人晕晕乎乎，不知不觉就放下了，是一种多么美妙的境界啊。下次我若去宜兴，真想这样醉一回。

南洋的脚印

乙酉年冬天的一个下午，我走进了马六甲。夕阳下的圣安德鲁教堂响起了袅袅不绝的钟声，栖息在福莫沙广场巨大的荷兰风车上的一些聒噪的白鸽正在徐徐起飞。行囊里的地图告诉我，这里是马来西亚西海岸的一个古城。我有感觉。许多地方走过了，我没有感觉；我一直以为风景是一种灵性的呼唤，让我有感觉的地方必定与我的性情有着某种暗合。我在马六甲小城的一条唐人街上走得惶惑，是因为我固执地要在这里寻找一位故人的足迹，66年前，一个名叫徐悲鸿的宜兴人悄悄从新加坡来到这里，他只带了一卷宣纸和几支毛笔，他不是来旅游的，他没有闲情逸致；他一天画十几个小时，他卖画，从新加坡卖到马来西亚，每天把一口袋一口袋的钱寄回国内，支持抗战。他的祖国已经沦陷，炮火正在每一寸国土上燃烧；他的婚姻已经破裂，南京傅厚岗的家里已经放不下他一张平静的画桌。国已破，家亦亡；人生聚散无常，这是一个让男人血脉贲张、枕戈待旦的年代。各路名士凄凄惶惶作鸟兽散，每一个男人都面临着各种选择。就徐悲鸿而言，当时他已名满天下，只要他愿意，可以去做官，老蒋一直喜欢他的才情与禀赋；他可以去发财，当时发国难财的君子小人何其多矣。他还可以躲到象牙塔里去搞他的艺术，或者干脆颓废或者沉沦；在女人和麻将里排遣苦闷忧愁。的确，1939年的徐悲鸿决心换一种活法，这个心灵上正在受伤的男人决心离开那个圈子，去南洋闯荡，依然是用他的一支画笔。他在新加坡的赈灾画展极其成功，田横五百士、九方皋、巴人汲水、琴课、碧云寺、德京旧梦……172幅代表作品简直横扫千军。川流不息的参观人群中有汤姆斯总督，这位葡萄牙籍的新加坡统治者对徐悲鸿那四蹄生风的水墨奔马赞不绝口。有一张照片记录了徐悲鸿难得一见的笑容，展览结束时，已赈得国币15398元9角5分。这笔钱迅速寄到国内，作为第五路军抗日阵亡将士遗孤抚养之用。

　　琼州会馆，侨生客栈，黄麻子蛇馆，鑫记百货，福贵金店，剥落的繁体汉字招牌点缀着马六甲的汉唐遗韵。但一路走来的我显然已找不到66年前那位宜兴前辈在此留下的任何踪迹。是的，现存的史料对徐悲鸿在马六甲小城卖画只是一笔带过。他一生走过的地方实在太多了。而我一走进这个城市就能感受到他的气息。那是一种冥冥之中无法用言语表达的会心的默契。导游也坚持说她听年迈的居民说过当年徐悲鸿在这里卖画的情景。那是非常炎热的天气，徐悲鸿依然穿着中山装，口袋里插着一支粗大的自来水画笔。脸上则荡漾着江南人特有的自信的微笑。据说，捐款100元即可得到他的一幅画，捐款200元还可以指定他另画一幅。他画得汗流浃背，宜兴人吃不消那样闷热的桑拿天。这里的榴莲也不合江南人的口味。他日夜地画，他一生中从来没有这样卖命地挣钱，多卖一幅画，也许就可以多买一箱子弹。一个心里有伤的男人就是这样来报效他的祖国。心在流血，他笔下的苍鹰却依然雄健，烈马依然奔腾，雄鸡依然高亢，想到这里，我的眼里突然有热乎乎的东西。天下兴亡在一个爱国的文人心里，永远是最重要的。从屈原到范仲淹，莫不如此。徐悲鸿凭海临风，日夜挥洒着他的如椽画笔，"小我"早已抛却一边，大写着一个顶天立地的男人。

1939年的徐悲鸿在这里或许还会与一个朋友见面，他叫郁达夫，中国现代文学史上的重量级人物。其时他已躲到新加坡，在一份华文报纸做编辑。战争不需要小说，已经不写小说的郁达夫同样经受着婚姻破裂的痛苦。他懂日语，但恨日本人。徐悲鸿来办赈灾画展，他连篇累牍地写文章捧场，称悲鸿的名字"已经与世界各国的大画师共垂宇宙"。因此我想，他们的见面应该有着共同的话题。他们或许会选一家能做江南菜的酒楼。这里不会有绍兴的黄酒，达夫是酒仙，身上有名士气，喝酒若喝不痛快，他会用富阳话骂娘；悲鸿则不善饮，但他会不断替达夫斟酒。他们说得最多的当然还是国事，女人则也是必不可少的重大课题。蒋碧微和王映霞，都因为她们的男人出名而出名。如今她们却成了两个男人身后的两座围城。不幸福的家庭总是各有各的不幸，剪不断理还乱的东西，就让它退却一边吧。两个心里有伤的男人在这里彼此舔血，又相互勉励。早年郁达夫曾写下两句著名的诗句：曾因酒醉鞭名马，生怕情多累美人。但女人和国家比，毕竟是小事。他们对局势的分析都不乐观。日本人已经嚣张得要与全世界为敌。悲鸿却还要在东南亚走下去，他还要去印度见泰戈尔。他还要继续用他的1000多幅画去宣传抗日、赈济灾民。而达夫恐怕在新加坡也呆不下去了，谁不知道他是个有抗日倾向的大文豪呢？他悄悄地告诉悲鸿，他将去一个偏僻的地方，在那里开一个酒厂，自己可以天天喝酒，而且他还会娶一个土著女人做老婆，一定要不识字的……从一个极端走到另一个极端并不是文人的本性，而是用最后的方式对一个世道作最后的抗争。

天色渐渐晚了，马六甲的风也是烤炉般的热。1939年的蝉如今依然鸣唱。我的故乡江南宜兴据说这几天已经滴水成冰，但没有冬天的马六甲仍然是无边无际的湿热。我爱这湿热难耐的气候，因为这是徐悲鸿曾经感受过的。他穿着中山装作画的时候衣服一定是湿透湿透的。我穿过鳞次栉比的荷兰红屋小街，我相信徐悲鸿也在这里走过，他喜欢戴一顶南洋草帽，穿白皮鞋。他的翩翩风度和他的画一样让人倾倒。他喜欢这里，因为这个不足20万人的小城不仅居住着黄皮肤黑眼睛的华裔，还有热情奔放的印度人和阿拉伯人，各种文化可以在这里交融碰撞。人们会用槟榔和椰子来招待他，戴头巾的马来亚妇女会鼓起勇气希望得到他的签名。在举办画展的间隙，他还会抽空去著名的三保亭上一柱香，这里供奉着郑和的泥塑像，据说香火很盛。1405年，这位明代的三保太监率领他庞大的船队，乘着强劲的东北季风，劈波斩浪驶进马六甲港，给这里的居民带来了中国人的文化以及精美的陶器和丝绸。总之，宜兴人徐悲鸿操一口脆生生的江南方言夹杂着不很标准的英语，在最短的时间里与马六甲古城的人们实现了心灵的沟通。这个城市因了徐悲鸿的到来，而平添了别样的魅力。

在导游的指点下，我终于登上全城最高的圣保罗山，这里有一座圣地亚哥城堡的废墟，据说是古老的阿法摩萨城的最后遗迹。就像中国的圆明园一样，这里只剩下一些残垣断壁了。我想，当年徐悲鸿和郁达夫也许就在这里道别。毕竟是战乱年代，此一别何时重逢呢？这样的别离是伤感的。郁达夫后来写了一首诗，记录了他当时的心情：飘零琴剑下巴东，未必蓬山有路通；乱世桃源非乐土，炎荒草泽尽英雄。

我又想，按徐悲鸿的性格，他会送郁达夫一幅画。或许他会送他一幅马。踏花归去马蹄香。总之他希望这位有些颓伤的好朋友振作起来，他会久久地站在那里，目送着郁达夫渐渐远去，直到他的身影消失在茂密葱郁的椰林深处。

看见了吗，那里就是苏门答腊岛。导游指着不远的马六甲海峡对岸的一处岛屿说。我心里一紧，那影影绰绰的所在，就是郁达夫最后的蒙难之地。他和徐悲鸿告别之后真的去了那里，开了一个酒厂，化名赵廉，娶了一个当地的不识字的土著女人。天天喝得烂醉，但心是醒着的。因为懂日语，良心驱使他救下许多被日军抓去的抵抗人员。8月15日，日本宣布投降的那一夜，几个日军把他叫出去，他有预感，回头看了一眼他的土著女人，便再也没有回来。

是他的一个学生出卖他的。日本人不肯放过他。天亮之后日本人就不能杀人了，黎明前最黑暗的时刻，郁达夫像一颗飞逝的星子，陨落得毫无声息。

徐悲鸿得到消息，难过得久久不能言语。马六甲竟是他们的永诀之城。

夜幕降临的时候，我要离开这里去吉隆坡了。万家灯火的马六甲并没有依依惜别的意思。但我还是有感觉。我相信这里的许多条街巷里有悲鸿的脚印，相信一些油漆剥落的门楣或樟木箱里深藏着与悲鸿有关的故事，那是一定的。那些老故事就像老酒，一百年两百年后，依然会弥漫着清洌的芬芳。

碧微苍苍

是的，每次从这里走过，心里总会生起一种怅怅的感觉。

大人巷，在宜兴城南一隅；格局早已没有当年的轩昂气派。但古旧破落中仍有几分别处难寻的情味。窄街的深巷里，攀藤的老墙和积尘的古宅，在淡淡的秋阳下打着长长的盹儿；游移的幽光中，有几位老人在廊下倦说往事，恍惚里自有别一番风韵。漫漫的冬夜后，春花开着，树影绿着，往事的脚步忽轻忽重，鼓点一样踩在心头。故人不在已经多年了，寻觅旧踪，只见那思绪的风筝一头扎进青天里，唯有线头在风中飘忽。

这样的古巷深处，应该有一个白衣罗裙的少女，幽幽地吹着一支洞箫。

100多年前，有一个叫蒋棠珍的小女孩，像一只花蝴蝶一样，在这条巷子里快乐地飞来飞去。蒋家是宜兴大族，蒋宅是宜兴城里最大的宅第。碧微的曾祖父蒋诚公早年在江西做官，因体恤百姓而深得黎民爱戴。但他老人家不谙官场风习，虽政绩显著却屡遭贬斥，最后还是掷下乌纱，告老还乡。大人巷大约因大人

物聚居而得名。白米红菱，碧树瑶草；江南的山水是美人的摇
篮。棠珍便是这小城里的大家闺秀。一天黄昏，大人巷走进一个
名叫徐悲鸿的乡村青年教师，他是来访棠珍的伯父的。棠珍恰巧
从古色古香的木楼梯上下来，或许，惊鸿一瞥间，终身便这样托
付了。红尘男女的故事总是一波三折，棠珍自小就许配给了苏
州的查家，逃婚与私奔捆在了一起，让当时的花边小报出足了风
头。当暴风雨在通往东瀛的海面上铺天而来，那一对幸福地依偎
在"博爱丸号"三等舱里的情侣，已经把周边的惊涛巨浪当作是
庆贺他们的礼炮了。

　　从此，她有了一个新的名字：碧微。这是悲鸿给她取的
名字。

　　流寓日本、负笈欧洲的日子，在碧微后来的回忆录里还算是
甜蜜的。尽管两个人的性格差异从一开始就泾渭分明，但爱情是
让人糊涂的东西。天下着雨，两个相爱的人眼里却满是彩虹。一
旦清醒地看对方，爱情鸟就飞走了。按照碧微的说法，悲鸿的结
婚对象应该是艺术而不是女人，更不应该是碧微这样追求俗世温
情、需要男人呵护、敏感多愁的女人。

　　这世界上，没有什么比两个曾经相爱的人相互折磨更令人扼
腕的了。

　　那些引起腹诽的陈年老账翻出来，已经没有多大意思了。但
我从一些老照片里，还是看到了两个当事人眼中的酸楚与悲哀。

实际上，在名存实亡的这段婚姻背后，两个人的感情生活都不是一片空白。悲鸿是名人，从古到今，没有绯闻的名人似乎是不完整的；碧微的生活里，则闯进了一个与之纠缠了40余年的痴情男子张道藩。假如抛开传统的道德，单看那荡气回肠的200余封、15余万字的情书，真是对忠贞爱情的最好诠释。没有从悲鸿身上得到的，却从一个名叫张道藩的人那里得到了。是幸，还是不幸？他们相识于1922年的德国柏林，"那天，你穿的是一件鲜艳而别致的洋装，上衣是大红色底，灰黄的花，长裙是灰黄色底，大红的花……"一个男人在口吐莲花的时候，另一个男人笔下正万马齐暗。对于悲鸿来说，要女人，可以一把一把，但要一个红颜知己，则何其难矣。在悲鸿的感情世界里，有一个名叫孙多慈的女学生，在一个不得不离开她深深敬爱着的悲鸿老师的时候，悄悄地离开了。没有名分的爱情总是朝不保夕，故事纵然凄美，只能烂在彼此的肚里。今天的我们还是应该以更多的宽容去看待故人。因为，"从一而终"这4个字，总使我想到徽州歙县那一列列在凄风苦雨里矗立了千年的贞洁牌坊，在我看来，那是古代女人生命的封条。实际上，贞洁如同所有的忠贞一样，失去了对象，便毫无意义。贞洁是为炽烈的爱情所生，它不取决于形式，而取决于内心。可是，约定俗成的"贞洁"却将许许多多的追求爱情的生命钉在了道德的耻辱柱上。

在那样的时代里，碧微却决意做一个敢爱敢恨的女性。把爱当作生命的女人，没有了爱的滋润便要枯萎的女人，总是命薄如纸。由于对爱的过分渴求和倚重，必然给她的命运铺上悲剧的色彩。她和道藩在一起的日子纵然幸福，但由于一直没有"名分"而不明不白。1958年底，当张道藩想去新卡多利亚探望妻女时，碧微做出了痛苦而理智的决定，决计促成他的家室团圆。于是，她选择了只身远走重洋。在给道藩的最后一封信中，她这样写道："四十多年前我们初相见时，大错已经铸成。"

宜兴的乡谚里说：宁拆十座庙，不拆一个家。张道藩是有家室的人，他终于"回家"了。那么，她的家呢？

青天碧海，浪涛拍岸；朋友们常常在那里看到碧微孤独的背影。

大海的这一边，悲鸿虽然有了至爱静文，但却天命不怡，于腾达之年撒手人寰。多少恩怨、荣枯往事，尽付灰飞烟灭。

肝肠寸断，此恨绵绵。除此，还有什么呢？这一生，与两个男人的生死纠葛，如冰与火的两极，决定了碧微生命的质量。

若说胸怀，当时给同在台湾的孙多慈报丧的不是别人，是碧微；她们在久隔多年后，因为一个与她们生命同样不可分割的男人的最终离去而聚首，而肝肠寸断。她们在一起说了一些什么，只有天知道。

据说，孙多慈给徐悲鸿带了3年重孝；而碧微心灵的祭台上，烛火一直燃到了生命的尽头。

还有什么没有被岁月带走的吗？那些封存已久的当年悲鸿给她画的像。一幅幅展开，纷繁的往事又扑面而来。

《凭桌》，是一幅油画，巴黎郊外的"麦浪"避暑地，碧微安静地坐在一张红木桌旁，桌面漆光鉴人，当中置一盆大红花，与碧微头发上的一个红发夹子相互辉映。红色是悲鸿喜欢的色调，他喜欢轰轰烈烈。

《箫声》，油画。巴黎第八区的一幢公寓六楼里。记得那是一个无风的黄昏，缱绻的光线下，碧微垂首吹箫，幽雅与恬静油然而生。画面朦胧而饶有诗意。这是悲鸿的得意之作，法国大诗人伐勒利看到后大为激动，还破例题了两句酸诗。

《裸裎》，油画。悲鸿笔下的东方美人，一个活灵灵的碧微。东方式的妩媚。眼角眉梢似有些微恨。恍惚记得，是在一次小小的龃龉后，重归于好的伉俪又坐到了一起。男人女人总是这样，东边出太阳，西边在下雨；道是无情却有情，恐怕连自己心里也说不清楚。

那些绸缎一样光滑的日子，说走就走了；怎么也追不回来。

碧微的晚年，除了这些画，再也没有别的了。

在最后的日子里，她把它们捐给了台北博物院。

遥望大海的那一边，烟雨江南，杜鹃啼啭；故园旧梦，尚存依稀。在那美丽的小城宜兴，樱桃红了大麦黄，蚕宝宝也该上山了吧。此身恨无双飞翼，愿作桑梓一棵草。铅华早已洗尽，生命的本质意义，往往是在最后的病榻上领悟到的。爱也罢，恨也罢，这一生就是用这两个字酿成的喝不完的苦酒。蜡炬已成灰，唯有泪千行。假如生命可以重来，她还会选择那样的爱吗？一本《我与悲鸿》，一本《我与道藩》，何以道尽一个女人的苍茫心怀呢？

而落叶总要归根的。

据说，一直伴到碧微生命尽头的，是一本叫《浮生六记》的书。

那沈三白与芸娘的故事，是一帖美好的毒药，抚慰着因情殇而落魄的孤魂。

碧微终于没能回来看看她的江南小城，她的大人巷。

如今，大人巷早没有大人物了。六十年风水轮流转，当年的倜傥才俊，我们只能在西天的落霞里，想象着他们长袖飘逸的风采。

偶尔，穿堂的风会伴着他们细碎的脚步，沙沙地从巷子里走过。我愿意相信，那闪烁在巷子深处的，如果是故人流连的眼波，那么，最深情的一双，一定是碧微的。

按辈分，我们应该叫她奶奶。

此恨绵绵

"悲鸿活着的时候，最爱吃鱼头了；你们吃啊，多吃点。"

廖静文坐在对面，慈祥地看着我们——从悲鸿故里宜兴来的我们。"是的，你们是我的娘家人，不是婆家人；宜兴一直是我的娘家呢！"

一桌子菜。江南菜。是廖静文点的，她执意要请我们。2005年的秋天，北京后海，一家绍兴人开的酒家；廖静文是这里的熟客。喜欢江南，因为悲鸿是江南人。她自己点菜，不是按自己的胃口，而是按悲鸿当年的胃口；宜兴人的胃口。把一颗颗话梅放进客人的酒杯里，看着它在绛红的酒里一点点化开来。

看我们吃得开心，她笑了；每一根皱纹都那么舒展，像迎风的白菊；是经历了冬霜的，那样地经久弥香。

"当年我和悲鸿经常去齐白石家去玩，白石老人请我们吃饭，总是要让厨师做一个鱼头，有时是红烧，有时就煨汤；他和悲鸿都喜欢吃鱼头……"

回忆之树，在岁月的风雨中轻轻地掉落着它的叶片。像她这样历经沧桑的人，随口说点什么，就是一段弥足珍贵的典故。

说别的，廖静文不插话；只是静静地听。但凡说到悲鸿，她的眼睛里顿时有了神采，那是一种熠熠的光芒，不是稍纵即逝的那种；是久久的。你可以感受到那种光芒的强度，仿佛用整个生命在发力。

半个多世纪了，没有了悲鸿的日子是怎么走过来的？她的苍苍白发和蹒跚步履告诉我们，她的每一天都在为心爱的男人活着。

活着，就可以做许多事；为悲鸿，为他未竟的事业。

永远有多远？一位作家这样写道。她喜欢这句话。那是一种心理和空间上的长度；是永无穷尽的思念。

《初恋》。这是她19岁报考文工团时唱的歌。她情窦未开，甚至连男人的手都没有拉过。但她第一次唱它的时候就唱得很投入，把身边的人都感染了。这仿佛是个预兆，她一点也不知道，就在唱完这首歌之后不久，她就有了惊天动地的旷世之恋。

缘分？是上天安排了她与一个名叫徐悲鸿的人见面。

原来她是从湖南老家到广西桂林来考大学的。可是铁路遭到日军轰炸，她乘坐的火车只能停在半路上。等她赶到桂林，大学报名的时间早已过了。在桂林她举目无亲，无奈之下只好先找工作。

正巧，中国美术学院要招一个图书管理员。那天，有100多人去应试。作为一个默默无闻的考生，她一点信心也没有。

如果她那天不是一身素静的学生装，如果她那天不是背诵了陆游的感愤诗词，如果不是她的气质里总是带着一点忧郁，那么极有可能，她就和那天的"考官"，大名鼎鼎的徐悲鸿先生擦肩而过了。

死去元知万事空，但悲不见九州同。

王师北定中原日，家祭无忘告乃翁。

悲鸿当时惊诧的表情，至今她还记得清清楚楚。

"当时他看上去有一点未老先衰的样子，40多岁的人，就白了头发；脸色也是苍白憔悴，但是他的脸轮廓很美；眼睛，是闪亮闪亮的。"

是上帝的安排？她真的留在了悲鸿的身边。

这时，悲鸿已和碧微分居8年。

以后的故事大家都知道了。年龄上相差28岁的徐悲鸿和廖静文，终于冲破重重障碍，走到了一起。在悲鸿生命最后的10年，一个亦妻亦友的红颜知己，给了他莫大的温暖和关爱。

爱，就像一帖中药，它慢慢调理、滋养着悲鸿的心怀；那凝重的笔端，自此便常常报告着春的消息。

"静文爱妻保存。"

几乎，在悲鸿后来所有的画作上，悲鸿都这样题写着；一笔一划，饱含深情。爱，给了他创作的源泉；他要报答这绵绵不尽的爱，又岂止是用画笔？

故事已经久远，照片已经发黄；但记忆永远是新鲜的。

他去世的那一天，静文从他的口袋里找到了3颗水果糖，那是他参加宴会时，悄悄放进口袋的。像往常一样，他回到家，会把糖藏在手心里，让妻儿们猜；然后，一颗给静文，还有两颗分给孩子。可是这一次，他竟没有来得及做。这个细节也许太小，但静文50年来描述它的时候，没有一次不饱含着泪水。

天下未亡人的路总是艰难的。别人的阳光何其灿烂，她的四季从头到脚都是冰凉；每一个长夜和黎明对她都是煎熬，只有在梦境里，悲鸿才姗姗来迟，和她相聚。

就这样，走过了60年。

是不是绝唱版的旷世之恋，都必须是这样的结局？马克思和燕妮；陆游与唐婉；徐志摩与陆小曼……

圆满，到天国去找。这是一位高僧说的。

幸福是一种质量，而不是长度；我一直固执地认为，廖静文是一个幸福的女性；因为她拥有悲鸿以及悲鸿留下的精神财富。连她的剪不断的悲伤也是幸福的一部分。正是这样一种悲伤让她的生命更有韧性；虽然短暂却轰轰烈烈的爱，提升了她的生命质量，因而改变了她的一生。

曾经，有一位敬重她、也敬重悲鸿的男性，走进了她的生活；但短暂得就像天上划过的流星。这一次短暂的婚姻让她更加感到，这个家的男人，永远只能是悲鸿，任何人都无法代替。悲鸿就像大海那样宽阔深邃；已经融入她生命的最深处。

用一生守候。她做到了。悲鸿留下的1200多幅作品，1000多幅唐宋以来的名家字画，以及各种珍贵图书、碑帖等上万件文物，她全部无偿献给了国家。

因为，那是悲鸿留给这个世界的大爱。悲鸿属于国家、民族；若是灵泉有知，悲鸿一定会理解她这么做。

家国恩情剪不断，是非真伪寸心知。

人，一旦活到了这种境界，这世上还有什么放不下的东西？

徐悲鸿纪念馆。这里，是廖静文精神世界的大本营。50年风雨无阻，她天天从悲鸿的塑像下走过，悲鸿坚定、慈爱的目光，悲鸿无处不在的气息；让她感到，和相爱的人白头相守，是她一生最大的财富。

悲鸿活着的时候，就是一个播火者；他一生3000弟子，桃李天下。静文接过的，正是他手中的火炬，传薪，为了他未竟的事业。

落寞，惆怅；孤寂，凄凉。都是可以用大爱去战胜的；只要我们心中有爱。只有走遍天下的人才知道，最醇厚的甘霖，都来自人的内心。

　　我眼里的廖静文，是这样一株傲霜斗雪的老梅；她清瘦，脆弱；骨格清奇而又异常坚韧。是的，和人们一样，她也在一天天地老去；但她的爱情没有老，悲鸿纪念馆的庭院里那盛开的海棠、秋菊、春桃、冬梅，一年四季见证着她绵绵的爱。

　　如果提起一个名字，就让我们肃然起敬，那么这个人已经到达化境了。

　　静文知道，悲鸿故里的人，有多么爱她。

梦里南翔

一

高塍。江南宜兴的一个水乡小镇。

四面是水，镇子就像一个岛；一年四季水气弥漫而滋润着
众生。

很小的时候，外祖父常常牵着我的手在小镇的街筒子里走。
斑驳的青黄石皮铺就的小街弯弯曲曲，一路刻记着许多古今故事。

走到北街头，外祖父总是用手指一指斜对面那个油漆斑驳的
门楣，说这里就是蒋南翔的家。

蒋南翔是谁？

中国的教育部长，还是清华大学的校长呢。外祖父骄傲
地说。

部长有多大？

全国的校长都归他管。

我一吓。想，这样的大官一定很厉害吧，一定比我们那位老是站在校门口查迟到早退的校长厉害。

又走过几户人家，外祖父拉着我悄悄地说，看见了吗，那扇老是锁着的门里，也出了一个大人物，在那边，也是教育部长。他叫虞兆中。

那边？

我看到外祖父眼睛里有一片茫茫的水域。

二

1988年5月3日，蒋南翔在北京逝世。

那是个阴雨的天气。

故乡的人们实在难以接受这个噩耗。许多人默默地化纸，在一缕青烟里向着北方，默默地为一个远去的灵魂祈祷。人们知道，他在外奔波了一生，老了，他一直想回家看看。这是一个太普通的愿望。可是，故乡没能等到他回来。

故乡的杜鹃一声声地唤："归——，归——"。

他是带着遗憾走的。据说，这位虔诚的老布尔什维克在去见马克思的前夕，经常说起的并不是他一生中经历的那么多惊涛骇浪，也不是他见过的那些定国安邦的大人物和值得荣耀的陈年往事，而是故乡的那条老街，一个绰号叫"来来看"的市井小民以及他做的极好吃的烧饼。

"来来看"的烧饼非常地香、酥。我小的时候，经常去排队买他烘的烧饼。童年印象里的"来来看"，是个秃顶的脾气很怪的老人。他长着一张苦大仇深的柿饼脸，永远皱着眉头，从来没见他笑过。做烧饼是他的一绝。猪油萝卜丝馅，一层层的酥油面，上面撒了密密的芝麻，烤得焦黄喷香，闻一闻都直掉口水。早先，不知道的人问，这烧饼好吃吗？他不抬头，手里忙着，瓮声瓮气地答道：来来看！

后来人们就叫他"来来看"了。以至忘了他的姓名。

蒋南翔想必是吃过"来来看"的烧饼的。1913年，他出生在这里北街头的一个农民家庭。据我的外祖父当年回忆，蒋南翔少时极端顽皮，但读书过目不忘。这里的民风讲究"耕读传家"，不读书的人，36岁才能进本家祠堂，而读书人小学毕业就可以进祠堂喝酒了。蒋南翔的父亲虽然只读过两年私塾，但他和许多开明的父亲一样，决心节衣缩食供南翔读书。"来来看"和他差不多岁数，是少年的玩伴；因他父亲早亡，家境实在贫寒，只得很小就学徒做烧饼了。他的师傅默默无闻，但一句瓮声瓮气的"来来看"却让他在当地出名了。1929年，17岁的蒋南翔考取了江苏省镇江中学高中部，这是一所省里的名校。3年后蒋南翔又考取了清华大学。这在高塍小镇引起了小小的轰动。这里自古是出状元秀才的地方，明代状元陈于泰，明末江南士大夫政治集团——复社领袖之一的陈贞慧；阳羡词派代表人物陈维崧……都是从这里走出去的。在父老乡亲们的眼里，蒋南翔无疑是一棵冉冉升起的文曲星。

据说，蒋南翔告别父老北上读书的那一天，还特地去"来来看"的烧饼铺买了几个烧饼作路上充饥之用。"来来看"那天给他的南翔兄弟烘的烧饼特别香，特别大，而且坚持分文不取。那几枚推来推去的铜板最后滚到青石皮街面上，它们发出的清脆的声响让蒋南翔一直记到了晚年，记到了生命的垂危时刻。

"来来看"的晚年极为寂寞，他一生鳏寡，未有嗣息；烧饼也做不动了。听到蒋南翔逝世的消息，他迈着艰难的老腿，给他童年的玩伴虔诚地上了一炷香。在缥缈的青烟里，这位一生没有流过泪的老人淌下了两行滚烫的热泪。

他曾经说过，只要南翔回来，我无论如何也要做几块烧饼给他吃吃。

三

故乡一直在关注着这位游子的踪迹，从他离开高塍小镇、浪迹天涯开始。

人们不会忘记，在中国的青年运动史上，蒋南翔是个重量级人物。

"华北之大，已经容不得一张平静的书桌了。"

许多人至今都能背诵这句抗战名言，但很少有人知道，这句名言的作者是蒋南翔。

"奋力为前驱，开路披荆棘。春夏勤播种，秋冬号角鸣。寒冬十二月，慷慨传檄文。搏战危城下，不辞冒锋刃。踊跃齐冲锋，突破西便门。古城起风暴，举国奋人心。救亡宣传团，跋涉下农村。建队高碑店，抗击伪宪警……"这是蒋南翔参加抗战救亡运动时写下的诗句，后来被进步学生谱了曲，在救亡大学生中广为传唱。同样，人们并不知道它的词作者就是蒋南翔。

《一·二九宣言》以它那磅礴的气势、火焰般燃烧的激情，早已被载入了中国青运史。它的起草者也是蒋南翔。但几十年他从来不说。一直到1985年，编写《一二·九运动史》的研究者们经过反复考证，才知道是蒋南翔的手笔。

何止是起草宣言呢，走在"一二·九"大游行最前列的那个小个子年轻人，就是蒋南翔。

从1932年考入清华大学做学生，到1952年担任清华大学校长，这期间的20年，蒋南翔一直没有离开青年运动。与他长期共事的人说他是一个厚重、内敛、果敢、刚毅的人，在他身上很少有青年们常见的浮躁、偏激。从一名穷学生到青运领袖，他在战火中实现了由幼稚到成熟的跨越。共产党内高人云集，但人们惊奇地发现，这位黧黑的个子不高的江南人身上自有一股磁铁般的魅力，他不是那种夸夸其谈的演讲家，从来不引用名人名言，无论是说话还是作报告，语言极其朴素而自有一种吸引力。毛泽东非常欣赏他，让他一肩挑两职，既当教育部长，又当大学校长。当然，"文革"不会放过他，所有的苦头一一吃过。然后是复出，邓小平跟他开玩笑说，要鞭打老牛，还让他执掌教育部。胡耀邦和他都是团干部出身，更可谓知根知底、彼此心同。应该说蒋南翔的才干在新中国教育事业这盘棋上发挥得淋漓尽致。中国高等教育和蒋南翔这个名字几乎是一种血肉关系。日本有一家权威杂志这样评价他："接触过他的人都会有这样一种感觉，他身上既有中国南方人的明秀，又有北方人的坚韧。他把这种风格融化到他的教育事业里——中国高教之父，他是可以胜任的。"

四

有一件事，故乡人一直感到深深的愧疚。

1967年，"文革"的烈火已经席卷全国。江南水乡一隅的高塍小镇也未能幸免。一些不知天高地厚的年轻人也戴上了大红袖章，到处造反。原先落寞的古镇到处是红旗标语。出状元秀才的地方，照样出红卫兵。其时，北京的"战火"已经烧到了共和国主席头上，作为高等教育部长兼清华大学校长的蒋南翔，是最早被"揪出"的高干之一。小镇上的红卫兵们忽发奇想，他们得知蒋南翔的老母亲也在北京，于是他们就北上了，疯狂的年代，红卫兵们一路北上的食宿交通是不要钱的，一个红袖章就可以通吃全国。今天的人们难以想象，一群并没持有任何法令或手续的年轻人，居然轻而易举地把一位共和国部长的高堂老母押回原籍，并策划将其游斗。蒋母这一年已经80多岁，她的一生是见过战乱和兵匪的，但她老人家没有想到，竟然是她的孙子辈的嫩骨头们上门来向她讨债了。当她知道，她全部的罪过就是为共和国养育了一位部长兼大学校长，她坦然了。儿子正在遭罪，她能赔儿子受罪，也算是最后的福气吧。酷热的暑天，她被折腾着回到了老家高塍，当时已经不能走路。红卫兵们觉得不向广大革命群众展示这个重量级的战利品，说不定会是历史上的一大遗憾——他们一定相信，历史是可以由他们来改写的。于是，他们决定把蒋母放进一只江南农村用来装猪草的蒲篮里，一前一后两个人抬着她，前面有红旗开路，后面有口号助威；在古老的街巷里演出了一幕闹剧——游街。这是当时最时髦的一种受辱方式。那时我还太小，才8岁；跟在大人们的屁股后面，正在发生的事，让我半懂不懂。但我记得那一天，外祖父灰着脸从外面回来，他是蒋母被游斗的目击者。我从来没有见过外祖父气得灰白的脸色，后来他把大门插上栓，和外婆嘀咕了些什么。后来我知道，他们是商量着怎么偷偷地去看望蒋母。外婆甚至还熬了一锅鲫鱼汤，偷偷地送去。

可是，那位风烛残年的老人，在一天夜里平静地去世了。

她没有留下什么遗言，遗容十分安详。

高塍人一直认为，这是一件太对不起蒋南翔的事。特别是蒋南翔复出后，人们的这种愧疚心理与日俱增，当地政府的领导专程赴京，通过蒋南翔的家人婉转地表达了深深的歉意。

他们并没有接到回音。误解便由此产生。

家乡的人们知道，蒋南翔的性格非常倔强。"文革"期间，他的妻子与他离婚，让他的心灵备受磨难。他复出后，前妻又提出复婚，并请出邓小平、邓颖超说情。要说面子，这在中国是顶尖级的媒人了，而他却坚决地予以拒绝。

感情是不容玷污的，更是不可苟且的。

也许，他同样不能原谅家乡。毕竟，那等于是在他的背心里扎了一刀啊！

家乡的父母官又去北京，想见一见他，都被他后来续弦的夫人礼貌地谢绝了。

可是家乡人不死心，见不到他也要捎信请他回来看看。从20世纪80年代中期开始，一条从高塍到宜兴的公路开始修建，从古至今，外地到高塍只有一条水路。他们希望有一天蒋南翔回来的时候，能够坐着汽车而再不是当年的那种慢吞吞的小火轮。

他们并不知道，其实蒋南翔一直非常怀念家乡。作为一个胸怀宽广的革命家、教育家，对当年发生的事他只讲了这样一句话："那都是历史了，就让它过去吧！"他一生从事青年运动，最信任最依赖的是青年；列宁说过，年轻人犯错误，上帝也会原谅的。

他晚年不喝酒，唯一的一次是他从报纸上看到宜兴在全国百强县（市）评比中，被评为第13名。那天他非常兴奋，说要喝一点酒庆贺一下。酒让他怀旧，故乡的风貌一下子飞到他的眼前，但是，只有梦才能带他回家。

的确，家乡人当时要见蒋南翔并不容易。他太忙了。1979年，经邓小平提议，蒋南翔重新担任了教育部长。他非常投入地工作，百废待兴的中国教育事业需要他带领大家拨乱反正。终于有一天，他在自己的办公室接待了宜兴县的领导，并且请他们在教育部的食堂里吃了一顿饺子。

那一顿饺子在宜兴家乡一直被传诵着。

更重要的是，家乡人听到了一直等待着的一句话：他想念家乡，想念父老；他一定会回来看看。

所有的误解都消除了。

1986年，时任中央党校第一副校长的蒋南翔终于把回故乡的事摆上了议事日程。但听说为了他回家，家乡正在赶修公路，他心里十分不安，托人捎信给宜兴的领导，说万万不可为他回家而破费国家的财力。否则他就不敢回来了。

不久他就一病不起。家乡人闻之，纷纷上京看望，但还是被他那位续弦的夫人挡了驾。

也许，她是为了不打扰他休息。她哪里知道，家乡人见不到他，是怎样的心情？

在回来的路上，这些骨肉般的乡亲难过地哭了。

五

数年之后，古朴的高塍小镇迎接了她的另一位游子——曾经担任国民党"教育部"次长和台湾大学校长的虞兆中博士。

欢迎的场面极其隆重。虞兆中向他的母校——高塍小学捐赠10万美元，用以建立"虞兆中图书馆"。颇有"谁言寸草心，报得三春晖"的意味。在喧天的爆竹锣鼓声中，人们不免又想起一位已经远去的长者，本来这样的场面他也应该有的。要是这两位大人物能一起回来，那该多好啊。

有人说，如果蒋南翔回来，他决不会让乡亲们搞这么大的排场，他革命一生，两袖清风；也不会给家乡捐一分钱。但他留给家乡的精神财富是巨大的。而物欲横流的年代，精神财富并不是每个人都能感受得到的。

和蒋南翔不同，虞兆中博士走的是专家治国道路，是一位卓有成效的土木工程学家、教育家。在台湾政界和学术界有着极高的威望。但台湾是中国一个特殊的省份，几十年来与大陆音讯割断，家乡人对他的名字一直讳莫如深。他这样敏感的人物回来，当局不可能没有统战的考虑。其实，既是自己人，何必要摆什么场面呢？一些东西大家只好心照不宣了。

对于游子来说，母亲的怀抱永远是宽厚、温暖的。

那一天，当虞兆中缓缓走过古老的小街，走到北街头蒋南翔的老宅前，不由地停下脚步，问：南翔回来过吗？

当地的领导回答说，他一直想回来看看的，可惜……

虞兆中没有再说什么，他深深地朝那位童年玩伴的老宅看了一眼。他比蒋南翔小2岁，儿时的童趣历历在目。在场的新闻记者感兴趣的是，国共两党的教育部长居然都出生在这条小街上，这真是一个非常好的题材。除了大家说的文化底蕴，历史可能还给人们出了一些思考的课题。而虞兆中当时面对着紧追不放的记者，不知是对这个选题兴趣不大，还是有意回避什么，说：是啊，我和蒋南翔都是高塍人，我们更是中国人！

就在虞兆中回乡的第二天早晨，高塍小镇上悄悄流传着一个近于荒诞的传说，不止一个人在昨天夜里看到蒋南翔回来了，他在静静的街筒子里来来回回走了好几遍……

呵，梦里南翔，人们都愿意那是真的。

被岁月稀释的传奇

据说我们是在一个初夏的雨后放晴的早晨上路的。我，3岁；外婆，大约50岁；大表弟，2岁。我们这支奇特的队伍还包括若干个大小不等的塞满了粽子米糕芝麻黄豆和山芋笋干萝卜干之类的包裹和一根既可挑担又可防身的藤条拐杖。在出发前的半个月里，关于我外婆可不可以带着两个刚会走路的孩子远赴几千里外的哈尔滨，早已成为高塍小镇左邻右舍们热烈讨论的话题。几乎一边倒的结论是万万不可、绝对不可。我外婆不识字，连自己的名字都不会写，她去过的最远的地方是宜兴县城。而且她还晕车，不能闻汽油味儿；但这些都没有成为阻挡我外婆带领我和表弟去哈尔滨的理由。因为她已经决定了。就像她一生中的许多重要决定一样。在这之前，她已经是小镇上的传奇人物。20世纪60年代初，老百姓的日子都浸在苦水里；我外婆居然能把一个只吃了两个月奶的婴儿养得白白胖胖，这就是我的大表弟，他的母亲在休完56天产假后就把他留给了我外婆，小镇上的人都说这孩子怎么养得活啊，可我外婆对她的急着要回哈尔滨继续做一份重要工作的大女儿挥挥手说，你放心走吧，2年后我把孩子给你送来。我外婆说话是算数的，我大表弟后来长成了小镇上最胖最白的孩子。而我的外婆熬得又黑又瘦，有一张摄自小镇照相馆的照片，记录了她当年的疲惫与操劳，最明显的特征是她的曾经美丽的眼眶，就像两个深凹的黑黑的煤球。据说在最初的半年里她没有脱过衣服睡觉，像枕戈待旦的士兵。以至浑身得了褥疮。我外婆每天在小镇上风风火火地走过去，她或许有些蓬头垢面，尘土总是在她的身后飞扬，人们大凡会分外地注意她的菜篮，看看她用什么喂养那个只吃两个月奶的宝贝，那是一个见不到牛奶或奶粉的年代，许多人的脸色甚至眼球都是菜绿的。老是有饿死人的消息，我外婆却用熬得很稠的米汤和白得像奶水一样的鱼汤把我和大表弟养得白白胖胖，在小镇人看来，这真是一个谜。

一种确定的说法是，1961年的初夏的一天，外婆领着我和表弟，在小镇邻舍们的目送下，踏上了去县城的小火轮。我们必须从县城搭汽车去无锡，然后在那里上火车，经过1天两夜的路程到达北京，然后再转车去哈尔滨。后来我母亲说，当时本不准备带我去哈尔滨，因为路途太遥远了。但据说我自从知道这次远行没有我的份后，就天天无理哭闹；而我父母其时在另一个小镇上做医生，工作十分繁忙。而且我的弟弟才刚满周岁。这样一来，外婆只能狠狠心把我带上了。显然，3岁的年纪没有给我留下任何出发时的记忆，但我猜想出发那一天，一定是个黄道吉日。因为我外婆信佛，信因果报应；在她贴胸的内衣里还应该挂着一个玉质的观音菩萨，那几乎是她的精神支柱。我母亲回忆说，当时她给外婆的口袋里还准备了一些小纸片，上面是哈尔滨我姨妈的地址和一些遇到困难时求助的话语。而最重要的钱包则藏在我的身上，人们通常不会去注意一个小孩的腰间，这是没有出过远门的外婆的精心安排。一幅可以想象的图景是，大表弟驮在她的背上，两个鼓鼓囊囊的包袱，分别挂在她的胸前。她的右手牵着我，左手的任务依然很重，还有两个很沉的包袱和一根藤条拐杖呢。一生没有见过火车的外婆在第一次听到火车的吼叫的时候想必会有一些慌乱，但她带着我们跨上火车的步伐异常坚定。谢天谢地，她问路时那别扭的宜兴口音很重的普通话居然能让人听懂，几乎没有费什么周折，我们就上了火车。像小街一样长的火车啊，这火车躺着开就这么快，像风一样，要是它站起来开，不要比风还快么？据说这后来是一则取笑乡下人的笑话。可当时确实是我——一个3岁男孩好奇而愚蠢的发问，外婆显然无法回答这样的问题，或许，第一次坐火车的她当时也正沉浸在扑面而来的奇想里，车窗外陌生的北方景色一定让她兴奋不已，江南小镇的背景渐次依稀，人生的许多场景扑面而来，为人妇、为人母，女人的一生就是一支飘摇的蜡烛，单调而枯燥的庸常生活却镶着灿烂的金边，那是因为爱，我相信那种绵绵的爱就像血液在外婆的体内奔流一样自然，她总是那样自信，什么都不惧怕。而颠簸的火车就像巨大的摇篮，它的每一个声部那样有力地撞击着外婆的心。她温暖的怀里的两个小外孙不知什么时候已经睡着了。我想，当时外婆的内心会弥漫着一种从来没有的成就感，那是她一生中最美好的回忆，真的，那种成就感让她觉得生儿育女其实就是最伟大的业绩，把一个呱呱坠地的婴儿抚养成人，就像打一个漫长而艰难的战役，毫无疑问，当时的我和大表弟就是她胸前的两个勋章。

在哈尔滨的几个月，是我外婆一生中最舒坦最风光的日子，她像一个在前线打了胜仗的将军，羞涩地、继而坦然地接受着我姨妈那些同事们的由衷赞美。而她最终没有在这个让她着迷的有着俄罗斯建筑风格的城市多住些日子，却是由于我的异常顽皮以至不断肇祸而让大人们担惊受怕。据说我在到达的第一天就和院子里的北方孩子开打，还把一个在院子称王称霸的小萝卜头打得头破血流；最不可饶恕的是有一次我居然把头伸进阳台的方格子栏杆里而怎么也拔不回来，我的尖利而持久的哭声惊动了整个大院的人们。我外婆当时急得差点晕过去，谢天谢地，最后还是我那当工程师的姨夫根据力学的原理，把我那颗顽皮的头颅从栏杆的格子里拔了回来。由于我老是像惊险片里的小纰漏一样让人惊魂不定，外婆觉得我们已经呆不下去了，给别人添麻烦，这是她最忌讳的事。在我们要离开的那几个夜晚姨妈一直在哭，她多么希望她一生操劳的母亲一直在这里住下去。可是因为我——一个多么讨厌的顽皮的孩子啊。"为什么要把他带来呢？这是妹妹的计谋吧，是的，她就怕你在这里不回去！"劝不动我外婆的姨妈据说发了一通火，后来我外婆哭了，手心与手背肯定都是肉。要她在其中作出一种抉择，真是上青天一样的难事。但江南的那个四周是水的小镇，毕竟是她的家啊。在返回的火车上，外婆不断地流泪。她一定想得很多很乱。怀里突然空空的没有孩子了的日子让她感到是那样地不真实。车窗外的景色已经不再吸引她，她却一点也不知道，一场灾难正在等待着我们。火车到了徐州，突然要换车。潮水一样蜂拥的旅客把我和外婆冲散了，黑压压的，车站乱得像一锅粥。拼尽全力的外婆终于在站台的一个旮旯里找到了我。她把我紧紧搂着，再也不肯松开。她喘着气说："要是找不到你，我就只能去撞火车了。"世界在外婆的心里重新变得可爱。为了奖励我的勇敢，外婆决定给我买一个热气腾腾的肉包子，是的，40年后我还依稀记得，那北方光照充足的麦面是那样醉人而扑鼻地香，可是意外的事情发生了，一对搭档作案的盗贼飞快地抢走了外婆的钱包和我手里刚咬了一口的包子。他们的出现和消失只在眨眼之间，天一下子在外婆的头顶塌下来了。到处是一片白茫茫的汪洋。载着外婆和我的小舢板在波浪起伏的人海里颠簸。在寒风中匆匆走过的行人们大都没有注意到我外婆的哭诉，她的逐渐沙哑的嗓音在喧闹的车站月台上显得是那样低，那样低。据说后来是一位高大的军人在我们面前停住了脚步，他肩上的星星很多，眼睛里则充满了关切；或许是我外婆的哭诉引起了他的乡愁。一个伟岸的军人的突然出现，就像横空出世的救星一样。军人给我们买了火车票，一直把我们送到火车上，然后像所有的那个时代的英雄一样死活不肯留下姓名地址而翩然消失。我外婆后来反复回忆说，那个军官眉心里有一颗痣，她坚信那是救苦救难的菩萨再世。她当时已经说不出什么感激的话，而是朝着她的菩萨跪下了。军人慌忙挽起她，说人民怎么可以跪子弟兵，只有子弟兵可以跪人民！外婆后来的一生里，每年都会在一个吉祥的日子里上一炷高香，那个菩萨一样的军人总是在氤氲的香气里隐现，是的，外婆记住了他的眉心里有一颗痣。

我们的哈尔滨之旅还有一个艰难曲折的结尾。外婆在第二次上火车后就高烧不止而且上吐下泻。一种叫伤寒的病菌在她的体内蔓延，在当时的年代，伤寒是可以致死的重症。据说顽皮的我突然变得十分听话，我居然能穿过几节车厢去给外婆要开水，还能向列车员准确地说出阿斯匹林的药名。但潮水一样袭来的病痛一下子把外婆击垮了。以至在我们到达无锡后，外婆已经没有走出车站的力气。那根原打算用来防身的藤条拐杖呢？突然也不见了。她最后能做的，就是用一根扎包裹的带子，一头系在她腰间，一头扎在我的腰间。"后来我只能在地上爬了，爬出几步就歇一歇，一睁开眼睛，满世界金苍蝇直舞……"根据外婆后来的回忆，我们在到达无锡后又迷了路，真正落到了叫天天不应的地步。这一次再也没有一位伟岸的军人来搭救我们了。纷乱的脚步像潮水一样几乎要漫溢我们的头顶。寒星，残月或许还有霜冻。西北风像刀子一样刮来。一幅可以想象的画面是，外婆艰难地匍匐在马路的边上，她无助的目光慢慢地黯淡下去，紧偎她身边的一个泥猴一样的男孩则在放声地大哭。他清亮的童嗓并没有引起行人的注意而被嘈杂的声浪所湮没，以至后来他哭不动了，就依偎在他亲爱的外婆身边，睡着了。感谢那根系在两个人之间的包裹带，一直到他们历尽艰辛终于回家，那根带子还紧紧地系在他们的腰间。

　　许多年后我执意要写下这一段平淡生命中的传奇经历，是因为远行的外婆的音容笑貌无数次活生生地出现在我的梦境。20年前她82岁，病不支体终于驾鹤西行，上路的前夕她还提到了她一生中那唯一的一次远行，那遥遥的驿路，奇诡的山水；潮汐一样奔涌的人流，还有那位肩上缀满星星的伟岸军人……想必是她一生中最美好的点缀与抚慰。对她来说，一生中有那么一次，已经足够了。

边城往事

我们来了

父亲和二弟乘坐的机帆木船终于穿越了波涛汹涌的东太湖，通过蜿蜒曲折的画溪河，悄悄停靠在宜兴最西南的边城——湖父山镇的河埠码头上。这是1971年秋天的一个有着和煦阳光的下午。没有风，阳光把河面衬得黄澄澄的，让人从心里感到温暖。河岸上有许多看热闹的人。他们或许已经得知，有一对医生夫妇，带着他们的老人和孩子，从80里外的一所水乡医院调到这里来了。而几小时前，我和母亲、外婆及小妹已经乘公共汽车先期到达这座陌生的山镇。我们的居所被安排在一条叫后庄门的巷子里，一间半平房，地面有些潮湿，但临街的窗子很亮；这一切已经让我们感到满足。因为站在家门口就可以看到遥遥的山尖，那青青的、挺拔的山峦，离我们的家不会超过2里地吧，从水乡长大的我们还没有见过山呢！

让这里的居民感到奇怪的是，我们从木船搬下的全部家当，除了一只衣橱，竟是15只编了号的纸箱子，尤其荒唐的是，没有马桶！需要解释的是我父母先前供职的那座水乡医院，职工的家具都是公家提供的。到我们搬家的时候父母才发现，除了衣物及炊具，我们是真正地一无所有。幸亏外婆家里有一些当年剩下的旧木柜，请木匠日夜赶制了一只大衣橱。它有着庞大的外壳，油漆也非常漂亮；这是我们家当时唯一的也是最昂贵的家具。它从船上被搬上岸的时候蒙着厚厚的旧棉絮而没有引起别人的注意。当12岁的我和10岁的二弟抬着塞满衣物的纸箱走过窄窄的街市，我们却听到了一些窃窃的议论，也许在他们看来，这户刚迁来的人家有一些沦落流亡的意味。在这里，木材并不稀罕，再贫穷的人家也有成套的制作粗糙的桌椅床柜。街檐下那些疑惑和猜测的目光让我们在忐忑的同时又有些好笑。幸亏医院领导及时来探访，他早就答应借给我们所有必需的家具，包括床、桌椅和马桶——都是从病房里借来的。这让一些在门口探头探脑的邻居面面相觑。（日后我们得知，这里的人对医院的东西是有忌讳的。）我和二弟突然变得像个大人，走过陌生的街巷时我们努力把身板挺得直直的，对于那些好奇地打量我们的目光，我们一概矜持地不予理会。傍晚的时候，一位资深的邻居、后来一直对我们十分关照的史家婆婆，对我们这个尚处在混乱中的家进行了第一次察访和慰问，她高大的身板、黑红的脸膛和响亮的嗓音让我

们感到山里人的热情与豪爽。在她的发动下，左邻右舍们都来
了，有的送来一捆干透了的木柴，有的送来一篮子红皮山芋；还
有自制的精致的小竹凳、小扁担、小竹刀……日后这些东西都被
证明和我们的日常生活息息相关。好客的外婆则拿出带自高塍老
家的特产"猪婆肉"，切成薄薄的片儿，让大家分享。而史家婆
婆带来的"麻叶子"（一种香脆的山芋、面粉、芝麻制品）则让
我们大开胃口。我们融入山镇的第一个夜晚竟是如此地愉悦。大
人们开始拉一些我们不感兴趣的家常，我和二弟悄悄地沿着巷子
走进了街市的深处。这是一个比我们原先生活的那个四面是水的
小镇大得多的山镇。它居然有上下并行着的两条小街，还有一些
纵横的巷子，显出四通八达的契阔；店铺似乎很多；百货公司的
门脸也比较气魄。河对岸的戏馆子正在上映一部打仗的电影，激
烈的枪炮声在星光闪烁的河面上传递过来，撩拨着我们的心。这
就是我们新的生活么？我们将在这里定居下来，不知道有些什么
在等待我们。

　　这一夜我们全家睡得很香。

三省交界的边城

　　嬗变的四季。我们在不知不觉中度过。我们是湖父山里
人了。

15年后我才离开这里。无疑它是我心灵的一座矿藏，我一直缺乏足够的力量与才情对它作一次深度的挖掘和解读；但过去岁月里我的许多梦幻场景和它息息相关。我分不清自己气质和性情中的哪一部分来自于它，就像我无法把交融的水乳分开一样。

这是一座用银子铸成的边城。这里的一根草都是银的。银湖父。一直到现在，许多人还这么固执地说。没有"日进斗银"的气魄，谁敢如此海言？作为苏浙皖三省交界之地的一个重镇，这里的水陆交通在古时就十分发达。浙江和安徽边界的山货都在这里集散；山民接踵、商贾云集的气象让上了年纪的老人一说起来就激动得哆嗦。据说当年每天下埠的山货就有四五千担。走水路的除了船，还有浩浩荡荡的竹排；水手们在这里吃饱了喝足了玩够了才恋恋不舍地上船。辛苦铜钱快活用。这座边城里有让他们舒心的餐馆、牌局、酒和女人。不把荷包里的碎银子花光，他们是不肯上路的。通向太湖的画溪河宽容地接纳并承载着他们的欢乐与惆怅。旱路运输则有木制的独轮车和骡队，骡帮的主人通着江湖上的好汉，他们在连绵的丘陵地带日夜兼程，袖筒里藏着土制的装满火药的短铳，靴子里插着雪亮的匕首。据说最多的一天晚上，有1000多头骡子驮货下埠，这座拥挤的边城一时料草紧急，以至满城骡吼，一片混乱；而骡粪则堆成了小山。所以湖父又有"骡埠"之称。这样一个繁荣的商贸边城，每天给人驮走的银子，没有人能数得清楚。

湖父的"父"字，是古文地名专用汉字。字典上注释是"水之源"的意思；说这里自古是太湖的重要水源，是确信无疑的。春秋时期湖父称湖滨，晋代又称湖浦。以后历代多有变故，不尽一一。后来的湖父人喜欢说这里是太湖的发源地，是"水之父"，似乎并没有遭到太多的异议。

一入湖父境内，城隍山似一座屏障挡住隘口；四周有五岭环抱：东南是当园岭，南有廿三湾、悬脚岭、青隐山，均通浙江；西南有缠岭通向安徽；西北有杨岭通向"金张渚"（另一座边贸集镇）。五岭之麓有一片开阔地带，满壑松风青茶飘香，桑麻修篁清溪似酒。湖父人世世代代在这样的环境里生存，心气自然很高。很久以来他们就习惯排斥山外的来客，一律称他们为"乡下人"，恶毒的说法叫"漂来的浮尸"。20世纪60年代，水乡农村的一个劳动日工分只有一两毛钱，而湖父山区则一直十分坚挺地维持在8毛至1块2毛之间，像深山里的省庄、城泽村，靠山吃山的农民们居然没有愿意下山当工人的，在介绍自己是湖父山里人的时候他们总是理直气壮，口气跟上海人差不多。

20世纪某年宜兴评选"最佳十景"，湖父竟占了6景，分别是张公福地、灵谷天府、玉女山庄、省庄竹海、磬山幽谷等。亿万年前的沧海桑田形成了连绵广袤的喀斯特地貌。几十个大小溶洞分布在湖父的逶迤山川。"洞天世界"的独特资源给这里旅游业带来了滚滚的财源。湖父人并没有额手相庆，他们的自信是与生俱来的。山上有毛竹木材，地里有茶叶蔬果。历史遗迹也是举不胜举：仅是皇帝，就有5个在此御赐匾额：唐明皇信手写了"洞灵观"，宋神宗留下了"寺圣金沙"的墨迹；宋孝宗题的是"天申万寿宫"；清代的顺治和乾隆皇帝，分别在这里留下了"崇恩禅寺"和"天下第一祖庭"的御匾。

但我记忆里的湖父从来就不风流倜傥。浑厚逶迤的山川总是内敛而沉默，只有你走进它的腹地，你才能慢慢领略到它的雄奇壮阔，于是你就理解了湖父人那一份与生俱来的一份自得与倨傲。

时间到了20世纪70年代，这座曾经富得流油的边城却在不知不觉地日见式微，就像一个被遗弃的迟暮美人，它的步履明显地有些踉跄。再没有边贸的繁华，兴隆的生意被时髦的政治口号所湮没；人们被禁锢在各自的户口所在地和生产队的打谷场上，挣一些养家活口的工分；"商人"的名谓已经被这个时代彻底抛弃；骡帮也和它们的主人一起永远地消失了；山货的集散日见萧条。被砍下的毛竹木材寂寞地被堆在山坞涧边，几个月也运不出去；一浅再浅的画溪河裸露着它岣嵝的河床，即便在桃花水上涨的季节，也不再有船只忙碌穿梭的踪影；河岸上那些往昔的酒楼早已卸下了迎风的旗幌，苍老的街檐下遗老遗少们在连连的哈欠里追忆往事，他们遥想着那商贸喧嚣的市声，追忆着那白花花银圆的成色；而对眼前如火如荼的"革命形势"发出大惑不解的慨叹；三十年河东，三十年河西；失落的银湖父什么时候能找回自己，恢复它往昔的丰韵和神采？

吃·吃食

晨课。在太阳还没有升起来的时候，男人们准时地出现了。他们的脸上流动着养蓄了一夜的元气，但眼屎还没来得及擦；狭长的巷子像没有铺桌子的茶馆。男人们的手里都拎了一只竹篾小篮，（通常，这只精巧的小竹篮是他们自己编织的代表作）满满的一篮冒着热气的山芋，这是他们早晨的主食。站在屋檐下，叉开雄壮或不雄壮的两腿，边讲话边吃，在大家的哄笑声中美美地吃，一篮山芋吃完了。肚子和脑子都饱了。他们的胃已经习惯了在每天早晨承受一篮山芋的容量（大约不会少于4斤吧），女人们会精心挑选那种个儿较小的黄芯山芋，皮很薄，肉质软绵而且甜味悠长；贴锅的烘山芋则会有恰到好处的焦黄，那是烘山芋里的极品了。只有当家的男人才可以整篮地享用烘山芋，女人和孩子的早餐通常要在山芋里加一些水，这里叫汤山芋；老人的山芋里则加少许米，熬成薄薄的山芋粥。通常，男人们把一篮子山芋拎在手腕上，腾出两手慢慢地剥皮，有时他们会谈论婆娘们烘山芋以及烧菜的手艺，但更多的是交流山里山外的信息、地里庄稼的长势、街头巷尾的花边逸闻、村里干部们的动态以及最近的一次评得不那么公平的工分。男女间的事当然属于他们的热门话题，他们有自己独特的解读女人身体的方式，语言大都直接而粗俗，有时还辅之以形象的动作。对他们视野里的女人，他们会像苛刻的老师给学生打分那样，给出一个分数；然后彼此在较大的歧见里争论不休。总之这顿山芋早餐对他们一天的生活极其重要，在开始一天极其辛苦的劳作之前，他们的某些感官已经得到了满足。

在收获山芋的秋天，湖父山镇的每一个旮旯里都充斥着山芋的气息。你随便抬脚一踢，肯定有不止一个的山芋在滚向远处。有太阳的天气，家家户户在赶制山芋食品——麻叶子，很薄很脆的加了桂花、糖精、芝麻的山芋片；摊在竹匾里晒干。在铁锅里炒的时候必须放进适量的沙粒，它才是真正的口俏货，逢年过节待客的时候它特别受欢迎。家境殷实的户头，一年四季都可以拿出炒得黄灿灿的麻叶子。还有一种山芋制品，是用淀粉做成的粉丝，这是一门工序复杂的手艺，通常是由浙江人来做；它们在秋天被大量地制造并且晒干，装进洗干净的尿素麻袋里，在春荒的时候它们就成为主人餐桌上一道坚挺的主菜，熬饥并且口感润滑。

后来的许多年里我一直不愿吃山芋，是因为少年时期山芋吃得太多。在一年中的大半日子里我们总是在吃山芋。而今天这样一个物欲横流的时代，偶尔吃一顿山芋，简直有一种宗教的意味。

其实除了山芋，当时的湖父还有许多特产的茶食。一种叫蛤蟆酥的食品是我少年时的最爱。米粉和油酥是其最基本的原料，作成千层扁圆球状，核桃大小；形似小蛤蟆，待油锅沸腾，火势渐文后入锅烹熟；拌以白芝麻糖或黑芝麻糖，口味极佳。记得只有在招待最珍贵的客人的时候，父母才慷慨地买回一斤蛤蟆酥，那最后剩下的总是被我和二弟小妹风卷残云，一抢而空。

麻烘糕也是很好的吃食。麻糕铺离我的家不远，午后或者黄昏，那持久不散的香味随风飘来，老是把我弄得心神不宁；我甚至能够背诵它制作工序：把糯米粉和芝麻压块后切成均匀的薄片，然后摊在金属盘里用文火烘烤至浅黄色即可食用。老洋盘师傅的烘麻糕技术在这里是一流的，他可以闭着眼睛飞快地操刀切糕，每一片都均匀齐整不差毫厘；经他烘制的麻糕金黄喷香，据说得过省里的糕点评比第一名。但有人说老洋盘在切糕片的时候经常揩鼻涕——这只是说说而已，没有影响过麻烘糕的名声和生意。

鸭饺面也许是这里最奢侈的点心了。先把肥鸭用文火煮熟，切成相同大块，用碗分装好，加入不上色的原汤，上蒸笼；用硬柴大火蒸至肉烂脱骨，汤色清爽而原味浓郁；三两阳春面加上一碗鸭饺汤，是这里招待贵客的上佳点心。就是皇上来了，鸭饺面也是拿得出手的。据说，浙江和安徽边界的人经常为了来这里吃一碗鸭饺面而不惜翻山越岭。遗憾的是一直到离开湖父我都没有尝过鸭饺面的美味。

春天到来的时候，湖父突然变成了一个硕大的笋场。从山上绵绵不断运下的毛笋堆成了若干座小山。天气一热，街巷里充斥着发了霉的笋壳气味。跌落的笋价比河水还贱。你走进每家每户，所有的锅子里都是笋；所有的空地都晒着笋片。它们散发出一种独特的气味直扑人的鼻子，清香中有些挠心，甚至让你透不过气来。当地人称它为"鲜哈头气"。你找不到更为确切的词汇对这种气味进行解释。清水笋是要用肉来烧的，人们在年前留下的咸肉猪头，就是用来对付笋的。屋檐下风干发黑的腊肉，也是留着对付笋的。笋似乎只有在咸肉锅里才肯释放出它全部的美味。咸肉煨笋，是当地的一道千古不变的名菜。笋欺负穷人，多吃了没有荤油烧的笋，心里会发慌，脚下软软达的；在猪肉紧张的年代，人们没有足够的咸肉来对付笋，只能在笋锅里放些花生和黄豆来煮。于是笋花生和笋黄豆成了人们生活里的休闲食品，山外来的客人非常喜欢吃这种小东西，虽然太咸——他们知道这里的人干活出汗多，所以口重，盐的消耗量十分惊人。而整袋的笋干是湖父人馈赠亲友的最佳礼物。

吃。在我少年的记忆里吃是多么地重要。凡是能吃的东西我们变着法儿千方百计地找来吃了。有吃的时候我们是那样地幸福，吃不到好东西或者看着别人吃好东西我们是多么地沮丧。很多年后我读到了"恩格尔指数"这个词，终于我对"吃"有了新的理解。是的，生在银湖父的人就是这么地有口福，这么能吃；他们一年四季地吃着山，享受着山的恩惠。在湖父先民们的历史上，所有发生的最重要的事情都和吃不可分隔。

水

山洪是个粗暴而无礼的朋友。它几乎每年都要对群山下的这座万人山镇——我的家乡，进行一次惊险的骚扰。有记载的1480年，特大的山洪暴发冲毁了大量民房，有1000多人丧失生命。1826年暴发的山洪把一块1000多斤重的巨石从山顶冲至山下，一直冲到山镇的小街上。这块"天石"在民国18年被肢解成若干块用来造桥，福祉于民。这里的四街八巷每年都习惯了承受山洪的洗礼；所有的山墙上都记录着洪水光顾的印痕。但更多的时候这里是一座缺水的边城。而且，这里的人大都对饮水的质量有一种近于洁癖的追求。居民们从来不吃画溪河里的水，即便是在清晨，浑浊的画溪河水经过一夜的沉淀变得近于清澈——他们挑着空桶从桥上走过，目光和脚步从来没有半点迟疑。他们走过它，走过镇边的一片叫马桶潭的水域。以我们今天的标准，马桶潭的水质应属上乘。但山镇人还是不吃那里的水，也许他们固执地认为，太近的地方不会有好水，也许是它的名字太难听——我只看

到妇女们在那里刷马桶。如果谁偷懒，挑了马桶潭的水，是要遭
到街坊们的唾骂的。在他们看来，吃哪里挑回的水，是一户人家
生活质量的重要标志。即便你天天吃肉，但你吃的是浑水，那就
活得没档次；人们还是会看不起你。我一直无法搞懂，一些熟悉
的街坊可以一个星期不换衣服，半个月不洗澡，而在饮水上却是
如此地挑剔。

　　挑水的人们走出镇子足足两里地，终于到了一个名叫三板
桥的地方。三板桥畔有一个脸盆大的泉水洞，这里的泉水不仅清
醇，而且甘甜。若干个泉眼在光滑的鹅卵石间汩汩地冒着气泡。
它的上方是一片几十亩地的竹林。谁也说不清楚，这个泉水洞为
什么任凭人们日夜取水一年四季从不干枯。1971年深秋的某一
天，12岁的我怯生生地加入到了这支挑水的队伍。在出发的时
候隔壁史家婆婆告诉我，必须在木桶里放一把用来舀水的铜勺。
泉水是一勺一勺舀进桶里的。挑水在这里，是一个男人起码的能
力，肩不能挑的男人在这里永远也抬不起头。这里10岁以上的男
孩就开始挑水了，大人们通常会给他们定做一对小木桶，挑不动
也得训练，这叫"压死担"。这里的男人肩膀上都长着两块特别
发达的肌肉，都是从小练的。我第一次走在挑水的行列里时，大
约是12周岁。之前，关于要不要让我加入挑水的行列，在我家的
餐桌上已是一个久争不休的话题。父亲的观点是，挑水是一个男
子汉必修的功课，儿子已经12岁了，应该让他的肩膀经受锻炼

了。而母亲和外婆则认为，孩子还太嫩，尤其是那么瘦弱。那对水桶会把他压垮的。

最终还是父亲胜利了。像一个刚出征的新兵，我虽然步履踉跄，肩上酸痛得咬紧牙关，但上路的时候确有一种做了大人的感觉。问题在于，我家的木桶一大一小，把它们系在一支扁担的两头，显得很不协调。当它们分别盛满了水后，挑起来更是让一支嫩竹扁担失去平衡，无疑它将考验着一个12岁少年的柔弱肩膀。那时我的最高理想，就是得到一副对称而不是一大一小的水桶。挑水队伍里少年踉跄的样子或许有失雅观，但人们赞许的目光分明让我受到一种鼓励。谁都可以讥讽一个不肯挑水的懒汉，但对于一个刚上路的新手，大家则不约而同地保留着鼓励的宽容。少年的肩膀持久扎辣地疼，内心却涌动着一份可以触摸的坚定。

行进途中挑水的人们是不歇担的。吃力的时候，他们娴熟地把扁担从右肩换到左肩。两头的水桶在换肩的旋转中居然滴水不漏。不会换肩的少年肩膀生痛，内心祈求能休息一下，哪怕是一秒钟。若果此时在路边歇担，肯定会被大家取笑，而且被队伍遗弃。少年强忍疼痛的时候，突然会心生烦恨，为什么我要生为男人？如果一个男人生下来就要担当重负，那我宁愿做一个弱小女子。后来少年被这个想法吓坏了，臭骂自己无耻且无能。这个肮脏的念头时不时爬出来挑战少年的毅力，一直到少年终于学会了在行进中把扁担换肩。那种从容的旋转，以及换肩后的舒展、惬

意，和扁担柔韧的吱呀声搅拌在一起，成为少年迈步前行的一份
动力。

记忆里的泉水洞前总是排着长长的队伍，人们习惯了耐心
地等待，这里什么都金贵，就时间不金贵。大家这时会寻一些开
心的话题，讲一些孩子们半懂不懂的荤话，或者唱歌，唱那种革
命的昂扬的歌曲，以消磨等待的时光。不愿等待的人会走得更
远——5里地外有一个晶宫潭，水比这里的更为清甜，而且不用
排队。更多的时候我宁愿去晶宫潭挑水。虽然路远，但一路上景
致迷人。有一条蜿蜒穿过竹园的小径，两边是密密的竹林，上空
是窄窄的蓝天。脚下的草丛里会突然窜出一条蛇，引得我们一顿
追打；而竹林里的画眉鸟叫得竹叶哗哗地掉。走出竹林就到了一
片金灿灿的油菜地，1万只以上的蜜蜂在迎风起舞；它们嗡嗡的
轰响就像一支庞大的乐队；空气里有一种撩拨人的气息在流动；
最勤快的人走到这里也会变得慵懒。山坡上长满了蕨类、羊齿和
野菊花；一头黄牛的背影正在向更远处的村庄移动……我的嫩肩
膀很快就肿了起来，满满的水桶由于我的脚步不再平衡而开始倾
斜，好心的同路人吆喝我停下来，这样走下去不到半路水就会溅
光的。他们在我的水桶里放了几根竹枝，说这样水就不会溅出来
了。后来我在物理课上学到了一种原理叫"减小共振幅度"，印
证的就是这个道理。

挑水的队伍永远都是浩浩荡荡。从晶宫潭挑回一担水大约需

要两个小时，一个大男人半天时间就只能挑2担水。从来没有人抱怨，你想吃好水就得付出代价。由于我小小的年纪就坚持去晶宫潭挑水，我便经常得到街坊邻舍们由衷的表扬；他们相信我稚嫩的肩膀不久就会长出两块发达的肌肉。但几乎每次挑着沉沉的水桶走进街巷的时候，我的肩膀都痛得钻心。但我总是竭力做出轻松的样子，实际上已经吃不消了，嘴里还哼着一支什么歌。其实有经验的人一看我软得不行的两腿，就知道我已经力不胜支。临到家时我踉跄的脚步总是显得轻盈，在父母和外婆怜惜的目光里我已经迅速长大。

一直到后来我奉召进城，挑水的重担又落到年逾半百的父亲肩上。之后许多个梦境里，父亲挑水的样子总是和我一样踉跄。作为一个缺乏体力锻炼的乡村医生，远途挑水绝非他的强项，但生活总要继续，是山镇上的男人，就得接受挑水的洗礼。每逢下雨的天气，我总是担心父亲挑水的路途会不会打滑。后来山镇上通了自来水，类似的梦境依然在我乡愁的脑海里浮现。

方言·暗语

移民们很像一种候鸟。他们的一生总是在不断的迁徙中寻找最适合自己居住的地方。但有一天他们到了湖父就再也不想走了。在这么好的山水面前，他们不想再扇动自己不安分的翅膀。

他们在这里搭建了最早的茅舍，男耕女织、繁衍子孙。在湖父的四街八巷里你经常可以听到外地的口音。如果在它附近的乡村，就会经常看到浙江、湖北和安徽移民后代的定居点。他们的房舍还部分地继承了祖先的建筑风格。比如温州式的宽大的屋檐，安徽式的描龙画凤的柴灶，都体现了他们对俗世生活的感恩。一些说话的频率比宜兴方言更快的是闽南人的后裔，他们很快就能讲流利的宜兴话，但他们自己人之间则永远使用别人听不懂的温州方言。早年从苏北逃荒来此的侨民们也已经彻底地宜兴化了，但他们骂人的时候会不自觉地切换到苏北方言系统，用他们的家乡话骂人想必会更准确更解恨。20世纪70年代初，突然有一个操上海口音的年轻女子出现在山镇的街巷里，据说她是某家的新媳妇，她的白白的脸蛋和细细的腰肢以及一口软糯清脆的上海方言，特别是洋里洋气的穿着打扮和大方而又矜持的仪态，让这里的女人们一时失去了方寸。又有一种说法是她为了逃避下放去遥远的新疆，才屈就到这里来嫁给一个远亲的。日后她并没有在这里站住脚跟和大家打成一片，是因为她就像一个商店橱窗里的洋娃娃一样太不懂人情世故，她不肯学本地方言，不会做针线，不会烧茶煮饭；甚至连马桶也不肯倒而整天捧着一本砖头厚的书。她的大上海派头没几天就在蜚短流长的议论声中像一个气球一样给踩瘪了。她穿着高跟鞋在凹凸不平的巷子里走来走去，人们不得不把她和一部名叫《霓虹灯下的哨兵》电影里的女特务联系起来，于是大家背地里轻蔑地叫她上海婆，后来人们经常看到她笨拙地拎着一只菜篮到河埠头去洗菜，有一次她终于屈尊大驾倒了一回马桶。但她记不得自家粪缸的位置，一不小心就倒到别家的粪缸里去了——她的婆婆几乎休克过去。因为这是不可容忍的。在这里的人看来，粪和米同样重要，没有粪就没有米，庄稼一枝花，全靠粪当家。再后来人们再也看不到她了——据说是忍受不了这个所谓的银湖父强加给她的一切，撤退到她的大上海去了。

请相信那位上海女子的落难经历只是个别现象。湖父是一个宽容的江湖。来自各个地域的人们基本上能够在这里和平相处，但一旦发生矛盾或斗殴，那自动结成一堆一簇的肯定是使用同一方言的族民。在这个三省交界各色人等鱼龙混杂的边城，土生土长的湖父人也发明了一套只有他们自己听懂的用来对付外地人的暗语。譬如，早年和外地的客商做生意，在对方面前商量出价给价的数字就有特定的暗语，按照从一到十的排列，分别演绎为：一叫"流"、二叫"段"、三叫"川"、四叫"旺"、五叫"毛"、六叫"劳"、七叫"条"、八叫"考"、九叫"天"、十叫"许"。请客吃饭，他们会说"额线"，如果要上一道鸡，他们会说"贡头子"，香烟，叫"熏条子"，酒，叫"三六子"，钞票叫"金果果"，女人叫"思劳几"，假货叫"西贝佬"，打人叫"力口"等等。他们创造的这些暗语并没有确切的出处，只是相互领会而已。有的则是类似"脑筋急转弯"式的智力游戏。有一种"缩脚暗语"，就是取成语的最后一个字意。譬如，点烟用的火，就叫"杀人放"，听起来吓人一跳。

江湖是绕不过的。天下人来到湖父，就像搭不住大山的脉搏一样吃不准湖父人的习性。人们在各自的方言的峡谷里行走，只记得原先走过的路径；那些飘飘荡荡伸向远方的路上有一些奥妙等待着人们去解读，只有当你掌握了它，你才知道它原本就是这样简单，就像你爬上了最高的山峰，所有的风景就都在你的脚下。

父母的医道

没有星辰的长长的寒夜，父母还没有回来。他们总是这样。在通向山镇医院的路上我和二弟小妹牵着手，无数次地引颈观望；等待的时刻像无限拉长的橡皮筋；山风刮起的黄尘舔食着我们的肌肤。医院门前浅浅的池塘上空有一些蜻蜓在寂寞地飞舞。父母——他们还在医院后楼那间简陋的手术室里忙碌。有血和药水的气味传来，接着是一阵细碎的脚步。一条垂危的生命在晨曦到来之前得到了复活。不远的单家村方向传来几声狗吠，有人在放鞭炮，零落而寂寞；可能是某个出院病人的家属在庆贺吧。我们的一夜没睡的父母终于回来了。他们脸色苍白，眼圈是黑的。这样熟悉的场景在我们的日常生活里被无数次重复。劳累了一天的父亲总是把他的药箱背回家中。这样我家狭小的客厅常常坐满了附近一带的患者。在这里他们就像在自己家里那样随便。父母对他们的病人总是那么和气，给他们让座，泡茶；牙疼的病人可以毫无顾忌地对着正在吃饭的父亲张大他们出了问题的嘴巴；有一次，我们刚刚开始吃饭，一个熟悉的街坊来了，他把一条正在溃烂的大腿伸在我们面前，除了父亲以外的所有家庭成员的那顿午饭都倒了胃口。父亲则放下饭碗，对那条烂腿进行了十分仔细地察看。一有病人他的眼里就什么都不存在了。饭也可以不吃。又有一次，东岭山区送来一个溺水昏迷的儿童。他的母亲在一旁嚎叫，父亲对这个肚子鼓起来像一座小山一样的孩子进行了人工呼吸，半个小时过去了，大汗淋漓的父亲像从河里爬起来似的；孩子依然没有呼吸。后来父亲扳开了他的嘴，自己上前吮吸着他口腔里的积水。吸出一口，再吐出一口，如此往复多次，围观的人们都感动地落泪了。终于这个孩子哇地一声哭了出来。又是一条幼小的生命，在父亲手中得到了复活。孩子的母亲跪在父亲面前，要把她的儿子过寄给他当干儿子。父亲笑着谢绝说如果救活一个病人就要认一个亲戚，那到处都有我的亲戚了。父亲还把一个矿工的断指接植起来，并让它几个月后伸展自如；有关父亲妙手回春的故事在湖父的街巷和山村被演义得广为流传。而我的母亲无疑是他最默契的助手。她熟悉手术室的一切器械，在进行手术的时候，她能在父亲的手刚伸出的时候准确地递上需要的器械，"她打针一点也不疼，像针没有扎进去一样"——这是众多的病人对她最朴素最基本的评价。父母无疑成了这里的公众人物，上街买东西的时候，无论走到何处，他们都会受到人们由衷的尊敬。凡是需要排队的地方，譬如肉铺、油条店、粮店——只要父母的身影出现，人们一定会坚持让他们先买。母亲则经常能买到布店里的营业员为她留下的价格便宜的零头布。一些粗犷的山里汉子成了我家的常客，他们大抵是各个山村医疗点的"赤脚医生"，有的则是父亲门下的学徒。他们豪爽，酒量惊人，都会打猎并且枪法绝顶。有时他们会带一些打下的野鸡野兔来慰劳父亲。父亲总是拿出一瓶难得的好酒，兴致很高地陪他们喝。同时向他们介绍一些中草药知识。于是他们慢慢知道，就在他们祖辈居住的山上，到处都有治疗常见病的中草药。父亲难得的假日总是在山上度过，他几乎走遍了湖父周围所有的山山水水，在不长的时间里他掌握了100多种中草药的临床使用。一种由他和同事们研制的治咳嗽很灵的中药制剂至今还在山镇医院广为使用。没有人能够统计出他在湖父的20余年里抢救了多少条生命，治好了多少疑难杂症。若干年后他和母亲都老了，他们退休后就悄悄离开了那里，就像他们当初悄悄地到来一样。在50里外的县城他们过着退休老人的平静生活。在他们居住的那条僻静的小巷里，没有人知道他们是行医40多年的医生，那些惊心动魄的救护故事，已经被漫长的岁月所稀释。

山之子

山就像巨大的磁铁，永远吸引着我和二弟。我一直相信山对我们成长的影响会超过其他——比如老师、课本以及天天挂在大家嘴边的道理。现在的学生不会相信当年我们每天下午不到3点钟就放学了。扔下书包以后我们就插上了翅膀。在密密的竹林，在高高的山颠；我们的手脚经常被带刺的蒺藜划破。在清澈的山涧里洗去凝固的血痕，会有一种疼痛的愉悦遍及全身。爬不完的山上有太多好玩好吃的东西。毛津，一种非常嫩的茅草尖，我们很喜欢它的清凉味道；毛栗子，一种比板栗小的可以生吃的果实；野杨梅，几乎要酸掉我们的一口牙齿但谁也不肯少吃的一种草果；松鼠是逮不到的，但由于它经常在松树的枝头向我们挑衅，我们必须用弹弓对它进行攻击。如果我们运气好，会追上一只尚未成年的野兔，或者从树梢的鸟窝里掏到几颗鸟蛋。一个名叫老根桩的看山老人对我们的出现总是斥骂有加，几乎每天我们都要和他打一场拉锯仗，有时我们会在背后向他发起突然袭击，用自制的弓箭和石子；他常常冒着我们的枪林弹雨，用藏在兜里的卵石准确地掷向我们。有时我们的额头会鼓起一个"紫突螺块"（本地方言里对撞起的瘤块的形象描述），他也会一不小心踩进我们为他挖的陷阱里。后来我们得知，如果有一天我们没有去他的"领地"，他就会格外寂寞，一旦失去了对手，对于好战的人是多么地难受。

黄昏总是很快就降临了，归林的杜鹃聒噪着为我们的背影送行；太阳在落到山下去的时候像一个醉汉那样步履跟跄。为了在傍晚回家的时候有一个充足的理由，也为了家里的柴禾总是不够烧，我们总是背着一捆柴禾回家，二弟是拾柴的好手，他瘦小的身子像猫一样活络，钻进树林或竹丛，不一会儿就拖着柴枝出来了。我们扛着沉沉的柴禾走进巷子，在街坊们投以赞许的目光里禁不住地窃笑；一直在等待我们回来的父母会赶紧接过压在我们肩头的柴担。饭锅里照例留着他们舍不得吃的几块带鱼或者萝卜煨排骨。劳动和玩耍被我们结合得是如此完美，我们的每一个梦都是甜的。

想得到一架凤凰琴。它常常出现在我的梦里。有那么一段时间，我以为那是世界上最奢侈最昂贵的乐器。它高傲地躺在百货商店的玻璃柜里，标价是3.5元。在4分钱一根冰棍的年代，3.5元对于一个12岁的学生来说无疑也是一笔巨款。梦想的缘起是巷子深处住着一个年轻的小学女教师，黄昏或者清晨的时候她总是用它弹奏着《彩云追月》和《社员都是向阳花》之类的乐曲。她灵巧的手指在键盘上飞快地跳跃，让人看得眼花缭乱。每次听到她的琴声，我心里就像被一种什么东西轻轻地划过。有一次我在她家门口停住了，她只是用余光瞟了我一眼，连头也没抬。我走开的时候脸上有些发烧，当我决定用自己的劳动所得而不是厚着脸皮向父母伸手去获得一架凤凰琴的时候，我发现自己对那个小学女教师的神态是那么在乎。正是深秋的季节，收购站里正在大量地收购茶果，它的标价是1毛钱1斤。我悄悄地开始了一个代号为"必胜"的秘密行动。每天放学以后就钻进了镇子郊外那一望无际的茶园。茶果已经被凉下来的秋风吹落在泥土的皱褶里。一颗一颗地拣起它们，需要极大的耐心。我长时间地趴在茶树的沟垄里费力地寻找它们，一直到天黑才拣了不到1斤。但我一点也不沮丧，每拣起一颗茶果我就觉得离凤凰琴近了一步。我相信不久的一天自己弹起凤凰琴的时候一点不会比那个高傲的小学女教师差。天气一天天冷下来，西北风像薄薄的刀片刮过我的脸；我不时地用嘴哈着热气，以缓解冻得不能伸开的五指。拣茶果的人越来越多，而茶果却越来越少了。茶园的主人开始驱逐我们这些来拣茶果的不速之客。他们甚至放出一只狂吠着的大黑狗来追逐我们。背着一只空空的麻袋，狼狈的我就像一只惊弓之鸟一样到处逃窜。等到茶园的主人与狗走远了，我又回来了。"必胜"像一面小鼓一样敲打着我的心；无论如何我一定要拣满35斤茶果，把我日思夜想的凤凰琴买回来。

下第一场冬雪的时候我终于拣满了足足40斤茶果。扛着它们向镇收购站进发的时候我已经提前挂上了一个胜利者的笑容。但迅速让我如同跌进冰窖里的是在收购站的门前贴着一张已经被撕破的通知：今年的茶果收购任务已经超额完成。即日起不再收购……我像一根木桩那样呆呆地站在那里。肩上的麻袋像一座山那样压得我喘不过气。希望的破灭像暗器划过我的心，它发出的尖锐的疼痛漫溢着我的全身。

耐火厂

烟囱。雄性而孤傲的庞然大物。它昂首喷吐的浓烟几十年来一直是这个山镇摆脱农耕社会的标志之一。20世纪50年代，一群山民的后裔在镇郊的一片坟地上打下了第一根木桩。耐火厂。这里的一块金字招牌。被黄石垒起的围墙下的多幕故事充斥于它的每一寸空间。多年后它变成了一种活生生的诱惑。一个巨大的并且改变了许多人生活轨迹的场。20世纪的许多年里，在耐火厂当一名工人是这里大多数人的梦想。如果一户人家有两三个人在耐火厂上班，那这一户肯定是这里的贵族了。因为山镇上的大半住户都是农民，他们没有假日，没有月薪，没有劳保。工人和农民住在一起经常会有一些冲突，比如，农民们向镇外运粪肥的时候，工人们总是抱怨他们的门口被粪水泼脏了，而且空气里那么地臭。农民们在工人们发工资的那天心里特别不平衡，他们在别人家飘出的肉香里指桑骂槐。而他们过年杀猪的时候，工人们也是眼热得口水直流。日子久了他们总会滋生出一些事端，都是为了心里的一口气。但他们很快就会冰释前嫌，说到底大家活着都不容易。何必牙和舌头打架呢？值得记叙的是1971年的春夏之交，50名来自陶都丁蜀镇的中学毕业生和50名脱下军装的退伍士兵加入到这里，给这个群山下牌子最老的工厂增添了活力。在湖父街头你经常可以看到那些大鬓角小胡子牛仔衫直筒裤的小青年工在闲逛，无疑他们给这个传统而闭塞的山镇带来了一种城市和青春的气息。而50位退伍军人则是地地道道的农民子弟，他们的农村家属很快就跟着来了。这些陌生的女人有的是来管理她们男人的腰包的；有的是来给她们的男人生孩子的。一个新的移民部落在这里迅速膨胀。有关他们的故事有许多版本，最出彩的章回可能是他们相互窃听夫妻间的房事。实在没有什么可以娱乐的夜晚他们只能早早上床，过于简陋的住房则向人们提供了恶作剧的种种可能。

感谢生活。我一生中最美好的青春年华是属于耐火厂的。我第一天走进它的时候是多么地激动，那年我17岁，由于年少辍学，我已经在社会上打了几年短工，饱受了颠沛流离之苦。我终于进厂了，从那天起我就是世界上最幸福的人了。这里的一切都让我兴奋着迷，就像一个庞大的交响乐团，它的每一个声部都是那么和谐；它和慢吞吞的山镇生活有着天壤之别。我被安排在制砖车间当了一名成型工人，此后的10年里我换了5次工种。在别人的眼里我是一个不安分的工人，因为我对学手艺不感兴趣，老是在怀里揣着一本什么书或者杂志。熬到了满师后我的资格就一点点老起来了，我经常给工友们讲惊险的故事，代价是他们帮我干完一天的生产指标。有时讲到精彩处我会卖一些关子，让他们急；经常有人抢着帮我干活，因为我的故事老是有着吊胃口的"且听下回分解"。有时我把自己新写的小说掺和在故事里，文化虽然不高的听众们的喝彩让我感到满足；有时我会一连几天沉默，是因为又一部稿子被退回来了，我一直暗暗地和它在作斗争。工友们不知道我又在瞎想些什么。眼皮下的青年男女都在谈恋爱，比我年轻的同事们一个个都结婚了。经常有人给我介绍对象，我不理会而且没有危机感，因为我要走出去。是的，总有一天。我一直不敢说我想当作家，我怕同事们笑得满地都是牙齿。在他们看来，那种叫"作家"的东西，都是不食人间烟火的稀有动物，他们哪里知道，其实早在没有进厂之前我就迷上了文学，我敢说我在进厂前已经把镇上所有人家的藏书都借来读完了，你随便把一本书放在我面前，我可以准确地说出它是谁家的以及它的情节人物，等等，后来连镇文化站的所有图书也被我看完了。我还用朋友的借书证骑着自行车去50里外的县城图书馆借书，我是一个书痴，见到一本好书我就像猫见到鱼一样兴奋起来；我知道怎么好好地享受它。我经常像一个饿鬼企盼能吃顿饱饭一样，做梦也想着能读到一本好书。但当时一个学徒工的工资才13元钱，囊中羞涩的我，常常在新华书店朝那些心爱的书投以深深的一瞥之后，无奈地转身离去。不知央求了多少次，厂长狠狠心终于拨了300元，一个小小的图书馆诞生了，我自告奋勇当上了义务图书管理员。那时书真便宜，300元钱就装了满满一板车，我就像爱德蒙·邓蒂斯登上了基督山一样。工友们说我是老鼠跳进白米囤了。我索性把简单的铺盖搬进厂里腾出的那半间用来作图书室的灰房子里，有时白天干活很累，一想到晚上可以睡在书堆里，像一个人独吃一桌盛宴那样任意挥箸，心下的一份大快乐简直要撑破了自己。一日忽来灵感，将书斋起名为"补庐"，乃取好好进补之意。一只大木箱充做书桌，书橱和椅子是毛竹做的。台灯用钢管自制。四壁皆为鲁迅、高尔基格言。当时电视机还是稀罕之物，卡拉OK之类更无从谈起。一到夜里，工友们便都挤在我的"补庐"里，他们借书、翻书，还翻看我写的那些从来没有发表过的稿子，随便念一段，再加上他们的七嘴八舌、插科打诨，一个个俨然是权威的评论大家。我最初的作品，就这样在工友们的口头发表流传。一次下雨，屋漏成灾。我和工友们怕书被淋湿了，均奋勇爬上屋顶，忙乎了半天才堵了漏。为感谢大家相帮，遂将"室藏精品"倾囊出借，众皆欢呼雀跃。当最后一个工友离去时，书橱里早已空空如也。幸亏我打了埋伏，铺盖下早藏了一本《马丁·伊登》，泡一壶酽茶，一如往常地开始神游八极。有时读书写作太晚了，上夜班的师傅会来敲我的窗子，骂骂咧咧地说你又玩命了小畜生！顺手递给我一个热乎乎的山芋。倏忽10年，我在这里写下了差不多3麻袋永无天日的作品。是的，四面是群山、四周有围墙的工厂生活，早让我不再感到新鲜，而是觉得太闭塞枯燥了。而山外涌动的文学春潮，却时时叩击着我的心灵。我常常想入非非而又抓不住一根精神的稻草。冥冥之中仿佛有一个声音在召唤我：走出去，一定要走出去！感谢"补庐"，我永难忘怀的人生的第一个书斋。那些多个日夜，真是我生命中不可替代的自修大学啊。我从这里认识了老托尔斯泰和海明威，与莎士比亚和巴尔扎克结下不解之缘，我曾经试图踩着曹雪芹的肩头去寻访大观园的奥秘，而鲁迅郁达夫老舍沈从文们有如十万大山更令我欲罢不能。一直到我终于要离开这里，去山外圆我的文学之梦，我突然觉得，我的边城，养育我的后庄门巷；我的耐火厂，我的工友，我的这半间灰房子，不仅是我文学的摇篮，更是我生命的一个重要驿站。

许多年过去了，我那遥远的边城，一直在我心头亮着一盏灯。世道混沌，深一脚、浅一脚在暗夜里走路，这盏灯贴着我的心，明亮且温暖。

乡村医院的一夜

大人们在准备战争。这是毫无疑问的了。

1967年。深秋。宜兴城外10里地的一座古堡式乡村医院。十里牌医院。我童年的印象里,这一天从早晨开始就有些特别,先是有浓雾;几步路外就不见人了。其实这样的天气对于我们玩捉迷藏的游戏是很有利的。快吃午饭的时候,医院的大门口突然堆了许多沙包,我的做外科医生的父亲带回来一支医院发给的一支锋利的铁矛,(而不是我想象中的步枪。)他举起它的时候显然有些笨拙;母亲,一个干练而称职的护士,则在她的左臂上扎上了一条红毛巾。我一直希望她苗条的腰间能够扎一根皮带,那样她就会像电影里的海岛女民兵一样威武。根据我的观察,他们的表情在一个星期前就变得十分紧张,他们每天从医院带回来的话题让我越来越听不明白。但他们说得最多的一个名字:吴盘法。则是我每天可以见到的一位高大的白发老人,他有一张笑呵呵的弥陀佛一样的脸,总是穿着发了黄的白大褂,胸前永远挂着一个听筒,步履蹒跚地在医院的走廊里被一群人簇拥着,有的人

见到他会发出悦耳的欢呼，有的则一头跪下，声泪俱下地说一些
什么。后来我被告知，他就是这所医院的创始人、院长。若干年
后母亲告诉我，他有一手治疗烂腿的绝技，一种用蛋清熬成的药
膏，是祖传的秘方；他待病人的态度特别好，给实在贫穷的农民
看病是不收钱的，有时还出路费接济那些远道而来的贫民患者。
当然是用他自己的钱。据说他的工资比我父母的工资加起来还
多；有一天我踮起足尖从他家的窗下走过，惊诧地发现了一只闪
亮闪亮的正在不断摇头的电扇。我当时可能发出了一声尖叫，因
为这是我平生见过的第一台电扇。看门的根福老头比划着告诉
我，它发出的风比10把蒲扇的风力还大。然后，根福老头遗憾地
说，可惜那电扇有摇头病，一打开它就摇头，有一次他壮着胆子
上前吹了一会儿凉风，两只脚只能跟着它跑。

惭愧，我懵懂寡闻的童年实在没有什么可以炫耀，除了那个
惊心动魄的夜晚。

那天母亲在饭桌上压低了声音对父亲说，吴院长被他们押
起来，不知藏到哪里去了。父亲的声音更低，我只听清了他说的
后半句话："……只怕真的要打起来了！"那时我并不知道，小
小的医院已经分成两派，而我的父母已经被医院的造反派指责为
吴盘法的"孝子贤孙"，显然我幼小的心灵被一种莫名的兴奋鼓
舞着，除了难得一见的电影里，我还没有见过大人们打仗是什么
模样，我平时喜欢看大人打架，医院附近的文庄村，农民们有时

在田埂上决斗——通常是为了一担青草或一支飞马牌香烟的归属问题。一方面我为父亲没有得到一件真正的武器而可惜；另一方面，我和小伙伴们——东平、南平、临秋、缨缨他们，召开了一次十万紧急的军事会议，我们把平时积攒的弹弓、木刀以及搽得锃亮的观音土手枪全部集中起来统一分配，而我则被大家公推为这支特别部队的司令；这是我第一次担任这样重要的职务。我们总得配合大人做点什么吧，我们就怕大人们的战争打不起来，以我们的观察，他们总是在开会的时候拍桌子对骂，然后在一箩筐一箩筐的废话中不了了之。问题是不打仗我们就捡不到战利品，我们希望他们最好是枪战，这样我们可以为他们运送弹药，顺便可以收获那些黄澄澄的子弹壳。

中午的时候，医院门口突然一阵喧哗。一群愤怒的农民冲进了医院。他们穿着破旧的棉袄，有的扎着宽宽的皮带；更多的则在腰间系一根草绳。他们并没有当时流行的大红袖章，看上去他们更像一群乌合之众。"把吴盘法交出来！"他们咆哮着。消息不知是谁走漏的，说他们的活菩萨、救命恩人被医院的造反派软禁起来了。他们几天几夜地斗他，批判他，说他是蒙骗群众的伪君子，除此还有一些给他特制的帽子。农民们像一群愤怒的狮子进了一只硕大的笼子，他们在医院的各个角落到处寻找，并且高呼一些我听不懂的口号。他们的武器竟然是一些扁担和铁耙，只有一个人拿着一把枪，我有些激动地瞪大眼睛，天呐，枪！但很快我差点笑出声来，那只是一把做功粗糙的木头枪！也许是《沙家浜》里匪兵甲之类用的；后来我撤退到父亲的办公室里，我突然害怕的是潮水一样涌进来的他们会打我的父亲。可他们只在门口朝他看了一眼，便转身离去。显然父亲不是他们攻击或寻找的目标，我突然又为父亲的并不重要感到沮丧。据说他们后来冲进了院长室，但最后还是两手空空地回到了候诊大厅。一无所获的他们有些进退两难，古堡一样的医院有着太多他们不熟悉的旮旯，他们的扁担铁耙显然在这里没有任何用武之地，该躲的人和要找的人都不见影子，在他们面前晃来晃去的，只是一些看热闹的病人和等着捡战利品的我们。

据说打破僵局的是一条最新发布的消息：吴盘法被造反派押送到县城去了，现正在途中……如梦初醒的农民们拔腿就往大门外跑，"走啊，去救吴院长！"一股汹涌的潮水刹那间就退得无影无踪。不过几分钟，医院寂静得像一座硕大的古墓。一直躲在幕后指挥的人终于出来了，我们看不到他的面孔，只听到他在高音喇叭里命令立即关闭医院的所有出口，任何人不准进出，包括住院的病人。因为上了当的农民们肯定会杀回来报复的。

战争真的开始了。

平时拿惯了手术刀和听诊器的男人们被编成若干小队，扼守住医院的各个出口。我不知道父亲被派往了哪里，因为我和我的伙伴们被一位吹胡子瞪眼的叔叔赶进3楼的一间打了地铺的大会议室，我们的这一夜必须住在这里，我们是男人，跟除了母亲全是一些阿姨婆婆们睡一个地铺，简直太荒唐了！又在高音喇叭里发号施令的那个人强调说，所有的小孩必须跟随他们的母亲编在后勤大队，包括晚上的住宿。我们有限的抵抗是徒劳的，慢慢让我们激动起来的是，母亲们正在突击制作一种手榴弹——在用过的盐水瓶里灌满能够爆炸并燃烧起来的颗粒儿。我们要求参战，并很快就熟练地掌握了一门制作弹药的技术。

天已经黑下来。四野里静寂无声。那个漆黑的夜晚没有风，在渐渐凉下来的深秋，几乎没有一个夜晚不刮着尖利的北风，可是我肯定，那天晚上是一个无风之夜，快半夜了，我们忐忑期待着的战争还没有爆发，所有的母亲开始敦促自己的孩子睡觉，可是让我当着许多阿姨婆婆脱衣服，那是一件多么难受的事。在我的坚持下，母亲终于答应让我和衣而睡。我可能在那个平生第一次睡过的地铺上做了一个和打仗有关的美妙的梦，这个梦的尾声有一声巨大的爆炸，据说我突然从地铺上蹦跳起来，以至给我们这个足有30多人的空间造成了一场混乱。

人们终于再度进入了梦乡。不知过了多久，我被母亲急切的呼喊惊醒了。恍惚迷糊间，我看到所有的人都起来了，只有东平，我的白天刚任命的参谋长，还睡得死死的；他的常州口音的母亲正在把他从被窝里拉出来："东平啊，你这个吃煞浮尸，快点起来啊，这是你死我活的阶级斗争啊！"

　　紧接着，灯突然灭了，黑暗和恐惧爬上了人们的额头。一个小女孩，可能是缨缨吧，不知在哪个旮旯里哇地哭了起来，缨缨是我的部下，好像我白天还封了她一个通讯班长之类的头衔呢，真没出息。

　　有人在黑暗里喊：是农民们干的。他们切断了电源，把医院包围了。

　　可恨的是我怎么也害怕不起来，甚至有些幸灾乐祸。我期待的枪声或厮杀的声音一直没有出现。为什么还不打呢？

　　我偷偷地从3楼的窗子里看下去，天哪，在漆黑的原野上突然长出了一大片火把的森林，它们汹涌地起伏蔓延，慢慢地，四面八方地集聚过来，而我们的医院变成了一条在汪洋中颠簸的小船。

　　一波高过一波的巨大声浪冲击着我们的耳膜："誓死保卫吴盘法！""揪斗吴盘法，我们不答应！"

　　高音喇叭里的那个指挥者的声音有些颤抖："同志们，考验我们的时候到了！我们一定要守住各个出口！"

　　大人们骚动起来。有人在黑暗中摔倒，有人在慌乱中咒骂；所有的盐水瓶被运到窗前，人人都作好了投掷的准备；但是，高音喇叭并没有下达开火的命令。

　　终于，排山倒海般的农民开始向医院的各个出入口进攻了；他们完全像一支训练有素的军队，我相信整座医院很快就会被吞噬。

有人飞跑过来说，医院的南门被撞开一个缺口。

紧接着，有几个人被抬了下来。

到处都是杂乱的脚步和声音。我突然担心起父亲，他也许坚守在医院的某一个出口处，我担心他的铁矛根本就挡不住农民们的扁担铁耙。父亲会不会出事？我第一次开始害怕；而我的母亲此刻也不见了。毫无疑问她也上了前线。是的，我的父母都在参加战争，而战争是会死人的！别以为枪林弹雨就可以把一个9岁的男孩迅即变成一个男子汉，我突然想哭，我突然不喜欢战争了。

高音喇叭响了。

不是那个发号施令的指挥者，而是一个苍老、颤抖的声音："我是吴盘法，农民兄弟们，请你们回去；请你们回去！"

突然静下来了。

"你们回去吧，我没事，我谢谢你们；你们决不可以冲击医院，这里有几十个住院病人，还有那么多的妇女儿童……"

"我们不能走，有人会对你下毒手的……"

"如果你们不回去，我就从3层楼上跳下去！"

……

有人看到了，那个被关押了几天的衰弱的老人，久久地站在医院最高的3层楼的老虎窗上。在最关键的时候，是他拯救了这座医院而避免了更多的流血。

据说，许多农民听到他的声音，激动得哭了；迅即他们像听话的孩子，潮水一样地退去。

天亮的时候人们发现，医院周围十几里的麦田全部被踏平了。那需要多少脚印？谁也无法统计这天夜里集聚了多少人；风一样消遁了的农民们还留下了数不清的未燃尽的火把，它们后来被堆起了几座小山。

很久以来我笔下的这座医院以治疗痔漏及农村常见病而著称。我相信它的辉煌院史上不可能记载那个遥远的夜晚所发生的事情。岁月递嬗，很少有人再提起吴盘法这个名字。多年以后这座医院迁至宜兴城郊，当年的古堡已变成一座躯壳。我的当年热血沸腾的父母如今已经白发苍苍，但他们提起那位老人，眼睛里依然闪烁着崇敬的光芒；他们和我一样相信，历史上那个夜晚森林一样的火把和次日清晨周围十几里地被踏平的麦田，是20世纪这座乡村医院最悲壮的诗篇。

第N个清明

许多年来，那一片杂草丛生坑坑洼洼的废墟，一直在记忆深处的尽头发出黯淡的光泽。

大人们悲戚的脸上全是冷霜一般的表情。他们在小声嘀咕，目光在靠近围墙的废墟上搜寻。最后我们被引到附近的一间用陶罐垒成的屋子里，我们被告知这里是早年某某工厂夜校的一间教室。姑母左看右看，终于坚定地说，就是这里了，一定是这里，不会错的。

她的意思是，我可怜的祖母就长眠在教室的地下。

这是1971年清明节前一天的情景。它突然抖落岁月的尘埃大步向我走来。发黄的影像无端地呈现出一种新鲜的质感，让一个当年只有13岁的懵懂少年猝不及防。记得，我们进入的那间教室桌椅破旧、屋梁布满蛛网。或许是阴天的缘故，光线一片昏暗。一群不速之客的到来，惊飞了屋檐下的一窝麻雀。屋子里突然变得很静，大人们神色悲哀、垂头肃立，姑母已经提前开始哭泣起来。后来的哭声渐渐浩大，如涓涓细流汇入弯曲的河脉。平时不易凑齐的徐氏门人，为什么在这样一间莫名其妙的屋子一齐大放悲声？懵懂少年拼命想哭，却怎么也哭不出来。在众人的哭声中我惶恐不安，喉头干涩。就算我再不懂事，就算我从小没有与祖母在一起生活过，没有留下丁点深刻印象，作为祖母的长孙，我也应该象征性地哭上几声啊。但是，在我尚未长大的心灵里，哭，已经是一件非常严肃的事情。我哭不出来，证明这件事与我没有太大的关系，或者说，我可怜的良知到这个时候还没有开蒙。但我内心里已经学会了质疑，为什么我的祖母会被埋葬在一间教室的地下，而不给她一个像样的坟墓？

后来姑母在我执拗的追问下，终于打开了她滔滔不绝的话匣。我们被告知，我们可怜的祖母，徐门葛氏，一个叫葛淑英的女人，最终安息在这里，其实就是她的一种宿命。18岁那年，她嫁给一个名叫徐同权的小城士绅，可惜好景不长，她守寡的时候可能还不满30岁。那个叫徐同权的男人，猿臂，蜂腰，长脸形、面目清癯，儒雅中夹杂着一点市井气息。因为他一年四季的面颊上通常带着不散的酒晕。这个通晓四书五经的布衣秀才，守着祖上留下的些许田产，以及坐落于小城西门雪升巷里一幢三进10余间黑瓦白墙的宅邸。一圈文朋酒友围着他玩，地处城南孔庙里的理善小学，还留给他一个兼职教师的职位。闲时，在镇公所，他还热心于义工性质的田粮登记、房屋过户、杂费征收之类的差务。好人徐同权，小城里的人都这么说。人们可以轻易地在徐某人身上找到1000条优点，但嗜酒如命的一条缺点就把他击倒在地，早年得过肺疾的祖父一直改不了豪饮贪杯的习性，常常与朋友把盏无度，甚至醉倒在昏夜的小城街头。祖母品性温软，常常不忍驳了丈夫的兴头。但她又担心出事，无奈之下，给夫君打了一枚戒指，上面镌刻着"戒酒"二字。后来她一直痛恨自己软弱，为什么不死命阻拦他的暴饮呢！一种宿命的惯性，竟然让一个年仅36岁的年轻生命，最终倒在一罐浑浊的酒里。徐家的青天在一个闷热的梅雨季节里轰然塌下，年轻的寡妇徐门葛氏以一个超乎妇道人家的勇气，靠宜兴小城北郊的百余亩薄田，抚养3个未成年的孩子。秋收时节，她领着3个戴孝的孩子去乡下收租。那是一道多么苦涩而别致的景观。在歉收的田塍上，她和佃户们讨论收租的细节，她的底线很低，只需让苦命的孤儿寡母们有口饭吃，添几件御寒的冬衣就可以了。遇上祸不单行的佃农，她会陪着他们流泪，然后从口袋深处果决地掏出所有的银元，说，好好活，没有过不去的坎！佃户们有时会给她跪下，那时，善良的农人总是习惯用他们的并不缺钙的膝盖表达朴素的感情。没有男人的徐门葛氏在之后的许多年里，自己省吃俭用，却以亡夫徐同权的名义，在他生前兼职的理善小学捐一份助学的善款。她穿着打补丁但干干净净的竹布衣衫走向孔庙的时候总会情不自禁地流泪，学校的庭院里有棵高大的银杏树，捐完款，祖母会在树荫下停留片刻，满耳琅琅的书声里，她觉得那个面目清癯带着酒红的男人还活着，仿佛下完课，他就会抖落一身粉笔灰，咳嗽着从那教室里踱步出来。没有任何资料表明徐同权在这里兼了几年课，但他没有领过这里的一文俸禄却是大家知道的事实。就像一个资深的票友，在乎的就是吼那么一嗓子。徐同权不但不拿俸禄，每年还拿钱捐助困难的学生。捐款助学，或许在祖父看来是人生最大的功德。祖母还知道他有一个未能实现的宏愿，那就是有朝一日自己办一所学校，让穷人的孩子可以免费读书。由此，可以推定，祖父去世后，去理善小学捐款的那个日子，对于祖母来说，是多么地重要。当别人端端正正地在捐款簿上写下祖父而不是她的名字时，她内心终于得到了片刻的安慰。

祖母一定还有许多美丽而凄婉的故事，可惜它们和尘埃一样消失在岁月的深处。按理她非常钟爱小城北郊那百余亩让全家及众多佃户活命的土地，但她最后的长眠地并非宜兴，而是姑苏城外的一处荒冢。共产党解放大军进城那年，她跟着我的伯父去了苏州，而宜兴城里的老宅则将被没收充公。她选择在一个薄雾的黎明悄悄上路，知晓的佃户都来送她，他们叫她大师母，他们恳求她不要走，他们一定会为她作证，她绝不是坊间流传的那种所谓地主，而是一个有着慈悲心肠的好人。

我的伯父一辈子是个中文教员，一家子的书卷气让祖母非常喜欢，就像她还喜欢苏州的玄妙观、拙政园、酒酿圆子一样。据我伯父回忆，祖母一生饱读古书，过目不忘。尤喜红楼西厢，

《红楼梦》里的许多片段，就是她平日里就着清茶昆曲的点心，你出上句，老人家必对下联。苏州让她的晚年过得平静，但梦里家山，从来牵魂，小城西门雪升巷的老宅，北郊的田地与善良的佃农，孔庙，理善小学的讲堂，溪隐村被盗的墓穴……数年后她曾悄悄地回过一趟小城，当年孔庙里的理善小学已经改成城南小学，她最大的伤感，莫过于无法再以徐同权的名义捐款。接待她的人认真盘查她的身份，有没有介绍信？什么成分？徐同权又是谁？为什么要以他的名义捐款？他是无产阶级还是资产阶级？望而却步的祖母最后只能黯然离去。世道的变迁让她知道，她再也不可能回来了。她内心的隐痛是巨大的，因为在延续亡夫心愿这件事里，还连接着她内心的一种自我救赎，她一直以为，我祖父的饮酒早殇，与她平时的劝阻不力大有关系。

紧接着"文革"到来，祖母在几度惊吓后突然病重。自知病将不起，寿终之时只盼有个正寝。说，《红楼梦》我是要带走的，其他一切从简，人死灯灭，草席一卷，埋掉算了。仿佛有祖父垫底，她像搭乘一辆提前到来的末班车一样，走得突然而又决绝。子女们没有心理准备，但大家认为，就是冒天大的风险，也要给饱经磨难的母亲睡一口说得过去的薄皮棺材。我父母后来说，他们去苏州奔丧的那天下着毛毛细雨，送葬的队伍像鬼魂一样，在黎明未至的暗夜里飘忽不定。所有的人都不敢哭，也不敢大肆焚烧纸钱。因为给一个成分是地主的老人实施土葬，在当时的红色风暴中无疑是大逆不道的举动。

那个苏州城外的荒冢，无疑是徐家后辈的心灵牵挂。在父辈们的梦境里，那寂寞的孤坟四周应该翠柏青青，常年飘着花香。可是，祖母的坟头刚刚长出青草，当局就在附近贴出了一纸迁坟公告。措辞之严厉，与当时其他的"文革"语言如出一辙。消息传到宜兴，姑母与我父亲一致认为，该是让母亲魂归故里的时候了。

可是，偌大的宜兴哪里还有一寸可以让祖母的灵魂安息的地方呢？当年祖父去世时，祖母先是卖掉陪嫁的首饰，在东门外的溪隐村买下一块风水不错的墓地，她决心给亡故的丈夫一个体面的葬礼，又不惜变卖了许多值钱的家当。那时正赶上战乱，日本人即将占领小城，逃难的人群像蝗虫一样四处奔涌。祖母带着一家老小躲到一个叫杨巷的乡下亲戚家，几个月后回来，发现祖父的坟墓被盗，连尸骨都不知去向。溪隐，是明代徐阁老的终老之地。祖父作为徐阁老的一脉子孙，能安息在老人家的膝下，当是多大的幸事。坟被盗，墓安在？从此徐同权的名字连同他的遗骨一起，在这个世界上彻底消失了。此事让祖母长久地撕肝裂肺地难过，作为一个明事理的女人，她痛感是当时的厚葬害了亡夫。她多次对我父亲说过，人生无非朝露，有限的一生何妨轰轰烈烈，但把人间的金银堆砌在死后的墓穴里，享受虚妄的永恒，实在是人世间最大的荒唐呢。明智的古人曾把"葬"喻作是

"藏"，其实葬就是藏，不用别人知道，最好连后代也找不到，这样才能让灵魂真正地安息。曹操说："自古及今，未有不亡之国，亦无不掘之墓"。如果祖父徐同权的葬礼不那么体面，那就不会引来盗墓的贼寇。祖母的叹息在年年到来的秋风里伴随着纷飞的落叶飘向大地深处，它会与祖父的亡灵会合么？假使一个人真的有魂灵，我相信祖父的游魂一定是冤屈而不甘的。许多年后，他爱妻葛淑英的遗骨从苏州回到宜兴，他一定会前往迎接，但是，他无法给她一个墓地，因为他自己也没有。而我相信，天地间存在的一种亲人间的感应，一定会让蓬头垢面的他们排除万难而相拥相泣。

后来发生的事情，都可以从那个荒谬的年代寻找到荒谬的答案。无法找到一块安葬母亲遗骨的墓地的儿女们，最终看中了出丁蜀镇郊黄龙山麓的一块荒地，这里杂草丛生、杳无人烟。埋葬着许多没有坟主的亡灵。无奈的儿女们再三对着母亲的遗骨磕头，祈盼得到老人家的原谅。他们怎么也没有想到，就是这样一个乱坟山岗，半年之后就变成了附近某厂扩建的厂区。所有的坟头在一夜之间被推土机削成平地，即便是恩浩万丈的苍天，也来不及倾听死无葬身之地的冤魂们的无边哀号。祖母的安息之地，阴差阳错地迅即变成某厂职工夜校的教室。后来姑母宽慰大家说，母亲天生是个读书人，现在她可以天天闻到书香了。

可是，那个职工夜校的教室没隔多久便沦为该厂堆放陶器的仓库，哪里还有姑母所说的书香。我们无从知道，祖母在地下闻知这突如其来的变化后，该作何想？也许，以她一生坎坷多难的经历，对自己身后发生的一切，应该有着足够地恬淡从容。葬不起，那就随波逐流地藏在大地深处吧。痛惜和难过的，是我们这些活着的后辈们，这个世界如此广袤，为什么一直不能让一个卑微的亡灵得到真正的安息？

一年之后，一个单薄的执拗少年怀抱着家藏的一部残缺不全的1954年版《红楼梦》，从山区小镇步行10余里地，再次前往丁蜀镇郊那个埋葬他祖母的厂区仓库。他愤怒地敲碎了那里的一扇窗户玻璃，把那套三卷本的竖版《红楼梦》放了进去。他转过身离开的时候被一个路过的老师傅发现。少年苍白的脸上挂着让老师傅莫名其妙的泪光。他怎么会知道，这个少年是来给他长眠于此的祖母送书的。以一个年仅14岁少年的有限智商推算，他的祖母经历了那么多的坎坷磨难，随身带着的那部心爱的《红楼梦》，也许早就不翼而飞了。他把书送进那扇窗户时，仿佛有一双颤巍巍的手伸出来接。许多年后他想起那一幕，心灵仍有感应。而时光在那一刻差点被凝固起来。

此后的每一个清明节，我们因为没有祖坟可以祭拜而只能在自己的内心设置一个祭台。祭祖，对于中国人来说，或许是一种精神的回望与洗濯，是一种冥冥之中的血脉交融。每当交集的百感一齐涌到心头的时候，走在春天的花野，我分明看到在大片油菜花的深处，布衣士绅徐同权，带着他久别的爱妻，徐门葛氏，那个为他守了40年寡，名叫葛淑英的女人一路走来。他们衣裾飘拂，神态安逸，优哉游哉。祖父徐同权幽幽的话语随风而至，与黄灿灿的油菜花浪一齐起伏，宛若如涌的波涛。

"何谓墓地，大地上的一个小小躯壳罢了。魂魄若如游丝，一念便穿永恒。天地如此广袤，何处不是芳冢？"

我无数次确切地相信，那是我祖父徐同权的声音。

抬眼看去，万里青天一碧如洗，苍茫大地百卉丰茂。每一株花草都头顶着玄妙灵性。它们的前世，何尝不是一个个有血有肉的灵魂之躯？如果说，顿悟能让我们的人生变得轻盈、明亮，那么，一个生命的来去，一具躯体的长眠与安息，在博大的天地之间，岂非齑粉一般渺小。而融入自然，与山林草泽浑然合于一体，便就博大如虹。溪声若是广长舌，山色岂非清净身。若我们在仰望蓝天时，能想起自己的祖先，那游弋的云彩何尝不是他们的衣裾？当我们身临于澄澈的碧潭时，忆起祖先们那些如烟的往事，闪烁在水面上的星光，又何尝不是他们深情的眼眸。

陶都气场

宜兴，位于江苏省南端的太湖西岸，苏浙皖三省的交界之地。境内颇多苍山清溪，故而得名荆溪。周初属于吴国，春秋末年，越王勾践灭吴，荆溪又改属越国。战国时期，宜兴曾为楚地，西汉初年，宜兴又有"阳羡"之称。三国时代，孙吴在江东建立政权，阳羡又属于吴。

老故事

无论是一个人，还是一个地方，只有气场充沛，才能胸胆开张。

说到底生命是一种状态。或激越、或昂扬；或低迷、或猥琐；前者气场清朗，后者气场暧昧。地域亦有气场，水秀山清，乃气场丰润；穷山恶水，必定气场阻滞而衰微。

宜兴，这两个字，就是一片鲜活的气场。

散淡而闲放，优游而冥如。这便是古时之宜兴。自古以来，宜兴一直是天下文人的梦境。李白、白居易、李商隐、杜牧、卢仝、欧阳修、苏东坡、文征明、岳飞、陆游、唐寅、沈周……一个长长的超重量级的文人墨客的豪华梯队，于历朝历代，在此留下了诸多传世的美文妙句。于是那波光云影、杏花春雨的悠闲所在，常常被解读成唐诗的故土；烟水寒笼、画舫船头的缥缈意境；被誉写为宋词的家乡；太湖的水流到这里，如一阕柔软绵长的滩簧古唱，婉约温雅、柔韧豪放；这里的山不高，却隽秀；不奇，却雅致；不险，却是天生的一派妖媚。正所谓濯清流以钩游鲤，坐茂林而观佳夕。

遍地书香，既耕且读。宜兴人喜欢读书，风习古而有之。耕读传家的气脉滋润着这里的每一寸土地。古代宜兴，若不识字者，须年满36周岁方可进本家祠堂喝祭祀酒；如识字的，只消能诵四书五经，哪怕3尺孩童，亦可自由出入祠堂，祭祖时更可以排在不识字的长辈前面磕头。古时的祠堂是一个乡村的中心，它维系着一个村庄、一个姓氏、一个家族的光荣和秩序。一个成年男子不能进入自家祠堂，在江南农村莫如是一种致命的惩罚。

于是，"耕读传家"的古训，便成为悬在每家每户头顶的太阳。

想象那如钩的冷月下村庄消隐，原野里流动着的竟是不绝于耳的琅琅书声。那些风雨无阻的脚步，那些清澈无邪的目光，在每一次向乡试殿试冲刺的征程上，来自宜兴的学子，总是能以敦厚扎实的学风，前赴后继坚定不移的气概，在森严的考场上大放异彩。学而优则仕的神话在无数盏读书的油灯下闪烁着幽秘的光亮，悬梁刺股、凿壁偷光这样的艰苦卓绝的故事，则慢慢滋化为一股浩然之气，深深注入莘莘学子的心头。四状元、十宰相、三百八十五进士。这些宜兴的人中豪杰隐逸于1000多年恢宏的文化长卷里，印证着一方灵山秀水的气场是何等充沛。

如此美妙的山水、文脉、风习，必得有神奇的传说陪衬着，方显出历史的契阔和韧性。我们的故事，就从古阳羡里那一折"富贵土"的传说开始吧。

在那远古的时代，宜兴丁蜀一带只是太湖之滨的一个小小村落。人们日出而作、日落而歇；耕作之余，取山间陶土，制做些缸瓮碗罐，以作日用之需。生活非常平淡简朴。一日，村里忽然来了一位形貌怪异的云游僧人，边走边喊道："卖富贵土，卖富贵土！"村上人感到好奇，纷纷驻足观望。僧人见人们踌躇不前，又高声喊："贵不欲买，买富如何？"

人们更加不知究竟，这个仿佛从天而降的破和尚到底要干什么呢？那异僧却越走越快，越喊越响；村上的几位长者觉得奇怪，便跟随其后，一路朝青龙山、黄龙山的方向而去。走到一个拐弯处，那异僧突然不见了，远处的天边，出现了一道绚丽的彩虹。老人们四下张望，忽见坡前有几个土坑，上前一看，里面全是五颜六色的泥土。老人们就把这些奇妙的五色土带回村里，让儿辈们捣炼烧制，竟出现与从前迥别的色彩效果，后来私塾里学生作文，便说是五彩缤纷。文人们说那成语匠气，不是性情文字；各凭了一壶茶，半盏酒，诗文便倾出无数来。那陶土有文辞滋润，自然又贵了几分。江山要有文人捧，陶器亦然。虽然也还是瓶罐碗碟，面貌个个平凡，与寻常生活贴切无异，却也因文人青睐，渐渐稀罕得要紧，尤其那紫砂小壶脱颖而出，名声日隆。古时官人即文人，有雅兴笔墨，更有银子，如此趋之若鹜，泥土也宝贝起来。端的是，美文书美器，斗笔写沧桑。一日，传说那金价竟跌在壶下，大破民间记录，又让这里的人大喜若狂。

上帝偏袒

这样的一把土，上帝独独给了宜兴，是真的吗？

谁说不是呢！多少年来地质学专家反复考证，宜兴紫砂陶在我国乃至世界陶瓷中独树一帜，至今还没有在宜兴以外的地方发现紫砂陶土的存在。于是宜兴的历代艺人陶工便将这一把土的灵性发挥得淋漓尽致，达到了与珠玉竞价媲美的境界。

天下人不服。单是日本人，在他们的陶瓷产区常滑市周围挖地百丈，期盼能够发现类似紫砂矿土的材料。最终老天爷还是不帮日本人。虽然他们有太多的紫泥，但那紫泥里，不含半点砂的成分。按照日本人的性格，天底下的好东西都应该出在日本，或者好东西都应该留给日本人。于是他们恨不得把宜兴出紫砂土的黄龙山搬到日本去。

康熙四十一年，有个名叫包特格尔的德国人，在德累斯顿城仿制紫砂壶而名声大噪。但是，细心的壶客发现，包某的壶虽然外貌酷似紫砂，但壶的透气性极差，泡出的茶一点也不香。最后他们知道了，此泥非彼泥，所以此壶非彼壶。没有紫砂土，何来紫砂壶呢？

到西方世界转了一圈，宜兴人松了一口气。不仅日本，就是美国、意大利、英国这样的陶瓷工业高度发达国家，都没有发现类似紫砂泥这样的陶土。这些国家生产有各种红色的陶器，只能称之为"红色炻器"。中国地大物博，红色陶土分布极广，但因所产陶土矿物组成、化学组成与宜兴不一样；为了解释这一点，相关学科的专家画出大量的图表，洋洋洒洒几十万言，来论证宜兴紫砂泥的独特性。

"女娲补天、抟土造人"，是我们黄皮肤黑眼睛的祖先，出于对天空和大地的敬畏，给后人留下的神话故事。在他们看来，人是泥土塑造的，最后人又回归大地、化作泥土。紫砂就是大地深处的一把土。要说简单，世界上哪有比它更简单的存在呢？但就是这么一把土，不加任何东西，捏啊捏啊，就捏出了一个奇妙的世界。文人喜欢说，乾坤千变万化，均可装进一壶。当它终于成为一把壶，它还是那把土吗？是耶非耶？就像中国的中药，把一些枯枝败叶放在一起煮，最后的神奇就在一碗汤里。水火土木，相克相生。中国古代哲学的经典，在紫砂诞生那天起，就与它一道穿越沧桑风雨，共同塑造着不朽的东方传奇。

天下人搞不懂，这个紫砂泥到底有多金贵？

方家说，金贵得紧哩。抛出一句古人的诗句：人间珠玉安足取，岂如阳羡溪头一丸土。

就是说，你就是把人间最值钱的珠玉拿来，也不能跟紫砂比。

这话有些玄乎。但就是这么一句玄乎的话，一直流传到今天。想想也是，一把壶多少重？半斤或一斤重吧；顾景舟一把壶拍了1120万元。那是什么概念？

又问，什么叫岩中岩、泥中泥？为什么紫砂既然称"五色土"，实际又只有红泥、紫泥、本山绿泥3种颜色呢？

方家又侃开了，说那紫砂矿土深藏于山腹地层之中，须如采掘煤炭一般打井取土。每1000公斤"甲泥"里，仅有三五十公斤紫砂土，故称"岩中岩""泥中泥"。

那么，紫砂泥中，什么泥最好？

清水泥、底槽青、红皮龙、白麻子、乌铁泥、天青泥……这些都是紫砂泥人对他们心爱的泥料的昵称。他们知道该用什么泥料来做什么壶。其中，"底槽青"乃是艺人们的最爱。用它做出的壶，黯肝色，内敛而蕴秀，有一种古玉般的天然韵味。

本山绿泥，其实是米黄色的；从前，本山称团山，那团山坐落于丁蜀镇黄龙山与青龙山北侧之交界处。它是紫砂泥矿中的夹层，表面有油脂状光泽，用本山绿泥做出的壶，特别温雅怡然。

方家又说那紫砂，贵在有"砂"，那是一种含铁量很高的独特材质。即便是在宜兴，也只有丁蜀镇郊黄龙山以及附近的甲泥矿层里才能找到。由于这种"砂"的作用，烧成后的紫砂壶外观，便会呈现出远比一般陶泥黏土丰富得多的肌理效果，它可塑性强，不易皲裂；它透气性好、盖不夺香而无熟汤气；它传热缓慢，保温性好，经常把玩尚有保健作用；它一经泡养和把玩，"火气"尽消，其"水头"和韵味，被玩家誉为"包浆"，其实，那是人与壶的耳鬓厮磨、不离不弃，把人的心气、情感，加上岁月的印痕，才让紫砂材质之美发扬光大的结果。

说紫砂是岩中岩、泥中泥，并非噱头，而是指它深藏于地下，隐蔽在甲泥层中，坚硬度和含铁量非常高，不易开采而已。至于"五色土"，倒是有许多壶客误解，以为宜兴紫砂壶，总共有5种颜色。其实，紫砂矿土的原色，就是前面说的那几种。可是，为什么会有那么多神采各异的天青、黯肝、水碧、葵黄、梨皮、墨绿、黛黑色？还有朱砂紫、海棠红、黄金段，等等。那都是紫砂艺人配制出来的，所谓"取用配合、各有心法、秘不相授、妙出心裁。"说的就是壶界调泥配色的一个秘规。史载，明代有个紫砂名工徐友泉，擅调制仿古土砂，后人称之为"熟砂技法"。泥色有海棠红、朱砂紫、定窑白、冷金黄；以及沉香、淡墨、葵黄等。他特别善于用调制后的紫砂肌理去模仿生活中那些果皮的质地与效果，如梨皮、栗壳、银杏等。几乎将紫砂泥的功能发挥到了极致。上帝给你的，就那几块土，能把它做成什么，就看你的造化了。就像画家，他就红黄蓝三原色，那丰富而斑斓的色彩，全是自己调出来的，凭着才情与技艺，他可以给你一个缤纷灿烂的世界。

明代的吴梅鼎曾经写过一部传世之作《阳羡名陶赋》，其中的一段文字，大谈紫砂泥色，把它翻译成白话文，读来很有意思：

说到那紫砂泥色的变化，有的阴幽，有的亮丽；有的如葡萄般的绀紫；有的似橘柚一样的黄郁；有的像新桐抽出了嫩绿；有的如宝石滴翠；有的如带露向阳之葵，漂浮着玉粟的暗香；有的如泥砂上洒金屑，像美味的梨子使人垂涎欲滴；有的胎骨青且坚实，如黔黑的包浆发着幽明之光，那奇瑰怪谲的窑变，岂

能以色调来命名？仿佛是铁，仿佛是石，是玉吗？还是金？远远
地望去，沉凝如钟鼎列于庙堂，近近地品味，灿烂如奇玉浮幻
着精英。那是何等的美轮美奂！世上一切的珍宝，都无法与它匹
敌啊。

　　紫砂矿土从岩中取出，质坚如铁；就像北方的农人屋檐下挂
着的串串玉米，紫砂艺人的院子里，总是堆放着大量的紫砂原矿
石，那不仅体现着一种富足，还意味着地道与正宗。同时，紫砂
矿土正经历着日晒雨淋的风化洗礼。如果进入他们的宅第，进而
入得他们的作坊，你就会看到一坨一坨垒得方方正正的紫砂泥。
艺人们的口气会变得骄傲起来，伸手抓起一块泥，他随随便便地
说那是30年前的老泥。然后他会告诉你，那些坚硬的矿石经过数
年风雨剥蚀渐渐风化，便状如粉末。天地日月，均在为紫砂矿土
造化而聚力发挥。此时，泥尚不可用，须经长期陈腐伏土，方能
褪去火气，这样的过程就像储藏老酒，时间越长，酒越醇香。譬
如你到友人家做客，主人从地窖里拿出一坛酒，说这酒存了30年
了，你能不肃然起敬吗？生泥变成熟泥的工艺流程，艺人们常常
秘而不宣；经过千百年的经验积累，艺人们祖传的秘方更是自成
体系，各怀绝招。

气与脉

顺着源头，我们放一叶扁舟，去探寻紫砂的奥秘。

是的，为什么紫砂艺术只属于宜兴呢？

除了地理地质上的天然优势，还有一个原因，就是宜兴有7000年的制陶史。宜兴城西郊的"骆驼墩"遗址考古表明，早在7000年前的新石器时期，宜兴的先民就在这片土地上烧造原始的陶器。长期积累的成型工艺和紫砂壶的诞生，在文化上都是一脉相承的。像汉罐的造型和打围身筒的手工绝技，就给紫砂壶提供了成型的依据。

从文脉的意义上说，宜兴属于江南要地，文献统计，从六朝往后的400余年间，除了偶尔的战乱，虽然经历了诸多朝代的更迭，总体上还算安定。天下人都知道，江南乃温柔妥帖之地，风景旖旎之乡，特别是黄河流域的百姓大量南迁，给宜兴这块土地带来了印记鲜明的黄河文明，让江南文化融入了刚性的气质。再加上宜兴历史上的太守，不少就是文化大家，仅一个六朝时期，就有当时著名的书法家桓玄、羊欣、王俭、毛喜，著名画家刘瑱，著名文学家、书法家任昉等，在宜兴为官。六朝时期是江南文人大领风骚的年代，这些儒官的纷至沓来，给宜兴这个小邑增添了何等浓烈的文化色彩？宜兴百姓的崇文尚学，大抵从那时就开始了。

明代江南宜兴，经济繁荣，社会相对稳定。宜兴自唐朝至晚清所出的385位进士中，明代就有150多位，系历代之最。其中状元、会元、榜眼、探花等就出了10多位。首辅、大学士、尚书等"省部级"以上官员有20多个。如此深厚的文脉，为紫砂文化的兴起与发展孕育了丰厚的土壤。

洪武七年，朱元璋一声令下，以龙团凤饼无益于国民生计、助长奢靡风习为由，将茶饼改为散茶。历史没有记载这位朱皇帝是否精于饮茶之道，但中国饮茶却因此柳暗花明，另辟蹊径。大壶大盏退至一边，宜兴紫砂小壶迅即被世人所青睐。是因为壶小则茶香、壶大则不鲜；尤其是它泡茶不走味，储茶不变色，盛暑不易馊，取暖不烫手。色泽光润古雅，茶汤纯郁芳馨；风格超凡脱俗，意韵深厚沉雄。风雅文人、达官名宦趋之若鹜，几与金玉同价。

朱元璋执掌政权后，十分重视兴修水利。洪武二十五年（公元1392），曾动员40万民工整修江南溧阳银墅东坝。此举对减轻宜兴、溧阳地区的水旱灾害，恢复、滋养该地区的民生，有决定性作用。宜兴旧县志记载，东坝修筑前后200余年间，宜兴户籍的增长呈现出快速上扬的态势。洪武二十四年，宜兴共有38657家户头，到万历四十年，宜兴已经拥有65000户人家。这在当时，已经是一个非常繁华的县市规模。人烟稠密处，必有商贾与集市。物畅其流，手工艺品亦如柴米油盐，得以登堂入室。如果说，元代推行的"匠户制度"让江南的青壮劳力被迫征募去京而大受其殃，那么，明代洪武年间实行的"轮班制"，终于把广大农村的匠户从元朝工奴制度的桎梏中解放出来。老百姓可以按照自己的意愿生活了，他们的开门七件事中，茶被郑重地排在柴米油盐之后，不管江山怎样动荡更迭，不管生活如何艰辛，茶总是要喝的。于是茶具的讲究便放到了日常生活的重要位置。

地处太湖西岸的宜兴，居长江三角洲之中心腹地，与六朝古都南京、人间天堂苏杭，商贾重镇徽州等地相距不远，与当时的吴门画派、云间画派近在咫尺。有钱的宜兴人喜欢收藏字画古玩，民间藏有大量传世名作。成为当时一些画家、文豪的朝圣之地。这其中，苏州对宜兴辐射不可小觑。说明代的苏州掌控着江南一带的时尚生活，并不过分。就连上海青楼里的妓女，不管本人的籍贯是不是苏州，有点品位的红角都以说一口带苏州腔的吴侬软语为荣。当时江南流行着两个新名词，谓之"苏样"和"苏意"。凡服装、家具、器皿式样新鲜离奇，皆为"苏样"，见到稀奇少见之事，则径称"苏意"。苏州东山出碧螺春茶，对茶具的要求自然很高。那时官人皆文人，一支狼毫坐天下。朋友知己，一炉烟、一壶茶，坐谈笑语，穷日彻夜，不啻桃源形境。宜兴紫砂壶，生下来就是文人的宝爱，无论器型、装饰、风格，都受到苏州文人与时尚的影响。

方家认为，简素空灵的明式家具，与同时期的紫砂壶器型有着异曲同工之妙。素雅简练、流畅空灵，删尽繁华、彰显精神，这是明式家具的特点。何为空灵？空其实非空也，比如，明月朗照的古松之下，万籁俱寂，清风拂过，远处有散落的笙歌袅袅传来，这"空"乃是"清空"，不但不是一种单调，而是一种巨大的饱满。这饱满的感受因人而异，似可伸手触摸，却又杳杳若无。"灵"则是人们心灵的意象，月亮、星光、花影、风声，是虚像，亦是实像，是物与心交融之后出现的独特气场。一件家具，一把茶壶，无论简繁，都是有灵性、会呼吸的生命。

由于明代中后期的商品经济逐渐发达，工商业的繁荣给工匠艺人提供了一个展示自己才华的机会。原有的等级制度已经压不住人了，饱学之士也好，屠夫贩卒也罢，有本事的就亮出来吧，毗邻的江西景德镇的瓷器已经热闹非凡，光是民窑就有20多座，窑工则万余人。不断有景德镇的瓷器流通到宜兴，让宜兴的窑场"穷则生变"。郑和八下西洋，手工艺品大量外流，其中不乏宜兴窑场出的精品。1679年初夏的一天，一艘经过长途跋涉的货船缓缓驶进荷兰首都阿姆斯特丹港口。从船舱卸下的是来自古老东方中国的茶叶和紫砂壶。荷兰是个喝咖啡的国度，但充满东方神秘色彩的中国紫砂壶和清醇回甘的茶叶泡出的那一杯杯香茗，依然迷倒了有着日耳曼血统的咖啡客们。史载，当时仅是荷兰，就进口了2000把紫砂壶，足足可以装备一个紫砂团队。随即，紫砂壶又在暹罗亮相，并由此向东南亚一带辐射，在漫长的旅途中广结知己。

从海外传来的消息说，洋人非常喜欢咱们的东西。玩艺术已经不是官宦阶级的专利，明代市民文化的发育，让原本属于深宫的艺术不再稀罕。平头百姓一样可以雅玩琴棋，写书作画。反映在陶瓷上，就是迅速培育出一代能工巧匠。张岱曾在《陶庵梦忆》里感慨道："竹与漆、与铜、与窑，贱工也。"意思是说，元代时工匠的待遇甚至接近奴隶，试想在那样的环境下，匠人们的智慧如何得到尽情发挥呢？

如此，一切的一切，都在为紫砂壶的问世，创造外部条件。

于是乎，壶便应运而生了。

有了爱不释手的壶，更须芳冠九州的茶。如果宜兴有壶无茶，那壶也想必难以发扬光大。作为中国名茶的产地之一。宜兴自古山山有溪、岩岩有潭；雨水充足、气候温润。大溪小泉潺潺奔流，水色澄洌如晶似玉。早在三国东吴时代，"国山苑茶"即著称于江南。到了唐代，阳羡茶已蜚声南北，成为孝敬皇上的贡品。一时名流云集、群贤毕至。诗人卢仝曾这样写道："天子未尝阳羡茶，百草不敢先开花。"而茶圣陆羽不仅在这里吟风踏月、抚山弄水；汲南岭活泉、烹北园之茶。后来干脆在南山里住下来种茶、采茶、制茶。这里的一脉茗香被他记录在后来的传世之作《茶经》里。让宜兴的好山好水好茶再一次走到了历史的前台，之后又在一把紫砂壶里散发着独特的芳馨。

工巧于心

中国人对壶的感觉，一直是很深情和入微的。自古以来，壶是一种很实在的器皿，人们用它盛酒或水。水是人活命的一个依靠，酒则是人宣泄快乐与痛苦的一种琼浆玉液。人离不开酒与水，自然也离不开壶。如果我们温习一下历史，就会发现，那些封存的坛坛罐罐中最不胜枚举的便是壶。汉代的陶壶总是那样大模大样，它的器型，非常像一个"容"字。我们从中见到了大度、质朴、从容。壶的本身就是一种器量。一位文史作家说，中国人十分倾情地创造着壶，仿佛是在创造着自己。

紫砂乾坤千奇百妍；历代艺人以巧夺天工之技，将一把小小的紫砂壶出神入化，演变出万千英姿与风情。关键在于，紫砂壶的造型完全用手工拍打身筒、泥片镶接成型，每一把壶都留下了艺人的心态与技艺，成为世界造型一绝。其间又通过变形与装饰，彰显其斑斓多姿的风貌。可谓琳琅满目、美不胜收。我们把它细分一下，则大致可为三类：

一是几何形体，俗称"光货"。其中又分为方形和圆形器两种。"光货"的造型要求是"圆、稳、匀、正"，柔中寓刚而圆中有变，厚而不重且稳而不笨。方形器则追求线条流畅，轮廓分明，平稳庄重，方中寓圆。

二是自然形体，是一种模拟自然物体形态的壶艺。俗称"花货"。可雕可镂，师法自然。大千世界，花卉翎毛；瓜、果、虫、鱼；松、竹、梅、橘；皆可作为装饰。艺人的匠心独运，以造化为师。提炼取舍是其根本，适度夸张为其艺术，寓意象征手法多样，源于自然而高于自然。

三是筋纹形体，俗称"筋囊货"；特点是将壶体分成若干等分部分，然后组成精确严密的整体结构。再组合成完整的壶体。上下印衬，身盖齐同，纹理清晰，明暗分明。单是口与盖严丝合缝，尚不足为奇，其工艺要求如精密机械，达到了无微不至、无以复加的程度。

终于，一把承载了紫砂艺人和窑工血汗、经过了千锤百炼而出品了。我们如何来鉴定它的优劣呢？

壶人一相，神形兼备。不懂壶的人怎么看壶呢？那就像看一个人那样看吧，看他五官是否端正，四肢比例是否协调；看他神态是否自然。大度饱满、质朴从容，就是好壶。实用是必然的。泡绿茶宜选扁形口大的壶，这样散热快，不易变色；泡红茶宜选高形小口壶，经沸水冲泡后茶汤色香浓。还要看端把是否提握方便，壶嘴出水是否流畅，口盖是否严密。接下来要看色泽肌理效果，听其音质，就像听一个人说话的声音。一把好壶的音质，应该是沉稳、清脆的，有金属的质感；然后再看制作的精致程度，壶的表面应该光洁圆润、线条流畅、底部平整；刻画周到。最后要看印章，名家的壶，印章十分讲究，有一整套印章分别盖在壶底、壶把、壶盖内；大小相宜，还配有签名证书、作品照片等，有的在壶上某个部位作了暗号。总之，每个作者都有他的自身印记和防伪方式。

如果说，富贵土的神奇传说只是人们把朴素的心愿附丽于想象的翅膀，那么，紫砂陶的发现和由此焕发的巨大魅力，却让世界记住了一把壶；记住了这个坐落在太湖西岸的壶城。"陶都"的美誉让宜兴一路风尘，从历史的深处走来；古老而充满活力的宜兴却有幸在时间风雨的穿越中呼朋引类、广结知己。

窑

这是一个非常中国的词：窑。

龙窑。那便是像龙一样的窑了。它匍匐在某一座山坡上，静功千年。修炼着它的功德。炽烈或者美艳，全凭着一窑火焰。

紫砂壶坯成了型，容颜既定，须入窑烧制，方能功德圆满。文人说，紫砂器之生命，于千度窑火中翩翩劲舞，终获涅槃。所谓千度成陶，却是一门迷宫般的学问。紫砂的历史到底有多少年？常见的说法是"起于北宋，盛于明清"。其依据是1976年，考古工作者在宜兴丁蜀镇郊蠡墅村羊角山发现了一座早期紫砂窑址，由此专家们大胆推算，宜兴紫砂器的创始年代，上限一直可以推移到北宋中期，下限则可直抵元明之际。

宜兴民间，至今保存着一件出自北宋年间的紫砂器。从造型看它非常粗拙；然而已经隐现出古代工匠的智慧；窑火的冶炼技术虽不成熟，但它已经彰显出紫砂壶的雏形。砂质的颗粒比较粗犷，制工亦不够精巧。但它表明，紫砂壶在宋代已经站立起来，它显然还不够完美，人们在日常的饮用与玩赏中正一点点地感受到它的好处。那个朝代有一位爱喝茶的徽宗皇帝。他曾经写过一部《大观茶论》。茶文化由此从士人走向民间。

羊角山。在古老宜兴的版图上它只是一堆土丘。但如果要画一张紫砂地图，羊角山古窑遗址无疑是具有奠基意义的发端之地。在这里重见天日的不仅是那个遥远的北宋，更有众多从废墟里站立起来的艺术奇葩。遥想当年无数鲜活生命，在这里虔诚地劳动创造；于今堆积成山一样的废墟残片可以证明，我们的先人是如何深爱这片土地的。过去说神奇土地，应该首先是人的神奇；所谓鬼斧神工，乃是先人的血肉灵魂搅拌在紫砂土里，写下的不朽诗篇。

丁蜀镇的前墅村，尚存活着一座迄今已有600多年历史的老龙窑。

龙窑，是宜兴古代陶工的非凡创造。它的形状，确如一条匍匐在山坡上的苍龙。在"龙脊"的两侧，均匀地分布着填放燃料的鳞眼洞。黯淡无光的陶坯，在千度以上的窑火中，渐渐变得通体透明。在窑工们的眼里，这都是一个个有灵性的生命。窑火点燃了，这时你会闻到一阵阵松针的清香，并不是窑的周围有松树林，而是松枝被用来做烧窑的柴禾，它们一捆捆地被堆放在窑的两旁，像埋伏在堑壕里等待冲锋的士兵。

如果是有风的日子，窑场上到处弥漫着松树特有的香气。老师傅们奋力将松枝填进鳞眼洞，它们一进入火口，瞬间就变成了白色的精灵，然后像飞蛾一样，在火中狂舞，然后，飞快地化烟化灰。老师傅说，用松枝烧出的窑器，釉水光润而发亮，且经久耐用。

紫砂器不用上釉，但如果给它以足够的窑火，它的成色就会变得古朴内敛、温润如玉。

火凤凰在两天两夜尽情的舞蹈中，涅槃而新生。而奇丽的窑变，赋予了紫砂陶器别样的风韵。它们既是实用的饮器，又是具有鉴赏价值的艺术品。明代有个叫欧子明的宜兴人，他创建的欧窑在当时非常有名，它继承了宋代南北各名窑的成就，烧成了宋代哥窑的纹片、官窑的青色和钧窑的紫彩；一首民歌里这么赞美说："欧窑妍如花，绚丽如晨霞。"

窑断了火，便是冷窑。老人们常说，性命性命，没了性，哪来命？火，便是窑的性命。

这窑火烧起来，历代有大说法。有时火烧得好，一夜东风，顺顺当当就是一窑好货；有时没来由地就烧不好了，那美器，不是裂的，就是塌的，满眼次品。人们就以为，在那烈烈的窑火背后，还有一双巨大的不可捉摸的魔手。今天的人们还可以通过"黑匣子"之类的秘器来解读一场灾难的缘起，但我们的古人只能虔诚地双膝跪地，他们的膝盖并非那么缺钙，而是他们对于那些还不懂的东西心生敬畏，无论是对自然界的巨大力量还是对心造的那些神灵鬼怪，他们总是郑重设祭，而窑场更不例外。在龙窑建造前，窑主必得请风水先生选看位置，选黄道吉日动土奠基，设三牲五鼎祭土地山神，请德高望重的乡绅来主持祭礼并唱读祭词。那祭词半文不白，意思却通融而实在：上天敕封火德星君，下界敬尊南方菩萨。甲子某年某月某日某时，某某龙窑点火，窑主某某某跪拜叩首，焚香祷告，恭请临佑，享我烹尝，佑我兴旺。

三牲是指马头、牛头和羊头，古代是以活品现场杀祭。五鼎是指用器具盛放美酒佳肴，"五"并不是具体的数字，泛指丰富的祭品。龙窑建造后，在炉尖嘴边和靠近炉膛间第一个鳞眼洞边，各安置一块石板，边上再竖石条。炉尖嘴边的一般用天子石凿成，石板叫牛头，石条叫南方神位，上书"火德星君神位"大字。火德星君俗称南方菩萨，本名祝融，为五帝之一颛顼的孙子，相传居住在南方尽头，故称南方，是四方神之一。生前担任过传播火知识的火官，被后人尊为火神。龙窑每窑点火前，窑主会在牛头上设五鼎祭并念祭词祈祷。鳞眼洞边的一般用石灰石凿成，石板叫马面，石条叫窑德神位，上书"窑德星君神位"大字。窑德星君俗称窑头菩萨，本名昆吾，为祝融弟吴回孙子，相传不仅能制陶，还是一个陶窑建造高手，被后人尊为窑神。

窑火的光亮，遥远而绵长。它熬过了千载，依然在喷吐光亮。那些繁琐的仪式曾经消失了多年，如今又悄然恢复了。一样东西的复生，总有它的道理。动辄说它是迷信，是一种轻率的态度。今天的人们缺少的，恰恰是一种对大自然、对传统、对历史的敬畏之心。古龙窑至今不肯仅仅作为一座活文物而存在着，它隔三岔五地用一缕缕青烟在天空挥写着龙蛇般的一行大字：老爷子还行。

文人壶

说文人参与紫砂，宜兴人首先不肯放过的，是苏东坡。

宋代宜兴，已经是一个逾10万户的都市。有一天，苏东坡驾一叶扁舟，悄然驶入太湖。"吾来阳羡，船入荆溪，意思豁然，如惬平生之欲。"这位旷世奇才与宜兴有着天然的缘分。官可以不做，甚至文章可以不写，而阳羡茶却不能不喝。他在蜀山脚下讲学，提倡"饮茶三绝"，即茶须阳羡茶，水要金沙泉，壶须紫砂壶。后来的宜兴人喜欢用一种叫"东坡提梁壶"的款式，两叉在前，一叉在后；如此三叉提梁，一是便于搁在竹炉上的煮水，二来呢，亦体现出"野饮"之风雅。若壶上再镌上"松风竹炉、提壶相呼"之类的雅句，则便从头到脚皆雅得不能再雅了。尽管东坡的时代还没有真正意义上的紫砂壶，但这里的人为了纪念苏东坡，遂将此壶命名为"东坡提梁"。他们都愿意相信，东坡大人正是有了这三绝之宝，才感叹一声，从此买田阳羡、种橘品茶而吾将老矣。

郑板桥喜欢紫砂壶。他有首诗曰：嘴尖肚大耳偏高，才免饥寒便自豪；量小不堪容大物，两三寸水起波涛。板桥大人性情中人，他批阅公文、审理案子的时候，那把紫砂壶，就在他案头供着，好端端地替他撑起一股文气。有一次，属下犯错且狡辩，板桥大怒，顺手去抓惊堂木，没料想错抓了，好端端一把壶，已经被郑大人玩出了包浆，顷刻之间就粉身碎骨了。板桥懊悔而自责，说这是上苍对自己的惩罚。从此不再玩壶了，这个坊间的传说到底有多少真实的成分，谁也说不清楚。但板桥的那首诗，想来应该是玩紫砂壶的性情之作吧。

中国历史上的文人大概没有不喜欢茶与紫砂壶的。成功的文人都在做官，能插上一脚的地方，都能见到文人们忙碌的身影。得志与不得志的，皆挤成一团。种田人倒是不言苦，为官人却都说累。明代以后，社会风习受新儒学的影响，平淡闲雅、质朴温厚已成为一种时尚。文人们的内心到底文弱，受不住镶金错银，更扛不动青铜重器，你就是送他一座独善其身的园林，再送他一把"无事此静坐，一日如两日"的官帽椅，他也不会闲得住。关键是他的心闲不住。手上有了一把暖心贴肺的紫砂壶，那浑身上下的敦厚内敛、古雅蕴藉，倒是把文人们心骛八极的意绪收回来些了。以绚烂的生命之"轻"，来拯救严峻的功业之"重"，是当时许多文人的生活写照。有一位生于清顺治年间的文人张潮，写过一部仅1万多字的《幽梦影》，其中的文字，表明了明末清初文人们生活中的诗意达到了何等的高度：

楼上看山；城头看雪；灯前看花；舟中看霞；月下看美人；另是一番情景。

山之光；水之声；月之色；花之香；文人之韵致；美人之姿态；皆无可名状，无可执着。真足以摄招魂梦，颠倒情思！窗内人于纸窗上作字，吾于窗外观之，极佳。

梅边之石宜古；松下之石宜拙；竹旁之石宜瘦；盆内之石宜巧。

梅令人高，兰令人幽，菊令人野，莲令人淡，春海棠令人艳，牡丹令人豪。蕉与竹令人韵，秋海棠令人媚，松令人逸，桐令人清，柳令人感。

园亭之妙，在丘壑布置，不在雕绘琐屑。往往见人家园亭，屋脊墙头，雕砖镂瓦，非不穷极工巧，然未久即坏，坏后极难修葺，是何如朴素之为佳乎。

　　明季之后，中国文人的日常生活融合了儒、道、释的哲学理念，这里面既有儒家的温暖，又有道家的逍遥，同时也有佛家的清空。那个时代一方面文人纷纷入仕，意气风发；另一方面，朱元璋已经开始实行的文化专制主义也让许多文人屡遭迫害，命运坎坷。一时失语，是当时文人的真实状态。文人的集体失语导致了他们在精神上的集体出走，紫砂器的构造拥有自由和灵性，可以暖手温心，可以成全一种委托生命想象的大美，于是品呷香茗、把玩砂壶渐渐成为时尚，人生感怀寄寓其中，枕石醉陶已经足够，仕林官场已经忘情。若果既能诗书立世，又能游戏人生，在一把紫砂壶上寻找入世与出世的平衡点，那岂不妙哉！

　　在传媒不发达的明清时代，文人的诗文著作流传非常困难。他们发现，平生在笔墨上学得的拳脚，居然可以在一柄小小的紫砂壶上大放异彩。宜兴多溪山，一壶盛风流；茶陶欢欣处，恍惚是仙州。许多传世的诗文与画卷，就这样不经意地从文人们的胸中流泻出来。有一句流传千古的禅林法语只有3个字："吃茶去"，那是叫人把缠绕于心的世间烦恼抛却一边，以空虚清明的心境去过一种清淡无为的生活。

　　另一方面，没有名气的紫砂艺匠社会地位极其低下，做壶只为换饭吃，基本上没有尊严可言。他们非常需要借助官员与文人的话语权来提高自己作品的知名度。这样，文人与艺匠各得其所，体现在一把壶上，早已是血肉交融，哪里还分得出贵贱呢？

盛行于明代的理学，讲究正心修身、节俭养性。竹风一阵，清茶飘香；甚合于他们讲学交游、会党结社的风气。当时的江南已逐步成为中国的政治经济文化的重心地带。山清水秀的宜兴更是人文荟萃之地。许多文人志士聚集流连于此，品著清谈、击节高歌；紫砂壶不用上釉，朴拙自然；合于人的本性。他们还惊喜地发现，一个小小的壶坯上，既可以题写壶铭，以抒发自己的人生感怀；又可以篆刻花虫鸟草，以寄托行云流水的性情。天下哪一种陶瓷器皿能与之比肩呢？想那才高气傲的徐文长，为了寻觅一把紫砂壶，专门从绍兴跑到宜兴，还写下了"青箬旧对题谷雨，紫砂新罐买宜兴"的诗句。

有经济实力的文人，像明代的赵宦先、董其昌、项元汴等，他们干脆专门在宜兴住下来，寻找他们合意的紫砂艺匠，在共同的交流、切磋中定制砂壶。还有的文人，如晚清的吴大徵，喜欢把紫砂艺人请到家中做"客师"，顾名思义，这是客人级别的师傅，区别于一般佣工级别的工匠。当时的紫砂艺人大抵文化不高、见识较少。突然被请到身价不菲的官宦人家，看到了平生从未见过的名家字画、文房雅玩、博古陈设；着实开阔了一把眼界，民间艺人大抵有个特点，过眼不忘且模仿性极强。没费多大劲，他们就把那些古玩上的好东西潜移默化到紫砂壶上来了。所谓的文人参与紫砂，骨子里就是这样的痴爱加才情；再加上名工的绝技，那才叫真正的珠联璧合。原本粗拙的紫砂壶因此文通气贯、风流韵畅；在闲散悠雅的岁月里默默提升着它的品位。

在中国古代，书法历来是文人的必修课，紫砂陶坯对他们来说，是另一种意义上的宣纸。半世倜傥、一生风流；性情所至，如高山流水，尽可在此一泻千里。

壶随字贵，壶因字传。由于古代文人和紫砂艺人的联袂创作，使紫砂壶渐渐摆脱了工匠气，从而进入了艺术品的行列。文人在其中的主要作用，除了设计壶样，还是撰写砂壶铭。那些阅尽沧桑、看透人生的绝句，其实是他们的另一种风骨。

百姓壶

不能想象，乡下的老茶馆若是消失了，那人们还怎么活下去。

是的，中国的乡村大抵没有教堂。庙宇，是用来供奉神灵的；只有茶馆，才是人们宽慰心灵和洗涤精神的地方。乡坯，这是玩壶一族对乡下人做壶的统称。孬壶者，乡坯也。所谓乡坯，即是工艺粗糙、样式僵板，泥料不够纯正，等等。有钱人不屑用手摸它，文人雅士更不屑用正眼瞧它。于是，大量的它们就只能进入百姓的寒舍，乡村的茶坊。

那茶，粗的；那壶，不但粗，还拙呢。窑场上的废壶，瘪的无妨，残的无妨，只要不漏水，拣了来，用久了，一样放出光来，称包浆。几十年，几百年，那包浆如镜子一般，照见人的前世今生。

村人说，城里小姐生伢，乡下婆娘也生伢。管它什么乡坯不乡坯的，那壶里全是百姓的乐子呢，没有茶叶也成，大麦炒一炒，比茶叶还香呢。一壶一壶喝下去，一样舒心润肺。有时候，人就是活一壶茶。人的精气神全在壶里。那壶跟着人的姓名，寿根、春生、坤大、来福、根宝。人叫什么，壶就叫什么。人走了，壶也跟着走，入那黄土，几百年后坟被扒了，壶又重见了天日。壶默默无言，壶不可能说咱几百年后还是一条好汉。

黄龙山下某村农民王老二的喝茶生涯持续了一个花甲。他每天清晨起来，去自家地垄拔几把青菜，摘几只茄子、青椒，放进一只弧度很长的竹篮里，搭背在肩上。然后，踩着清晨残月的光亮，去一箭之地的小镇茶馆喝茶。他口袋里并无茶钱，不过无妨，茶喝到一半，他会站起来，把茶壶盖子反盖在壶上，这个约定俗成的动作表明他过一会儿还要回来。他去了哪里呢？老茶客们都知道，他去菜市了，一会儿他把那新鲜的青菜和茄子青椒卖了，他就有了茶钱。农民王老二就这样喝茶，这一壶茶对于他非常重要。太多的风霜、劳累、委屈、不平，都可以被这一壶茶浇却得干干净净。这壶茶一喝就喝了60年。有一天王老二喝茶的位置空着了，但没有人占他的位置，好像他还在那儿喝茶，后来许多天，王老二一直没有来。大家终于知道，王老二来不了了。奔赴黄泉的路上，他没有来得及带上那把喝茶的老壶。它一直被冷落在壶架上吃灰尘，后来被一位城里来的先生收走了，说那壶，虽然是乡坯，但上面有一个花甲的包浆呢，这壶应该进博物馆的。于是，农民王老二虽然殁了，但他进博物馆了，这事情一直被王老二的茶友们议论着，最终还是老大不解。

江南乡镇的小巷深处，一年四季都飘着茶香；鼎沸闹市、寻常巷陌的老茶馆更是星罗棋布。无论时代兴衰、王朝变更，壶中沸水依然滚，茶里言语扑面香。太多的王老二把生命里的宝贵年华留在了一壶茶里，泡老了悠悠岁月，恍惚了百年人生。门楣寒伧的老茶馆里，那一排排黑苍的紫砂老壶已经记不清侍候了几代茶客，温暖了多少从风雪驿道而来的寒士，抚慰了多少潦倒失意的心灵，承载了多少普通人的欢愉和惆怅；垒起七星灶，砂壶煮三江；一个砂壶四个杯，风清月朗美紫砂。它支撑着一个乾坤，汇聚着绵绵浩气；记叙着昨夜长风，寄托着人生的念想。

在陶都宜兴的大街小巷，只要你稍加留意，便可以看到琳琅满目的各式紫砂陶器。一些普通的门楣、寻常的宅第，推门进去，没料想竟是一个叹为观止的紫砂艺术世界。世代相传的壶艺，于平淡中彰显出博大与丰厚，新和旧的故事都在壶里。当你终于领略了宜兴的风土，解读了荆溪的湖山，尤其是从那醉人的茶香里遥想那千年的往事，你才能叩响古老紫砂的门环。

供春：鼻祖是这样开山的

说起江南宜兴的自然风景和名胜古迹，可谓洋洋大观。我们缓缓打开一把历史的折扇，就会看到这里还完好地保留着"浪子回头"的东晋大将军周处的庙宇，梁祝故事中祝英台的读书处碧鲜庵，则深藏在秀丽的螺岩山中；乾隆皇帝三下江南寻父的"天下第一祖庭"，至今梵音不绝。然而，有一座在中国紫砂历史上具有特殊意义的金沙寺，如今却已不复存在了。这里原来是唐朝宰相陆希声晚年隐居的地方，不过，历史之所以记住了这座不一般的寺庙，并不因为那位昙花一现的宰相，而是因为它的主人和一位名叫供春的书童。

金沙寺位于古阳羡（宜兴）君山之隅、东溪之上。建筑雄伟，环境绝幽。这里的老僧肯定不是一般的和尚，用今天的话说，他应该是有点艺术细胞的。他懂茶道，平时常与一些制陶工匠接触。明代正德年间，宜兴丁山一带的制陶业已十分兴旺，金沙寺附近就有陶瓷的作坊，平时的耳濡目染，老僧肯定能做简单的紫砂器皿。当时有一位名叫吴颐山的官人，带着一个书童在这里读书休养。吴颐山名仕，字克学，宜兴人，文才极好，与吴门画家唐寅是好友。正德甲戌年进士，以提学副使擢四川参政。他的书童名叫供春。旧志说他"髫龄颖异"（笔者更愿意他是一个不得志的文学青年）。老僧做壶的时候，他就在一旁偷看。日子久了，他就学到了做壶的本领。老僧之壶毕竟粗拙，且缺乏艺术想象与夸张。供春觉得，如果给他一坨泥，他会做一把更好的。有一次，趁大家不注意，他取了一点老僧做完壶洗手后沉淀在缸底的紫砂泥，模仿寺旁一棵大银杏树上的树瘿纹样，做了一把紫砂壶。当时他并没有做壶的工具，只有一把茶匙，所以在壶面上留了很多手指螺纹印。反而显得古秀可爱。

此壶乍看似老松树皮，呈栗色，凹凸不平，壶把似松根，质朴古雅，如同古铜器一般。吴颐山见后非常惊讶，心下对这件意想不到的作品宝爱有加，于是供春又做了几把，更是博得当时的官宦文人青睐。一日，吴颐山对供春说，再做书童，你就浪费了，自己去闯江湖吧。

从此供春便浪迹天涯。

据传，供春后来还做过"龙蛋""印方""六角宫灯"等壶。但世间最看重的，还是他的处女作"树瘿壶"。旧志称该壶值"五百金"。而且求壶者趋之若鹜。明文学家张岱《琅嬛文集》中对供春壶的描述也是五体投地："古来名画，多不落款。

此壶望而知为供春也，使大彬冒认，敢也不敢。"供春之后出现的时大彬是与供春齐名的一代宗师，但张岱的观点非常鲜明，他笔下的供春壶绝对高出时大彬许多，一是"望而知之"，二是即使时大彬冒认，也不敢造次；张岱还在他的《梦忆》中说供春的砂罐"直跻商彝周鼎之列而毫无愧色。"

为什么供春壶历朝历代受到如此追捧？因为那是一件划时代的作品，在它之前，紫砂还在无边无际的隆隆黑夜里踯躅，中国的民间收藏心理中，猎奇占了很大比重。对于收藏者来说，"得到"与"拥有"是一种巨大的心理安慰。但供春就像一个飘忽无定的谜，除了稀罕的几把壶，他只留给我们一个模糊的背影。

历史上对供春的性别颇多歧义。明末江阴周高起认为供春是女性，周撰文曰："供春，人皆为龚春，予于吴炯卿家见时大彬所仿，则刻'供春'二字，足折聚讼云。"

周澍《台阳百咏》注："供春，吴颐山婢名，制宜兴茶壶，或作'龚春'，误。"

以上诸君都一口认定"供春"是女性；于琨《重修常州府志》写道："宜兴有茶壶，澄泥为之，始于龚春"。

清吴骞《阳羡名陶录》亦曰："世以其系龚姓，亦书为龚春。"

另有李景康、张虹合著的《阳羡砂壶图考》说："梅鼎举其名，故曰'龚春'，是由姓龚名供春无疑。"这是"龚供春"

一说的来历。供、龚谐音，因此有人认为供春应是龚春，"供春"是其名号，不是姓氏。据《前尘梦影录》载："春何供，供茶事。谁云者，两丫髻。"从这段抄录的铭文中，方家认为"供春"是历史上第一个留下"名号"的大师，而丫髻则是女性的标志。

其实，供春壶比供春本人重要得多。无论供春是男是女，他都是紫砂历史上的一个文化符号。中国民间文化的每一个阶段，总会有一些奇人异事杀将出来，用他们的生命火花点缀着漫长的岁月，书写着动人的传奇。人们之所以把供春奉为紫砂壶的开山鼻祖。是因为紫砂从供春开始，终于从简单的喝水器皿纵身一跃，获得了艺术的生命。

供春壶从此不胫而走、声名鹊起；世人争相竞购，几与金玉比价。但他所制作品极少，流传后世的更是凤毛麟角。许多收藏家和鉴赏家都因为未能亲眼见过供春壶而抱憾终身。

时间到了公元1928年，宜兴有一位名叫储南强的爱国绅士，在苏州的一个地摊上意外地发现了一把造型奇特、没有壶盖的供春壶。从那以来，所有的关于储南强与供春壶的推介文字都是这样表述的：储先生抑制住内心的激动，不动声色地用一块银元将其买下。此后相当长的时间里，为了考证这把供春壶的真伪，储南强多番奔走、旁征博引，写下几万字的考证文章；终于肯定这把壶确系供春所作。他还专门请来了制壶名手黄玉麟配了一个壶盖。画家黄宾虹看后认为仿北瓜蒂柄与树瘿不符，于是又请另一位壶艺大家裴石民重新配了一个壶盖。一时成为佳话。

英国人鼻子很长。大英博物馆知道了供春壶的价值，就派人来找储南强先生，提出用2万美金收购供春壶，被储先生一口拒绝；抗战爆发后，日本人几次想占有供春壶，不惜用重金与巧言收买。储南强干脆躲进深山，四处漂泊。一直到解放以后，他才把这把几经沧桑的供春壶献给了国家，现在陈列在中国历史博物馆。

有一个人，就是后来的壶艺泰斗顾景舟，对上述这个故事一直心存疑虑。储南强手里的供春壶，到底是不是真的？顾景舟骨子里是个文人，且有独立思想。他国学底子厚，对紫砂历史甚为精通。早在20世纪50年代末，他在和红学家冯其庸茶叙时，就提出供春壶的真伪问题。到了晚年，他说话已经一言九鼎，但是有关供春的话题，当局还是不让他说，或者劝他别说——紫砂需要一个老祖宗在佛龛上坐着，你把供春扳倒了，那个位置谁来坐？一直到晚年，他都没有一个真正的机会，来阐述对供春壶的见解。

其实，在储南强的晚年，他已经知道当年他花一块银元买下的那把壶，并非供春真迹。帮他支招的专家们认为，第一是泥料不对，二是款型有异，三，也是最重要的，是气息不符。气息这东西很玄妙，你说他不对，那肯定你是对的；你对在哪里，他错在哪里，当然需要考证。而考证的工作也是人做的，人的倾向性，是个没法解决的问题，因为人不是刻板的机器。反正，那三句否定供春的话扩展开来，或许可以写一篇洋洋洒洒的论文。储先生很开明，也很机智，此时供春壶的惯性像飓风一样推着人走，他停不下来，也不可能再写文章，宣布他的供春壶不是真的。这个故事的后半部分，他留给后人去写了。然而，约定俗成的故事，从落地那天起，惯性就一直强大，今天的人们说起供春壶，还是储南强的版本。

不管如何，供春壶的诞生，不仅开创了一代壶艺风气，还为文人参与紫砂架起了一座桥梁。中国古代的文人墨客，历来是重书画、轻工艺；认为那只是不登大雅之堂的雕虫小技。但他们却在紫砂壶上找到了那种内敛含蓄、古朴温厚的品性，文人的精神在紫砂壶上活了下来。

时大彬：天降大任

又一位历史人物悄悄上场了。

供春之后，第一位紫砂名手，当数时大彬。

生于明代万历年间。按理，那是一个晦暗的年代。对于紫砂历史来说，时大彬这个人物太重要了，从他开始，紫砂壶的一整套制作技法才大体建立，一个凡夫俗子，能有这样的功绩，殊属不易。紫砂壶的风格，到了明代万历年间，也由原来的粗放朴拙，转变为精细润活。时大彬并没有把"革新"挂在嘴上，但他和他的弟子们，用大量流传后世的作品，掀起了紫砂历史上第一个革新高潮。

史书认为，时大彬对紫砂最突出的贡献，莫过于把"斩木为模"的制法，改为槌片、围圈，把打身筒的成型法和泥片镶接法结合起来。成为紫砂工艺史上的一次大飞跃。当时有一位名叫周容的文人在他的《宜兴瓷壶记》里这样写道：

"至时大彬，以寺僧始上削竹如刃，剜山土为之。供春更斩木为模，时悟其法，则又弃模。"

这一段短文非常重要，它记述了金沙寺僧、供春、时大彬等三人的制壶方法和演变过程。

历史的深处，故事虽然睡着了，但一旦唤醒，还是头头脑脑，非常清晰。于是我们知道，大彬是时鹏的儿子，乃父号称紫砂"明代四大家"之一，大彬心高，父亲那点成就，也就那么回事，他并不太以为然。儿子自有儿子的心事，在他看来，从技艺上超越父亲并不难，但紫砂壶到底还能走多远？他心里没底。

生吾者父母，知吾者供春也。时大彬内心真正的师傅，其实还是供春。他仿供春壶，神形兼备。大彬一向擅制大壶，风格趋于朴实坚致，但做多了，不免重复。他自己开始不满意，老是摔壶，别人可惜，他还是摔，做十把壶，留下的，只有一二把。

阳羡溪山虽然风流倜傥，但毕竟格局太小，窑场更是局促狭窄。他多么需要出去走一走。

据说时大彬其貌不扬。当时的文人用笔尖刻，有一位徐应雷先生曾经对他的"行状"多有不恭之词："其状朴野，鳖面垢衣。"甚至还取笑他不剪指甲，以至把他的指甲印留在了紫砂壶上。（黄宗羲《文海》卷352页）但是文人们的挑剔是片面的，除非是铁哥们，文人很少会把美丽的辞藻献给一个其貌不扬的艺人。时大彬不拘小节，是个性情中人。他开朗健谈，善于结交。

离上海不远的常熟、太仓、松江一带，有他许多朋友。当然他自己也不知道，一次"娄东游历"，彻底改变了他以后的一生。

以壶会友，结交知己。时大彬在几百年前就做到了。太仓王世贞，松江陈继儒，都是当时名噪一时的文人墨客。时大彬与他们交往、切磋久了，自感文气入怀，受益匪浅。朋友们以为，大壶储茶固多，但容易走味，提携品玩也不方便。何不将壶缩小？与己与客，多多方便。

灵感，或许就诞生于某个清晨或黄昏，大彬遂将大壶改成小壶，这一款端的是素面无华，风骨冷峻，甚合文人心意。没承想如此一改，名堂就出来了，小巧的紫砂壶变成了玲珑剔透的掌上珍玩；其身价也直线飙升。明代万历年间，景德镇已经成为全国的瓷业中心，但当时地道的茶客，对于景德镇出品的瓷壶，则持坚决否定的态度，因为，阳羡紫砂壶已经脱颖而出，"盖不夺香而无熟汤气"等特点已经显现。当时的文人许次纾在他的《茶疏》里这样写道：

"近日饶州所造，极不堪用。往时供春茶壶，近日时大彬所制，大为时人宝惜。"

由此可见，即使是在当时信息极端封闭的时代，时大彬也已经是全国级的名人了。就像我们今天的某些紫砂名人，当他们的作品一旦被中南海紫光阁、故宫或国家博物馆收藏时，就会感到是一种特殊的荣耀一样，"千奇万怪信手出，宫中艳说时大彬"。当时皇宫里的王爷们，也都对大彬壶竖起了大拇指，可不是么，鼻烟壶固好，也只是鼻子舒服，紫砂壶又能雅玩、又可品茗，爷们儿谁不喜欢？紫砂壶生来就素面素心，皇宫里的爷们锦衣玉食，都不太吃那种太素的东西，时大彬的壶，开始是被刷了多层雕漆，作为"内胎"，等于披了一件锦袍，才得以进宫，受到了大人们的青睐。我们来看一看那件时大彬得以进宫的紫砂雕漆四方壶吧，圆口，方身，曲流，环柄，下承四折角条形足。器身虽为方形，但棱线自上而下微有弧度，方中有圆，设计精妙，壶上雕刻不同锦地花纹，正面饰松荫品茶图，背面饰高士对谈图；左右两面乃是杂宝花卉图案，流与柄，一派飞鹤流云。此壶如今还完整地保存在故宫博物院，属全世界仅存的孤品。

可惜，今天我们能够欣赏到的大彬作品已经不多了。

《圆僧帽壶》，20世纪90年代出土于江苏江都县。砖红色，欠火温。胎土明显不熟。藏家李明认为，此乃时大彬早期作品，制作技艺稍显粗糙而不够成熟。壶底系制作好后接至壶身，底款：时大彬于茶香室制。楷书，工整而秀丽。此壶最大的价值在于首创紫砂之型，清初戏剧家李斗《扬州画舫录》中记述了大彬壶的特征：大彬技指以柄上拇痕为标识，每壶之把手上下有明显的指纹印。《圆僧帽壶》之形状，颇如一顶僧帽，和大彬后来的壶艺相比，此壶工艺显然不够精当，尤其是壶之盖钮，粗糙而不圆润，但壶体气韵俱足，随心所欲之中，已经显露出大家气象。

《虚扁壶》，"扁"乃壶型，"虚"则是壶之境界。执虚如执盈，扁壶要有满的感觉。壶功扎实的紫砂艺人都知道，虚扁壶贵在肩不凹、腹如棍，虚中见实，实中盈虚。紫砂艺人潘持平曾著文讲述他当时见到时大彬《虚扁壶》时的感受：

"此壶到手一看就令人一惊——特轻，且泥质较粗，自然砂颗粒显现，系紫砂壶里少见的极扁造型。气神俱足，艺趣盎然。能做这样难度极高的器型，莫非天神？壶底书刻'大彬'二字，笔划清晰无缺损，此壶泥料与技法与无锡出土的'三足圆壶'异曲同工……"

《三足圆壶》，出土于1984年的无锡甘露乡，经专家严密考证，此乃时大彬早中期作品，壶呈浅褐色，材质为粗砂施铺砂，由于当时的窑火技术尚有欠缺，壶体上还留存着火疵痕迹。但大彬壶那种特有的敦雅古穆，和紫砂光器所需要的扎实功底，已经充分显露出来。壶质乃粗砂，壶嘴的线条舒展曲扬，妖娆动感内蕴丰富。壶把呈耳朵形状，自是玉气氤氲。壶盖上贴塑四瓣对称的柿蒂花纹，谐合民间口彩"事事如意"。壶身似球状，圆稳而闲适，下承三乳头形矮足，壶钮圆纯，口盖严密精致，气度古泽朴人眉宇，足以体现一位成熟的紫砂巨匠的艺术风范。

对于当今的紫砂艺人来说，《三足圆壶》的出土，等于是一座沉睡了300年的东方维纳斯横空出世，如此说来，1984年，当是紫砂艺人的福祉之年。而大彬壶的绵绵气息，自然将永远游弋于紫砂天地之间。

徐友泉：大匠天真

在时大彬那个时代，能得到一柄"时壶"，当是一件非常奢侈的事情。说到底，时大彬的身价，还是被宫廷炒热的。明人的饮茶习惯由煮砖茶改为沏泡散茶，紫砂壶终于在明万历年间进入宫廷，时大彬当属首位。那个时代资讯闭塞，什么都得靠口口相传，"畅销"是件太不容易的事。当时有一个名叫徐士衡的艺人，非常钦佩时大彬，一头拜倒他门下，日后便成为时氏高足。他心里的最高愿望，就是有朝一日，也能把自己的壶打进宫中。这种民间艺人盼望被朝廷"招安"的心态，跟当今许多从艺者的想法是一样的。

徐士衡字友泉，据传，他是当时紫砂艺人里少有的擅书法者。那笔法学的是时大彬，字体挺秀而颇见骨力，且谨严工整。他父亲就是个时壶的铁杆粉丝，儿子跟时大彬学艺，老爷子恨不得拿根鞭子在后头。坊间传说，一日他去时府探班，见时大彬正在案上雕刻一头紫砂牛，那手法简直眼花缭乱；儿子则在一旁面有倦色，左右顾盼而心不在焉。徐父大怒，那藤条拐杖颤巍巍地就要落下去，儿子眼快，抓过一块紫砂泥，拔腿逃窜，乃父紧随其后，行至一老柳树下，一头水牛正匍匐于树荫下歇凉午眠，见有人奔来，头颅上昂而屈起一足。徐友泉对着那水牛，将手中泥块飞快捏了起来，不多时，竟捏出一头活灵灵的水牛，与树荫下的那头水牛惟妙惟肖。老爷子一时看得呆了，扔了拐杖，掉头就走。在场的看客亦无不喝彩。时大彬知道了这件事，十分惊讶。一个天才级的学生在他的眼皮底下竟然被如此熟视无睹，大彬连称汗颜。这小小的时家作坊，如何留得住一匹千里马呢？一日与友泉对饮，师徒俩袒露心扉，仗着酒醉，友泉竟将那个内心的秘密和盘托出，一番话更令大彬刮目相看。不过，他告诫弟子，世上名利之事，万应看开。你想，我的壶不是进了宫么？又如何？无非多赚了几两银子。浪得虚名，若鸭背之水珠，一颗也留不住的。如果一心想着进宫，为了进宫而制壶，那壶的气格必然就猥琐。心不静，壶安能虚静？

也许这是时大彬给徐友泉上的最重要的一课。

史载，徐友泉擅调制仿古土砂，后人称之为"熟砂技法"。泥色有海棠红、朱砂紫、定窑白、冷金黄；以及沉香、淡墨、葵黄等。他特别善于用调制后的紫砂肌理去模仿生活中那些果皮的质地与效果，如梨皮、栗壳、银杏等。几乎将紫砂泥的功能发挥到了极致。他饱读古书，胸中滋养古气，所制之壶，必古意盎然。所制作品有《汉方》《鹅蛋》《云雷》《顶莲》等，大抵迎合着当时文人士大夫的审美情趣。代表作品之一《仿古盉形三足壶》，酱肝色，粗砂，直流，壶身简约坚瘦，器型饱满而不张扬；壶盖为分合之四瓣，一条弧线自壶顶直下，于壶底会合。壶底三足，稳健而立；镌印"友泉"，笔体流畅而雍容大度。环柄之上镌有龙头吉纹，表现出明代士大夫怀旧嗜古的书斋情怀，在器型上又尽显王者气象。不管有意还是无意，徐友泉的作品在仿宫廷酒器玉器方面着实下了一番功夫。进宫，其实还一直是他心头一个神圣的理想。中国古代是个仕途社会，有学问的，必得把学问折换成官帽；有手艺的，除了换钱，要的是坊间的口碑，若是万一被官府看上，那就是几世修来的造化，而"进宫"一词，对于一般人来说简直太奢侈太荒谬了。鲤鱼跳龙门，常常出现在老百姓的年画上，那仅仅是平淡生活的一种念想。在此后几百年间被皇宫陆续收藏的几千件寂寞的紫砂壶中，我们无从得知有否徐友泉的作品。《仿古盉形三足壶》长期流落民间，最终被香港茶具博物馆收藏，这是他存世不多的作品之一。《阳羡茗壶赋》曾对徐友泉作出较高评价，说他在紫砂泥色的配制上"种种变异、妙出心裁"，"若夫综古今而合度，极变化以从心，技而进乎道者，其友泉徐子乎。"

徐友泉晚年曾经感叹："吾之精，终不及时之粗。"这不单是一个虔诚弟子对导师的崇拜之言，高山仰止、景行行止，宗师之作可以临摹到乱真，其风范却是不可复制的。

李仲芳：茗壶佳人

那个走路飘飘荡荡的相公，真有意思。有人说他早晨是皮包水，捧一壶茶，邀三五友人，嗑瓜子，玩鸟笼，可以喝到日晒三竿；到下午，他是水包皮了，扑进那澡堂子，汤气氤氲，海聊神吹，他就是神仙了。有时，他囊中羞涩，连一个银角子都没有，可总有人请他的客。他善饮，用大杯，喝的是白酒。人又豪爽，喝高了，趴下，有时摔倒在阴沟里，那有什么？爷们嘛！有时，还有人把他请到家中，原来，他是制壶的高手，他做的紫砂壶，小巧，精雅，有人说，比他老子的壶都强！

他叫李仲芳，是李茂林的儿子。他父亲李茂林，江西婺源人，明万历年间迁至宜兴，他善制紫砂小圆壶，史称"名玩"，慕名收藏者颇多。原先，紫砂壶烧成，都是搭放在陶缸内，不免沾上缸坛釉泪，从李茂林开始，紫砂壶另辟匣钵，烧出的紫砂壶，清新赏目。史书认为，这是李茂林对紫砂的一大贡献。

仲芳随父制壶，本是天经地义。但仲芳好玩，常去那勾栏瓦肆，喜欢朝歌暮弦、鲜衣怒马的生活。明时江南宜兴，已是太湖流域的一个繁华都市。"民殷富，人肩摩，庐舍鳞次，商贾辐辏。"（《江苏通志》）那时有身份的男人，首先得会玩。那琴棋书画、丝弦管乐里，既有人生大乐，必有人生大悟。虽然当时的理学家王守仁抬出了"天理"和"人欲"相抗衡的学说，但世风日下，人心早已不古。爷儿们认为，无论天怎么塌下来，玩一定是人生最重要的事情。

李茂林不断接到街坊们的举报，说那仲芳见到美女，眼神总是直勾勾的，像是要一口吞了人家。止不住心头大怒，茂林先生以家规责打仲芳。可怜仲芳瘦弱身子，哪里经得起打？街坊们说，他抽身逃跑的姿态，颇像一只野鹤。

有一天，李茂林的好友，制壶大王时大彬来访，见仲芳正在父亲的作坊里制壶，那一招一式，让他心下喜欢。茂林却在一旁数落儿子，大彬听了半天，说，男人，哪有不喜欢看美女的？这不算错！这个徒弟，我收下了。

茂林大喜过望，犬子能投到时兄门下，真造化也！

时大彬扔给李仲芳几两碎银子，说，小子，想玩就玩个痛快，男人哪有不玩的？不过，玩完了，就得好好做壶，那可是一点马虎不得。

李仲芳从来没有见过这么多银子，既然时大人慷慨，他也就不客气了，那些银子，让他痛痛快快地玩了3天。

玩完了，他就把心收回来，一心一意做壶了。时大彬的壶，让他钦佩，何止是钦佩，简直是五体投地。时大彬并没有教他怎么做壶，但他悟性好，多看几眼，看不明白，多问几句，就把本事学到手了。他仿时壶，出手快，造型准，几可乱真。有一次，时大彬刚做好一把壶，有事出去了，等他隔日回来，泥凳上多了一把壶，和他做的那把完全一样。细看那活儿，还真不比他差。再抬头一看，仲芳正站在门口朝他偷着乐呢！大彬大悦，一句话没说，就在那壶底上稳稳地打上了自己的印章。

窑场上渐渐流传着这样一句顺口溜：李大瓶，时大名，造璧壶，胜佳人。

一不小心，李仲芳的名气超过他父亲李茂林了。

大彬说，茂林啊，你应该高兴。

茂林心里高兴，嘴上不服：这个败家子，就靠一点小聪明。

又说，我不怕他超过我，他就是我最得意的作品。

时大彬摇头：不见得吧。这小子有灵气，非吾辈可及也！

茂林造壶，主张复古，风格趋于朴素简洁；古人的壶太经典了，几辈子也学不完呢。仲芳则以为，造壶之美，当随时代；文雅巧妙，贵在出新，老是泥古自闭，那才最没出息。

有一次，仲芳做了一把《扁圆壶》，那是他新设计的壶样，兴冲冲地走进父亲的作坊，脱口道：老兄，你看我这把壶做得如何？

茂林愣住了，正要发作，但见儿子托在手上的壶，扁圆形，短弯流，圆腹，丰肩，环柄，平底。造型秀雅，线条行云流水，形态如出水芙蓉，清新可爱。

茂林不由长叹一声：老兄老矣，小弟好自为之吧！

"老兄"之典不胫而走，甚至变成了壶名。一时，求"老兄壶"的藏家，趋之若鹜。

仲芳为此正名：壶乃扁圆，仲芳所制，壶林秀出，乃李茂林之子也。

有人求教仲芳：同是砂土，何故君之妙手，即能点石若金，壶如盈月也？

仲芳答曰：茗壶若佳人，丰而不腴，艳而不俗，玉树临风，秋水春云；窈窕而不风骚，温情而非淫荡，此乃佳人，亦为佳壶也！

陈鸣远：一壶风月

人们把紫砂历史上"花货"鼻祖的桂冠，赠给了一个叫陈鸣远的乡村紫砂艺人。他的出现，让峰回路转的中国紫砂在明末清初又绽放出奇丽的光彩。

旧时江南农村，男人的名字大抵不外是"福生""寿根""富贵"之类，就是养一条狗，也得叫个"来富"什么的，讨个口彩。陈鸣远这样的名字，在乡间已经是鹤立鸡群了。他号鹤峰、壶隐，又号石霞山人。陈氏门庭虽然清寒，但耕读传家，也算得上翰墨书香。陈鸣远出生于丁蜀镇郊的上袁村，也就是今天的紫砂村。这里的人们，祖祖辈辈都是制陶为业。村前小河清流，村后龙窑喷火。用我们今天的话说，那一片气场，是何等地充沛！

关于陈鸣远的出生、成长时期，专家们比较一致的说法是，出生于顺治年间，而其陶艺生涯的辉煌期，则在康熙中期至晚期。清代文献对陈鸣远评价很高，认为他"一技之能，间世特出，自百年余来，诸家传器日少，故其名尤噪。"宜兴旧县志则说陈鸣远"能诗文，善丹青，书法直逼晋唐。"但没有具体的作品记载。宜兴这块土地文脉悠远，自古以来，无论富人穷人，都喜欢书画。你敲开一户平头百姓的柴扉，虽然陋室无华，但墙上却冷不丁地挂着一幅唐伯虎的山水。可见，风雅并不只是富人的专利。

"宫中艳说大彬壶，海外竞求鸣远碟"。这是旧时江南收藏界的一句流行语。促使陈鸣远成名很早的原因，主要是他既承袭了明代器物造型的朴雅大方，又发展了精巧的仿生写实技巧。不仅擅长制壶，还能做杯、瓶、盒以及各式文玩；镌刻功夫也十分了得。而且，他是紫砂艺人中文学修养最扎实的第一人。

紫砂的儿女情长、诗情画意，是从陈鸣远开始的。

20世纪90年代末，上海博物馆、香港中文大学文物馆联合举办了一次陈鸣远作品展，共展出陈鸣远款识的紫砂器百项，分文玩、博古、茶具、像生4类。难以置信的是，陈鸣远、鸣远、陈鸣远制、崔邨等印章五花八门，光陈鸣远的方章就有20多个版本，令人如坠五里雾中。比如南京博物馆藏《南瓜壶》和上海博物馆藏《题句四足方壶》，两者书法镌刻相似，显然是一个时期的作品，而方章却有明显差异，一个艺人有多枚方章不奇怪，但不可能同一字体同一布局的方章刻上多枚，可见这两把壶要么全部是赝品，要么就是一真一仿。

再追溯到20世纪20至40年代，上海的一些陶器店和古董商聘请了一批紫砂艺人专门仿制时大彬、陈鸣远的作品。这些艺人主要有裴石民、蒋彦亭、王寅春、顾景舟、蒋蓉等。其中裴石民摹仿陈鸣远几可乱真，人称"陈鸣远第二"。1979年，美国旧金山华人曹仲英先生曾携《宜兴陶器》一书前往宜兴紫砂厂，向紫砂诸家请教，朱可心和蒋蓉当即指出其中多件陈鸣远款铭陶器实为蒋彦亭所制。蒋彦亭何许人也？乃是蒋蓉的伯父，宜兴民间紫砂高手。同年，香港实业家罗桂祥登门拜访蒋蓉，拿出一把陈鸣远的调砂料《虚扁壶》请她鉴定，蒋蓉一见便觉得眼熟，原来竟是自己20世纪30年代在上海所仿。顾景舟先生也曾坦言，某些博物馆藏品中所谓的陈鸣远紫砂壶，其实是他当年的仿品，包括南京博物馆的竹笋水盂，北京故宫博物院的龙柄凤首壶，旧金山亚洲美术博物院藏方壶等。

所有这些，足以表明陈鸣远被后人们仿制、追捧到何等地步！

海棠、合欢、松柏、兰草，在旧时江南，有喻情言志之说；而南瓜、核桃、石榴、花生等果实物品，则衬映了中国民间祈福迎祥的审美心理。陈鸣远把这些东西移到了紫砂壶上，既为饮器，亦可雅玩，更是传情托志之物。一时洛阳纸贵，求一柄鸣远壶，殊不易也。

一说浙江绍兴府有黄姓公子，家财万贯。欲求宁波盐商崔某之女为妻。聘金为5000两大银。崔某不允，曰：若取得鸣远"束柴三友壶"一柄，婚事必成。

黄某求壶心切，星夜赶到宜兴，不惜血本托人求见鸣远。偏偏鸣远看不起那种纨绔子弟，连续多日托病不见。那黄某困守在客栈里，恹恹地就得了一种病，竟是汤水不进。鸣远得知实情，心下有所松动，他不愿耽误了别人的风月好事，于是赶制了一把《束柴三友壶》。

该壶的壶体是一捆松柴，腰间用藤条一匝，故名束柴；松竹梅乃中国传统文化中的岁寒三友，亦是历代文人士大夫精气神之象征。陈鸣远的意境无疑是富有诗情的：山间小径，清风一阵；一个担柴汉子唱着山歌拾级而来，松之坚贞，竹之清悠，梅之高洁；全部体现在平民化的构图之中。那壶体之上，松枝、竹节、梅蕊，逼真而传神，显示了陈鸣远独特的审美理念。捏塑、雕刻工艺上的突破，使该壶更具儿女情态，洋溢着一份生命的疏放之美。

黄某得壶，欣喜若狂。3月之后大婚喜日，专派豪舫来接鸣远前去赴宴。而陈鸣远大门紧闭，邻人说他前日出门，不知何方云游去了。

陈鸣远名噪一时，足迹所至，文人学士，无不争相邀请，礼如上宾。他到了浙江桐乡，在当地文人汪柯庭家中，当场表演壶艺，汪某善书工诗，即兴吟咏，镌刻于壶上："人间珠玉安足取，岂如阳羡溪头一丸土。"

这句汪诗，如今已经成为家喻户晓的宜兴紫砂广告语。

陈鸣远一路走去，在海宁、宁波一带广交文朋壶友。许多文人闻风而来，或题咏，或篆刻，或切磋，或交流。那样的情景，比起我们今天的笔会或研讨会，或许要更风雅，也更实在些。

一句话：挥写逸气。是文人都有清高的本性，那心胸里的团团逸气，都是读书读出来的。如何挥写，何时挥写？终于见到了一把壶，若掌上知己，茶气氤氲中，晃荡着自己的容颜，那样地真真切切。平生最爱的箴言，此时不铭，更待何时？

陈鸣远的传世作品，国内外均有收藏。

南京博物院收藏着他的一件代表作"东陵瓜壶"，那是花货中的经典之一。以瓜形为壶体瓜柄为壶盖，瓜藤为壶把，瓜叶为壶嘴。此壶砂质温润，属团山泥胎。叶脉藤纹刻画逼真，整体构思和谐巧妙，富于生活情趣。壶身款名：仿得东陵式，盛来雪乳香。

另一件较能代表陈鸣远壶艺风格的作品是"包袱壶"。壶体为一衣包，平面作长方圆角形，形体饱满而不臃肿。布纹褶裥既不失真，又不落自然主义之俗套。嵌盖结构增强了整体感，在状为衣包的壶体上，一头壶嘴，一头壶把，首尾呼应，趣味盎然。壶底镌刻：两腋习习清风生，鸣远。这一把1708年所制的包袱壶，历尽沧桑，现藏于美国弗里尔艺术馆。

就其风格而言，陈鸣远深受时代影响，紫砂和瓷器一样，明代讲究清新流丽，到了清代则纤细精巧。他的可贵之处，就在于跳出前人的窠臼，而自成风貌。从他开始，紫砂壶已形成一个完整的艺术体系。

陈鸣远对紫砂的贡献，首先是茶壶造型的设计上，明代末年的筋纹器形，多以自然形体入壶，陈鸣远还创制出紫砂半桃、核桃、落花生、板栗、荔枝、石榴、老菱等紫砂雅玩。由于紫砂泥的材质特点，这些像生果品栩栩如生，使人真假难辨。洋溢着浓郁的生活情趣。陈鸣远还扩大了紫砂陶的艺术品的外延，把青铜器皿、文房雅玩也丰富了进来，诸如笔筒、双卮、瓶、洗、鼎、爵，等等。体现了一代陶艺家热爱生活、描摹自然的积极人生态度。

陈鸣远早年以朱泥品为主，这跟他的家承也相吻合，他父亲陈子畦最拿手的就是梨皮朱泥壶。懂壶的方家知道，朱泥收缩大、易变形开裂，一般艺人唯恐避之不及。陈子畦引入徐友泉发明的熟砂技法，极大地提高了朱泥的成品率。所谓熟砂，就是将石黄泥煅烧，窑温控制在300—800度不等，然后将半熟状态的原矿粉碎成颗粒掺入泥浆，一则增加骨力，二则降低收缩率，颗粒的窑温不同，最终的梨皮效果也不同，端的是变化万千、令人宝爱。

说陈鸣远的壶，不能不说说他那个时代的紫砂泥。他所制茶壶颜色，或古秀沉雄，或清丽曼妙，常常是惊艳亮世，令趋者膜拜。明末清初时期，丁蜀镇附近的赵庄被人称为"黄泥赵庄"。那村并无风景，但出紫砂宝泥，在紫砂地图上自然光芒四射。想必那也是陈鸣远经常出没之地。其中，石黄泥为陈鸣远之最爱。据周高起《阳羡茗壶系》载："石黄泥，出赵庄山，即末触风日之石骨也。陶之乃变朱砂色。"这种石黄泥正是我们今天所说的金黄朱泥。何谓石黄泥？一是因为它在没有风化以前坚硬如石；二是它产自黄石与黄石的夹层内，故而得名。一般人认为石黄泥就是红泥，其实不是。自古红泥出赵庄，但红泥并非石黄泥，从矿源上来说，赵庄的红泥矿色泽土黄略带绿，石黄泥的色泽比红泥矿要来得黄。两者的差异还在于一个泥性、一个砂性，一个烧成收缩大结晶度高敲击声清脆，壶表有温润柔和的朱光，一个烧成收缩小不结晶敲击声沉闷，色枯黯淡不鲜亮。如何使用、调制紫砂泥，是一个紫砂艺人终不可告的秘笈。可以想见，陈鸣远能从他的时代脱颖而出，不仅在于他的才情和工艺，还在于他非常懂得脚下这片奇妙的砂土，也许，这对于当今每一个紫砂艺人来说，都是必须面临的课题。

惠孟臣：平静如水

    壶好比是别在村庄胸口的一枚徽章。

    从村庄的上空鸟瞰，你发现那匍匐的龙窑上一缕青烟在黄昏的暮色里盘旋，如白蛇传里现身的白素贞在窈窕起舞。一个名叫惠孟臣的壶工在窑头上得意地吹着一支牧笛。他的水牛在光线斑驳的池塘边抱怨青草总是不如稻草那么经嚼。后来惠孟臣扔了牧笛，突然在窑头上号啕大哭，他的壶全烧坏了。晚饭的米和点灯的油也就没了。本来他的壶就卖不大动，换米，换油，换土布，全靠壶啊。水牛是东家的，他帮着牵放，有时会得到东家赐予的一张大饼或几枚山芋。

    这就是壶工惠孟臣的日常生活。如果有遗漏的话，那就是他每天晚上还在偷偷地苦练书法，欧阳询、褚遂良、米芾……在粗糙的土纸上，惠孟臣挥写着胸中的块垒。如果我们要刻意解读上袁村，那肯定只有一条路途，走近砂壶，那一串串图像驳杂表情各异的壶。并把时间定格在明代天启、崇祯年间。是的，这个明末的江南村落留给后代的记忆几乎全是紫砂小壶。但是，没有人能够确切地知道，那个衰弱的世道里，一柄紫砂小壶究竟在人们的生活中占有什么样的地位？想象告诉我们，像惠孟臣这样圆熟的壶工满村都是，他们基本上过着贫而不寒的生活。一箪食，一瓢饮，于陋巷，人不堪其忧，亦不改其乐。离这里一箭之地的赵庄，以及毗邻的黄龙山里，出一种天然矿土，紫砂土。那土就像河里的水，取之不尽且分文不索。惠孟臣和许多壶工一样，少年即会做壶，几乎无师自通。那些壶的表情，通俗而高贵，无不倾注着一个壶匠对中国民间文化的敬意，贫困并没有剥夺他丰富的想象，适度的寒伧反而让他保持一种勤奋的生命姿态。坊间父辈虽然威严有度，但丝毫不会妨碍他的创作自由。这个时期中国民间陶瓷的审美趋向，已然从万历年间的奔放热烈，过渡到自由平缓。大明就要完了，大家都看清了，反而不着急了，它要完就让它完吧。体现在紫砂壶上，就是清闲安逸，抚一柄老壶，看那江山更替，莲花落，星如雨。

　　没有任何权威资料表明惠孟臣是如何从一个普通的壶工上升为一代制壶名家的。在清人的著述里，偶有提及，说他的壶"制法固然不俗，但远不如大彬"。口气颇为不屑。但《阳羡名陶录》则说："余得一壶，底有唐诗'云入西津一片明'句，旁署孟臣，字皆行书，制式浑朴而笔法绝类褚河南，知孟臣亦大彬后一名手也。"褚河南就是褚遂良，唐代名相，书法堪称一绝。这里首先肯定的是惠孟臣的书法，居然直逼褚遂良。一个壶工，即便他的工手十分了得，只消他的书法、刻工不行，那他肯定进入不了名手之列。自古以来，壶因字贵，字随壶传，说的就是这个道理。

惠孟臣的制壶生涯里，至少应该有一趟岭南之行。只有知晓广东、福建一带是如何饮茶的，才能做出那种适合冲泡功夫茶的小壶来。古人成名，比之今人要难得多。惠孟臣的两条腿几乎把南国一带跑遍了，他的壶风变得纤巧精微，但又不乏山川草泽的气息，壶体虽小，但绝不局促。惠孟臣终于告别了庞大的壶工群体，成为名手中的坚挺人物。为什么冲泡铁观音，非得紫砂壶不可？因为唯有紫砂这样透气性好的材质，才能发茶之真香。"孟臣罐"，这是最初岭南一带茶客们对他的小壶的昵称。《茗谈》一书说："漳、泉、明三府品茶，茗必武夷，壶必孟臣。"后来又有人把孟臣罐列入"饮茶四宝"之一。

惠孟臣的小壶可圆可扁，亦可束腰平底。款式上简约洗练，看似简单，旁人却是学不来的。模拟者可以仿得乱真，但放在真壶旁一比较，缺的不是技巧，而是大巧若拙的气度。那气度里有学养，有品位，更有与生俱来的悟性。

孟臣壶大者沉雄，小者灵巧。其中有一款，朱红泥，壶腹圆弧，无颈，口盖为嵌入式，小圆珠钮，周身浑圆素朴，壶底镌有"叶硬经霜绿"。笔势灵动，竹刀刻。此壶胎薄体轻，砂质精细。放入水中，不沉不倒，壶体端正而无半点倾斜，平缓而行，如航行之器。故称"水平壶"。镌刻清瘦，有骨骼感，暗含金石之铿锵。那孟臣壶看似平静，水流花开，内中分明是一个斑斓丰沛的完整世界，意象强悍而汹涌。又若笃定穆静之器，温文尔雅。那微妙肌理，光润色泽，深厚意蕴……这样的时候，看山不是山，看水不是水，看壶亦不是壶了。

世人趋之若鹜，古而有之。水平壶似乎成了惠孟臣的一个秘方。300年后，人们不断从古墓里发现孟臣壶的归宿，古人才是真正的风雅，即便在离开人间的时候，也没有忘记把孟臣壶带上，是的，此去泉台，同道无多，唯孟臣一壶，可解真愁矣。当孟臣壶气定神闲地穿越时空来到我们面前的时候，突然觉得，人生短暂得就像一声喟叹一样。

300年来孟臣壶被壶手们无数次模仿。宽容地说，太多的赝品其实也是对孟臣壶的一种特殊凭吊方式。而收藏孟臣壶，自然成了藏家的一件美事。美国新泽西州的纽沃克博物馆藏有一件孟臣残壶，壶嘴和壶柄均已破裂，曾被日本人用金漆修补。美国人郑重地说：这是一件东方维纳斯。

人们手执一壶，把玩品茗的时候，常常忘记牵引他们的，其实是一种个人的创造力，是一个人的充沛气场，世界在这里处于凝固、营造和模拟之间，亦幻亦真。就这样，一个人瞬间的独语，成了子孙后代的经典，一个原本孤独无援的精神世界通过模仿与传承，覆盖并倾倒了无数个心灵。这是紫砂的力量，更是创造的力量。

因为有孟臣壶，所以，惠孟臣还活着。

邵大亨：铁骨与柔肠

不知道邵大亨的人，单看名字，会以为是个财主或者老板。就像我们今天说的张总王总。没承想，老爷子在中国紫砂史上占着一个相当的位置。那么一个人，穷得叮当响，脾气又偏，就靠一手绝技、靠几把茶壶传世，简直匪夷所思。

老黄历不必翻了，什么嘉庆，什么道光，邵大亨的那个时代，并没有让他真正春风得意。火光土色，十里窑场，满世界的陶器，声响铿锵。邵大亨不做壶，还能做什么？那样一条路，已被大家走得烂熟。拜师，学艺，做一个圆熟的匠人，满手皲裂，躬背驼腰，把每天做的壶换成白米，养家糊口，然后，风雨剥蚀地老了，做不动了，像太阳一样落山了，人也变成了一把老壶。

大亨不从。他不为五斗米折腰。没有人见过他去庙里上香，他也不拜神仙、官宦，他不卖壶，视金钱如粪土。他喜欢玩，他吃什么呢？五谷杂粮，饱一顿饿一顿也没有关系。终年是一袭加了补丁的短褂，素面朝天。这一方滋润的水土竟养出个异人，没有人能说得清他的身世。只知道，他挺着一脸麻子，从上袁村来。

上袁村，在中国紫砂史上，是个近于"圣地"般的村落。从这里走出去的紫砂圣手，有惠孟臣、陈鸣远、黄玉麟、邵友廷、顾景舟、王寅春……

没有找到邵大亨读书的记载。与上袁村毗邻的蜀山脚下，有一座声名远播的东坡书院。想必，邵大亨会去那里走动，哪怕是旁听。他会折下许多树枝，在地上写字；他是爱喝一点酒的，白酒。很烈的性子。邵大亨早期的壶，常用来换酒喝。猪头肉是这里的窑工最爱的下酒菜。邵大亨是慷慨的，他荷包里那点可怜的碎银子都用来买猪头肉了。用荷叶包着的猪头肉会特别地香，邵大亨喜欢和窑工们一起醉，邵大亨醒来的时候，窑工们已经把他的壶烧好了。那是什么样的壶啊，鱼化龙，太极八卦，仿鼓，井栏……仿佛神助，大亨的壶名不胫而走，大亨真的是大亨了。

邵大亨成名很早。但他的壶却做得不多。他懒么？不，他不肯重复自己。他也没有那么多的矫情。有关大亨壶的故事，在民间，像三国水浒、七侠五义，口口相传。

一财主藏得一把大亨壶，视若性命；一日，侍女不慎，将壶打碎，财主暴怒而将其悬梁毒打，后又逼其投河。大亨闻知，以一新壶换下侍女性命。财主见大亨囊中尚有好壶，欲出重金求之。大亨曰：壶不过泥丸小科，人却是血肉之躯；敝壶造孽，差点害了小女性命！言毕，将壶掷地而粉碎，旋扬长而去。

另一折说的是，某县令得知大亨壶金贵，传大亨到衙门听命做壶，大亨不从，被衙役死打，皮开肉绽，仍不从；最后是某师爷从中斡旋，大亨勉强胡乱捏些泥团，敷衍应付，给县太爷下了一个台阶。

身怀绝技，就必得孤僻狷介么？大亨愿意。他知道为此付出的代价，茕茕孑立，正好清净于心。

大亨的壶，全无甜俗之匠气，每一根线条都弥漫着诗书的清香。中国的文化，经卷浩繁，有人说那是一口酱缸，有人说那是黄金屋、颜如玉。大亨则用他的壶，对中国的传统文化做了最形象的诠释。

> 有我之境，乃道家之说；
>
> 无我之境，乃佛家之说；
>
> 忘我之境，乃儒家之说。

邵大亨深得个中三昧。在他的传器中，有一件"太极八卦壶"，该壶壶身由64根仿细竹围成，壶盖塑以八卦图案，盖钮系太极，64根竹子代表64卦，壶把和壶嘴如神龙之首，壶底则精工细刻成河洛图书的星象纹。一把壶，演绎了一部易经八卦。也许在邵大亨的眼里，天地日月、人间世态，皆可装入一把壶中。

鱼化龙壶，更是大亨传世经典之作。壶体浮雕鲤鱼、蛟龙和祥云般的波涛，并用6条S形纹线回旋组合。壶把龙尾翻卷形状雕琢精细，壶盖、壶嘴分别纹以云纹和伸缩自如的龙头。斟茶时，龙舌自然伸出，活灵活现。该壶寓意鲤鱼化龙，前程无量，中国社会无论古今，非常讲究口彩与吉兆。国人心态里，福禄与成功的欲望总是蛰伏于内心的最深处，且从来只可意会而不可言传。鱼化龙壶的问世，仿佛让那缥缈无定的希冀有了依托，一壶在手，成功在望；鱼化龙，必成功；那壶堪称民间吉祥文化的代表之作。

合欢线圆壶。如玉般的质感，壶腰一根浑圆玉线，将壶腹对分两半，引出无限神韵，壶把如环肥，丰而适腴，壶嘴则如燕瘦，窈窕而纤秀；壶体如天衣风动，细细端详则又静若处子。

我们再来说一说大亨的仿鼓壶。

江南的腰鼓，是属于妙龄少女的。那样的一种鼓，长长圆圆，是盘在腰间的；每年的正月十五，乡场上是要闹元宵的。火树银花，鞭炮震天，腰鼓咚咚地敲着，随着少女们欢快的步伐跳跃，邵大亨看着是喜欢的。他要做一把壶，把自己的愉悦记录下来，他是一个感情内敛的人，什么都不会直说的。最早见到仿鼓壶的人，是一个痴爱大亨壶的收藏家，苏州大儒吴大澄，他痴痴地说了4个字：骨肉亭匀。是说壶？是说少女？原来大亨也是喜欢女人的，他喜欢的，是那种匀称而不失丰腴，饱满而决不臃肿，亭亭玉立而决不妖冶招摇的女人。她是素静安谧的，不是那种天衣飞扬、满壁风动的。自然，仿鼓壶不是女人，但是，它记录了一个刚性男人的女人观，那份舒展与窈窕，风韵与神采，全被邵大亨熔入壶里，这是邵大亨从骨子里流出的对这个世界上好看女人的真诚倾慕。

邵大亨壮年早殇。他留给这个世界的壶确实不多。300年后，他的上袁村的一位小老乡、被人们称为20世纪紫砂一代宗师的顾景舟这样写道：

"从格调上来品评，大亨传器一改盛清阶段宫廷化的繁缛靡弱之态，重新强化了砂艺质朴典雅的大度气质，既讲究形式上的完整，功能上的适用，又表现出技巧的深到。成为陈鸣远之后的一代宗匠。"

顾景舟还可惜地说，存世的大亨壶，远非大亨的代表作品；那些大亨用生命铸造的辉煌砂壶，早已随着大亨远遁了。

遗憾，也是一种大美。

陈曼生：凝望那个背影

说紫砂，何能绕得过陈曼生？

若论官衔，他只是个七品县令；但他把自己的才情与紫砂糅合在一起，历史便记住并留下了他的名字：陈曼生。

陈鸿寿，字子恭，号曼生。他是浙江钱塘人，原是一位饱学诗书、精通金石书法的才子，"西泠八家"之一。嘉庆六年应科举拔贡，清代嘉庆二十一年，在毗邻宜兴的溧阳当县令。一个寒窗苦熬的文人，终于坐了一把县太爷的交椅，照例应该好好消受一番。但曼生兄的目光，仍然在文峰墨海间遨游。有一天，他办公的厅堂西侧，突然发现一枝连理桑，家人与幕客均以为此乃大吉之兆。于是便讨了一个彩头，将斋名改为"桑连理馆"。

据说，曼生当上县令不久，就遇上了一件大事。溧阳丘陵山区，盛产白芽茶，此乃孝敬皇上的贡品。清明之前，必须作为十纲贡茶的第一纲运至京城。曼生不敢怠慢，亲自前往山中采茶之地，日夜监督。又差人快马加鞭、昼夜兼程，赶往京城。皇上品了白芽茶，龙颜大悦。消息传来，曼生及幕客好友皆雀跃欢呼。

曼生性情中人，一时兴起，手持大钹，敲击不已。那大钹乃紫铜所制，凹凸有致，锃亮发光。合则响，合而美，奏响人间欢乐。遂以"合欢"为名，以合钹为样，设计了一把合欢壶，让阳羡的制壶高手杨彭年来制作。一日，彭年来了，包袱解开，是一坨紫砂泥。彭年说，这是朱泥，烧成后通体大红，必具风雅之质。这一把壶，曼生要亲制，衙门里的公事，让手下人去办吧。他要制壶，皇上来了也不管了。彭年在一旁窃笑，呆头鹅，呆劲上来，门板也挡不住啊。

在彭年的帮助下，壶制成了。壶底一枚方印：阿曼陀室。壶面上，"八饼头纲，为鸾为凤，得雌者昌。"亦为曼生亲刻，苍劲隽秀，表达了他当时的喜悦之心。

曼生豪性之余，取过笔墨，给彭年画了一幅《菊花紫砂壶图》，题记曰：

"杨君彭年制茗壶，得龚时遗法，而余又爱壶亦有制壶之癖，终未能如此壶之精妙者，图之以俟同好之赏。"

寥寥数语，对杨彭年的欣赏之情跃然纸上。

如果是一般的抚弄风雅，那倒也罢了。而陈曼生骨子里偏偏是那种不玩痛快决不罢休的文人。嘈杂的官场他没有兴趣，见惯了沧海桑田，心就趋向沉静。离此不到百里的宜兴窑场，才是他心中的牵挂。一见到那温雅古朴的紫砂壶，他就怦然心动、爱不释手。我们可以想象，陈曼生乘坐的官船，经常是在暮色苍茫时分，悄悄地驶入蜀山脚下的蠡河。避开了官场上那种对等的接风应酬，他居然一头钻进了四面漏风的窑头小屋。在那样漫长的寒夜，有一把暖心慰怀的紫砂老壶，伴着纯香馥郁的茗茶，天高海阔、品壶论艺；一切都是多余的了。谁也无法想象，最初的"曼生壶"就是这样诞生的。

乌纱，算什么东西？皇恩何浩荡？官宦不过一秋风而已。

那些和紫砂名手们交流的日子始终是愉快的。窑场上那陶器出品的清脆声响，无疑是世界上最美妙的音乐；以至在回到溧阳的衙门府，陈曼生的心还留在陶都那温心暖骨的紫砂壶里。宰溧6年，贵为县令的曼生，未改草根书生之本色。谈笑鸿儒、往来同好；古旧纷至、新友频聚；花间吟诗、桑下作画；谈古论今、品茗酬唱。当时他身边有许多幕客，如江听香、郭频伽、查梅史等。那都是些做官前结交的文朋诗友，他们聚集在陈曼生这里，有时也参政议政，提供些"振兴溧阳"之类的锦囊妙计；更多的却是在一起谈诗研文、探讨书画。有曼生兄买单，他们可以不愁衣食而聚起一个艺术沙龙。曼生兄痴爱紫砂，他们也必然受到影响。紫砂是男人的知己，不仅因为可以喝茶，而是可以把玩。不为稻粱谋的哥儿们深得中国古代儒学、道学之玄机，把阴阳学说渗透到具体的紫砂造型里；每一根线条，都浸淫着东方古典美学的理念。流传后世的"曼生十八式",就是在陈曼生的主持下,由他的文朋画友们共同完成的。

从历史的角度看,陈曼生和他的幕客们对紫砂艺术最大的贡献,莫过于在紫砂壶款式上进行了一次革命。这种革命是温良恭俭让式的慢慢渗透。紫砂还是那个紫砂,龙窑还是那个龙窑;但壶已经不是那老是承袭前代千壶一面陈陈相因的壶了。曼生壶的出现,如一股清新而淋漓的元气,一扫陈旧壶风;紫砂名手们瞪大了他们原本清高的眼球,玩壶的主儿们则掂量着他们囊中的银子。接下来,曼生们开始把篆刻作为一种装饰手段施于壶上,使紫砂壶成为艺术品的条件更为成熟。而他们撰写的那些格调高雅的壶铭,则为提升紫砂的文学意蕴开创了一代风气。

陈曼生自己不光设计、监制了许多传世的紫砂壶样,他还亲自制作、篆刻了一些精彩的壶艺绝品。不仅让操练了一生的金石书法大放异彩,也圆足了紫砂梦、过足了紫砂瘾。

溧阳境内多古井。曼生制壶,善于借景移情,托物造型。曼生善制井栏壶,井与壶,本有不解之缘。井水泽民,壶水养性,都为盛水之物。壶身铭文曰:井养不穷,是以知汲古之功。

合欢壶,是曼生所爱之一。又有壶铭曰:"试阳羡茶、煮合江水,坡仙之徒、皆大欢喜"。

哦,尝试阳羡茶,必得用合江水呢,若是东坡的门徒,三五知己,无酒有茶,品茗谈天,足矣!

合欢，真是一个好名字；百姓的概念里，很家常的两只碗合起来，饭就不会凉，欢在合里，合便有欢。一把好壶如果没有一个好名字，那真糟蹋了它！你看那古往今来的英雄好汉，关云长、岳飞、武松、霍元甲、董存瑞、雷锋……哪一个不是响当当的名字？你去查查古今英雄谱，有王小二、李驼子、张大嘴、刘麻子吗？

此后两百余年，各代壶迷对该壶有着不同解读，有人以为，合欢乃红袖添香，月下私语；是曾经沧海之后的彻悟，是巫山云雨之后的缠绵；是陈曼生内心的一个结，是中国紫砂史上的一个未解的风月故事。

见仁见智，各家自便，只要不辱没了曼生的风度，便就好了。

曼生制壶，与那些紫砂工匠相比，似不求器型之完美，而讲究气度的不凡。合欢壶，更像一个大家闺秀，她不怎么讲究装扮，一颦一笑，却是幽雅莫测、风月满怀。陈曼生着重表现的，是她的肩，那种圆润、丰腴、灵巧，你可以想象，她的脸，臂，腰，臀，腿……有多美。

据史料记载，曼生壶并没有进入商品流通。尽管有人愿意用重金收购，但陈曼生并不动心。君子不言利，陈曼生应该是一个有骨气的清官，那白花花的银子对他并没有太大的诱惑。紫砂的品性更让他在淡泊的心境中寻求着一种无为的生活。而他的那些哥儿们也没有去蓄意炒作。作为艺术品，曼生壶的设计、制作极为严谨。产量也不多，大抵是在朋友和壶迷之间流传。

据说，一次酒后，曼生将一些原本打算送朋友的壶统统打碎，也许他突然发现，这些壶其实并不像别人称赞的那么好，碎壶，与焚琴煮鹤，并非同义也。后有湖广巡抚吴大徵，乃学富五车之大文人，他四处托人求壶而不得，感叹万分地说：金银非老夫所爱，乌纱亦非老夫所求，唯曼生壶为老夫心动而终难遂愿，此乃一生之憾矣。

《合欢壶》，是曼生仅存的为数不多的砂壶之一。曼生之后，日月经年，历朝历代，无数把合欢仿壶如过江之鲫、应运而生。正所谓，合欢遍地，知音几何？曼生灵泉有知，又该当何想呢？

杨彭年：造化

帆影远去了。

杨彭年和他的弟妹们站在岸边，目送着那遥去的船影，一点点消逝在天际。

那是陈曼生大人的官船。他总是匆匆而来，急急而去。他一来，窑场上就热闹起来，没有见过这样的官人，轻车简从，一袭布衣；言语不多，但一句话就能让你脑筋开窍，他满脑子是壶，一把把，那么新鲜、别致，画在纸上，活的一样，谁都想照着做一把。据说，曼生大人的壶样，有十八式呢，又据说，十八式，只是一个约数，真正的曼生壶，三十六式都不止呢！

可是，曼生大人眼高，他的壶样，并不是谁都可以做的。曼生大人走遍了窑场附近的紫砂作坊，他不言语；也许，在他眼里，有些壶真不怎么样，虽然，有的大师傅名头大得吓人，壶，也就那样，依葫芦画瓢，一壶死气；你让他玩点新名堂，他没辙。说，一代一代，都是这么传下来的。

那天，许多人看到了，曼生大人对着熙熙攘攘的窑场长叹了一口气。

都知道，曼生大人是毗邻的溧阳县令，熬出头的进士，那多不易啊。曼生大人还是大学问家，是"西泠八家"之一，金石书画，诸子百家，无所不通。这么一个大人物，偏偏爱上了紫砂，这可真是紫砂的造化呢！

有一天，曼生大人撩起他的长衫，一头钻进了一间低矮的窑头小屋。大家知道，那屋主，叫杨彭年，浙江桐乡人，前几年带着妹妹凤年、弟弟宝年来宜兴窑场讨生活，壶，自然做得圆熟，可他们是半路出家，跟那些几辈子抟泥的紫砂世家比，道行还浅着呢。

可是，曼生大人偏看中他了。

窑场上的人都知道，杨彭年做壶，出手利落；他空手捏壶嘴，不用模子，虽随意制成，亦有天然之韵致。他妹妹凤年，虽是女子，制壶亦出手不凡。一壶既成，求者趋之若鹜，赞曰：既有裙钗之风，又有须眉之气。

譬如一块石头，是因为仙人点化，就成了金。这是古人说的。但在曼生大人眼里，杨彭年兄妹决非冥石，而是天生的紫砂巨匠。他与他们的见面，应该说是心与心的碰撞，生死契阔，该当何年？人生是这般地短暂，名利如浮云、风流云即散，既然什么都留不下，那就留些好壶吧，既可品茗，又可把玩，实现不了的人生理想，还可以镌刻在壶上，慰心而养性。

曼生大人展示的那些壶样，让彭年兄妹太喜欢了。特别是井栏壶。在彭年看来，这样的壶，应该做出一种结结实实的美，那种沉稳的、笃定的、气定神闲的东西，应该由他来表现。

彭年下手想必很快。他打起那泥片，如星雨纷落。

他围起那身筒，舒展自如，如龙蛇游走。清代乾隆、嘉庆年间的紫砂艺人，大都过分注重茶壶表面花样繁多的装饰，而忽视了壶器本身的工艺追求，壶具成型全赖模具之助，此等制作，器型大小统一，但千壶一面，客观上导致了一个时代紫砂工艺水平的萎靡不振。唯杨彭年兄妹等继承大彬遗法，纯用手工制壶，一扫匠气而气韵生动、风致天然。从而深得陈曼生赏识。

古井深深，蓄养千年琼浆呢。杨彭年揣摩着曼生大人的构思。

"行欲方、智欲圆、刚柔相济、方圆互见。"这些话，一板一眼，从曼生大人嘴里说出来，蛮有韵味。

壶嘴，壶身，壶把，都有曼生大人自己的意思。据说，曼生大人的庭院里有一口古井，每天一早，勤快的小丫环躬着腰，在那里打水。那道优美的弧形，便化作了弯弯的壶把。壶身，便是那口取汲不完的古井吧。也许，井栏壶还有些别的意思，彭年说不出。只觉得，那每个细部，都跟别人的壶不同。是一种蛮有意思的意思。

夜来了。按理，与曼生大人的相聚是应该有酒的。宜兴冬寒

时节，乡间流行喝一种用糯米酿制的"缸面清"酒，那种清香是
淡淡的，入口容易，却有一种不动声色的后劲；彭年善饮，喝酒
用的是粗瓷大碗；曼生大人开始用金边小汤碗，景德镇出的，好
看是好看，不过瘾。亦改用大碗，一连喝了几大碗，是微醺的感
觉。他神情大悦，拿起杨彭年刚做好的一把井栏壶，连声赞叹：
好壶，好壶！

受了鼓励的杨彭年央求道：大人给壶题个咏吧！

曼生大人略一思索，提笔写道：

汲井匪深　挈瓶匪小
式饮庶几　永以为好

如果把它译成白话：

用来取水的井并不深呢，
提着打水的瓦罐并不小啊；
用这打来的水烹茶，也该够畅饮了吧？
让我们永远友好，做个挚友吧！

这个温暖的夜晚是值得记叙的。杨彭年并不知道，正是由于
曼生大人的参与，式微而颓然的宜兴紫砂，有如长夜后的黎明，

已经出现了嫩青的曙色。

石瓢、乳瓯、匏瓜、笠荫、横云、半月……"曼生十八式"就这样在窑场上传开了。

可是，大家弄不明白，堂堂的知县大人，不爱江山美人，怎么偏偏喜欢紫砂壶？

醒诗魂，解酒困；添画韵，增书香。这些都是茶与壶赐给中国文人的独特抚慰。自古茶不离壶，壶则以紫砂为上。宜兴的本山土砂可以发真茶之色香味，天下人爱之甚多。曼生大人不爱金银而痴迷紫砂，说到底还不仅仅是释放自己的才情，而是在壶中寻求某种精神寄托。

林语堂曾经说过，捧着一把茶壶，可以把人生煎熬到最本质的精髓。

也许，在陈曼生看来，一把小小的紫砂壶里，融会了儒、道、佛家思想的精华。就紫砂壶而言，儒家是筋骨，道学是灵魂，释家则是神韵。

壶，收尽了曼生大人的人生念想。而他设计的壶样，都是由杨家兄妹来做，他们的成名，几乎是一夜之间的事。紫砂历史之所以记住了杨彭年、杨凤年、杨宝年兄妹，不仅因为是陈曼生点化了他们，而是他们纵身一跃，从工匠变成了艺术家。给曼生大人造的壶中，分明有着他们的精气神。

杨彭年的井栏壶、笠帽壶、玉川壶、钟式壶……200多年来，一直是紫砂业界顶礼膜拜的经典作品。

　　也许，他们都是为紫砂壶而生的。但是，如果他们没有遇到陈曼生，他们的名字早就湮没在历史的烟尘里了。而陈曼生如果不与紫砂为伍，曼生则仅是曼生而已。俱往矣，谁还记得那些过江之鲫般的朝廷命官？想青史留名的，都灰飞烟灭了；可一直到今天，陈曼生和杨彭年还活在他们的"曼生十八式"里。一个个活灵灵的艺术生命，从历史的深处昂昂而来，还将踏着无尽的岁月凛凛而去。

杨凤年：风卷葵

写下杨凤年这个名字，就感觉一团清朗的气场姗姗而来。她脚步轻盈，身影婀娜，从头到脚没有一点尘世的污垢。她眸子明亮，眉宇天真；一双手藏在背后，像一对交叉的问号。那是一双什么样的手呢？可惜，今天的我们只能用想象来勾勒它们。春天飞舞的柳枝，修篁挺拔的摇影，都可以配作那双妙手的伴娘，那手，唯独不作优雅女儿态的兰花指，也不似添香红袖里的抚琴拨弦。一个无可争辩的事实是，众说纷纭的紫砂史料只要提到她，口气便一律变得恭敬，在前清那样的旧封建时代，对一个女流，那多不易。其实她只留下一把壶，一把《风卷葵》。如果说，一件旷世之作足以敌过一万件平庸之作，那么，杨凤年足矣！丁玲老前辈不是提倡过"一本书主义"吗？想必情同此理。

也有人说到杨凤年之所以容易出名，是因为她有个名叫杨彭年的哥哥。此话不假，要不是父母早殁，杨凤年就不会跟着哥哥到宜兴来，女儿是爹妈的小棉袄，做做女红，裹裹小脚，搓搓小麻将，那多惬意。宜兴的窑场是火焰之场，也是男人拆了骨头挣点活命钱的地方。凤年一到这地方就有感觉，心跳加快，不是因为那些赤膊的男人，而是见到了那些五光十色的陶器。阳光正以瀑布的方式倾斜而下，在那些陶器上铺陈出诗意的斑斓。多可爱啊，凤年能感觉到它们鲜活的眉眼，听到它们欢快的呼吸。哥哥彭年替陈曼生大人做的紫砂壶，出得窑来，一个个那么安稳、端庄，像官人那样衣冠楚楚。凤年记得，那些壶的壶样，多是曼生先生一笔笔画来，许多个秉烛之夜，哥哥总是在按图制壶，不敢有半点懈怠。曼生大人有时会猛不丁地出现在他们低矮的窑头小屋，他连珠一样的妙语总是让凤年感到又新鲜、又费解。有一次曼生大人看到了凤年在哥哥的作坊前随意捏的小壶，他一向持重的脸上居然有掩饰不住的兴奋，他发现了一股鲜活的灵气，相当多的紫砂艺人只有匠气，只会刻板地模仿。而杨凤年不然，他鼓励凤年做一把足以气死男人的好壶。曼生大人那话可不是随意说的，不光凤年，就连彭年也听得惊呆了。凤年已经到了女大当嫁的年龄，可嫁什么人，这还是个问题。如果嫁个穷光蛋，吃糠咽菜生一堆孩子，那还不如把她推火坑里算了；但就算嫁个殷实的富户，比如一个小生意人家，那也完蛋，光是那些针头线脑、芝麻辣酱，就足以把凤年在紫砂上的灵气给湮没掉。

　　要嫁，就该嫁成功的艺术家，既能鲜衣怒马，又有琴棋书画；那当然好，可是何处觅知音，天涯何劲草？要知道，凤年的全部世界也就是哥哥的窑场。

　　100多年后某个初夏的下午，为了写作本文，我曾经沿着蜀山古老的窑址一带，去寻找杨氏兄妹可能留下的生活痕迹。岁月迢递，沧海桑田，当年那火龙喷吐的窑场背后的一片开阔田地，如今已经挤满了高高低低的民居。但100多年前，这一望无际的阡陌上却种满了欣欣向荣的向日葵，每一棵向日葵看上去都那么俊朗挺拔，远远望去就像大型团体操一样地排山倒海，让人感到那是一片充沛的气场。如果杨凤年每天经过这里去窑场给哥哥送饭，走进那片汹涌的向日葵地，她该作何想？特别是有风的日子，阳光正以瀑布的方式倾泻而下，那向日葵们婀娜起舞，飘然欲仙，风在这里就变成了无数精灵，它们会带着凤年的思绪汪洋恣肆地驰骋八极。任何一个有点艺术潜质的人在这样的氛围下，都不可能无动于衷。我们可以想象，那些在风中舞动的葵花，像跃动的火苗，多么强烈地烤炙着凤年的心。试想在一个静谧的夜晚，杨凤年若有所思地举起了一块泥，她眼前那种风吹葵叶的动感活灵活现挥之不去。如果不把那种欲罢不能的钻心般的感受表现出来，她还不如去死。

　　就这样，《风卷葵》诞生了。

　　用任何一种鲜活的灵性文字里描述它，都会存在某种难度。因为它本身就是一种奔放不羁的形体语言。以风吹葵叶的动感入壶，表现葵花在一刹那的灵动之感，所有的线条都处于一种随心所欲、神采飞扬的状态，所谓山雨欲来风满楼，所谓风声鹤唳草木皆兵，都是写境界的绝句。让一把茶壶收尽了天地之灵气，这在之前的紫砂历史上还非常少见。有权威人士说它体现了作者观察生活提炼植物形态的高超能力，等等。我却以为这还仅仅是一种机械刻板的说法。一个紫砂艺人的最高境界，莫过于把他的才情和灵性全部化入壶中，并且能够和谐地体现于壶的每一个细节，吾即壶，壶即吾，壶吾合一，融会贯通。从这一意义上说，横空出世的《风卷葵》是对筚路蓝缕的中国紫砂的一种拯救，从工艺上说，它既有光素器的基础与特质，又有花器的妩媚与灵动；它打破了光器与花器楚河汉界般的隔阂。让寻常生活中的一件饮器充满了温暖可人的诗意。

关于杨凤年，紫砂史上记述她的笔墨虽然恭敬，但少得近乎吝啬。说来说去她到底是个女人，而且，史家认为，除了《风卷葵》，杨凤年还有《竹段》壶问世，其他作品则乏善可陈。其实这太苛刻了，你不能要求写出《红楼梦》的曹雪芹还必须写出《桃花扇》或者《西厢记》，一个村姑式的紫砂艺人，用自己生命的激情奋力一搏，成就了紫砂历史上的一段佳话，这已经是个奇迹了。

有关杨凤年的生卒年月不详。最后她嫁给了谁，生活得如何？至今没有人找到翔实而可靠的记载。我想，任何"演义"式的文字，都将是对她的极大不恭。值得欣慰的是，《风卷葵》一壶历尽沧桑，最后由民国陶瓷实业家华荫堂先生收藏，解放后他将此壶献给了国家，现存于宜兴陶瓷博物馆，成为一代又一代紫砂艺人膜拜之圭臬。

附记：

（谷梁｜文）2009年11月3日《文汇报》"笔会"发表了作家徐风《风卷葵》一文，对清代嘉道年间宜兴紫砂艺坛女大师杨凤年制作的风卷葵壶由衷敬佩，称其为"才情和灵性全部化入"的艺术品，但又感叹"杨凤年的生卒年月不详，最后嫁给了谁，生活如何？至今没有人找到详实而可靠的记载"。

本人藏有杨凤年制作的一件水盂，从中也许能找到她当年生活的一点蛛丝马迹。这是一只开门的旧盂，周长八厘米，高三厘米。暗红的粗沙带着岁月抚摩的温润，盂虽小，但制作规整，四周刻有"司马情深"四字，署名"子冶"，字体劲道潇洒，很见功力。盂底留有"凤年"二字刻章，几位收藏古陶瓷的朋友看后都叫精彩。

瞿子冶与杨凤年的关系，未见史录。瞿子冶与杨凤年哥哥杨彭年的交往，熟悉喜爱宜兴紫砂器的人大多知道。瞿子冶是清代嘉道年间的上海名士，生于乾隆四十五年，逝于道光二十九年，曾出任五环知县。瞿子冶从政未见政绩，而当年在艺林很有名气。他善书画，精篆刻，嘉庆年间，瞿与比他小16岁的宜兴制壶高手杨彭年合作，创作了不少备受士人追捧的紫砂名器，今日上海博物馆古陶瓷陈列室中置放的几件紫砂器，最显眼处那把壶就是他俩合作之物。无奈老天无情，嘉庆二十五年，杨便撒手人寰。

杨凤年早年被哥哥的光环所掩，哥哥去世后，她很快成了与康熙时苏州制砚高手顾二娘一样声名远播的高人。有卓越紫砂手艺的杨凤年得到深爱紫砂艺术的瞿子冶青睐，这是自然不过的事。我收藏的这只粗砂老盂中，瞿子冶刻上"司马情深"四字，会不会深藏着某种喻意呢？他是把自己当作司马相如，而把杨比作卓文君吗？

但愿这只水盂，能为了解杨凤年增添一点新的线索。

金士恒：在那波涛尽头处

从名古屋中部机场宾馆出发，抵达日本陶瓷重镇常滑市，我们的汽车只用了15分钟。星期天，早晨8点钟，安静的小城还在酣睡，干净的马路上几乎见不到行人，只有道旁盛开的樱花在和煦的晨光里绽放着恬静的容颜。

寻找一个中国紫砂艺人，金士恒；时在晚清。100多年前，他来这里教日本人做壶，不经意间留下一段传奇。宜兴紫砂器输入日本，于今已非常遥远。当时的制壶名手惠孟臣和陈鸣远，名气竟然越过了太平洋，在东瀛一带登陆。人走不到的地方，一把壶却能走到。想那日本人，模仿的功夫特别厉害，这也许可以归结到大和民族的某些品质。他们的富士山上没有紫砂土，不光富士山，全日本所有的山上都没有那种神奇的居然能透气的紫砂土。但是，日本人对于他们没有的东西，总是特别地睁大眼睛。关于宜兴紫砂壶，他们的兴趣和渴望，一直可以追溯到江户时代的末期。

于是，昭和十一年，他们从大清国请来了金士恒。

常滑在海边。金士恒想必在海上颠簸了许多时日，才辗转来到这里。常滑的背街旧巷还保留着100多年前的建筑，那些太老的木板房子，黑魆魆的，四周都用角铁包裹起来，仿佛要支撑起一段摇摇欲坠的历史。我的目光一时有些恍惚，仿佛金士恒随时会从一间老房子里走出来，但他背后的蓝天和蓝天下颓废的烟囱，却明明白白地告诉我，世界早已换了人间。

仿佛每一条用陶器的碎片拼成抽象图案的小道，都有可能通向金士恒的故事。路旁的矮墙，则用上了釉的陶罐垒成，排列成一种沧桑的质感，显示着日本人善于经营的耐心。矮墙后面的木板老房子上，爬满了苍凉的古藤。我们的第一站，是到一位名叫近藤的陶艺师家做客。

近藤先生60多岁了，他的家族世代抟陶，据说爷爷曾经跟金士恒学做过茶壶。我的第一个问题是，当年您爷爷是怎么向你们描绘金士恒的？你们家是否有收藏金士恒的作品呢？

近藤先生的笑容有些茫然。他太太，一个和蔼的小个子老妇似乎比他通达些，在旁边叽咕了几句，翻译兼向导孙峰先生告诉我，老一辈的艺人在聊天的时候，偶尔会说起金先生和朱泥烧。但是，年代太久远了，又有谁能说得清楚呢？

话题很快被切换。你们从中国来？很好。欢迎你们来做客，待会儿我们一起来做陶艺好吗？没关系，不会我们可以教你们。

近藤夫妇如此热情，让我们有些感动。按照中国人的礼仪，我们给近藤夫妇赠送了紫砂茶壶和书籍。而近藤太太已经把几件沾满陶土的日本和服递给我们，她让我们穿起来，坐到矮凳子上。每个人面前放着一个转盘，上面放着一坨陶泥。近藤先生打开了某个开关，转盘慢慢地旋转起来。

手拉坯？这种工艺在国内陶瓷产区相当普遍，而紫砂壶的成型，靠的是以全手工拍打身筒，手拉坯与它相比，充其量只是小儿科了。

我又提到了金士恒。资料上说，金士恒在日本最大的贡献，就是教会了他的徒弟们全手工制作茶壶的技艺。但为什么你们还是用手拉坯的方法制作陶器呢？

不知为什么，近藤夫妇对我的问题总是兴趣不浓。他们挽起袖子，决意要当我们一回师傅，似乎不教会我们做出几个杯子或碗碟，就不会罢休。

半小时后，在近藤夫妇手把手的教授下，我们每个人都做出了属于自己的"作品"，无论杯还是碗，都带着从紫砂壶造型脱胎出来的意味。小小的成就感洋溢在我们每个人的脸上，内心的欢愉则一直维持到近藤夫妇向我们收钱的时候。

陶泥费2000日元；教练费1000日元；烧制费800日元；邮寄费1000日元……

怪不得我们一来，他们就敦促着要教我们陶艺。什么金士恒，他们不感兴趣；在他们眼里，我们就是几个从中国来的旅游者，而他们这里，也许是常滑市无数个旅游点中的一个，是商业性的，类似于我们国内的某些陶吧那样。

请原谅我们的笑容突然变得有些僵硬。翻译替我们交钱的时候，我发现近藤太太态度变得更加谦和，她甚至是在一边鞠躬一边数钱，就像我们在日本的大小商店里见到的态度客气得过于夸张的营业员一样。

近藤先生也在一旁优雅地笑着。

我知道，近藤先生收费并不多，折合成人民币，真是便宜极了。但此刻友情仿佛被金钱劫持了，被突然抽空的热情便变成了一具躯壳。

翻译孙峰先生是我的老乡，他在日本生活了好多年了。对于刚才发生的一幕，他解释道，日本人做事一是一、二是二，刚才他们为你们服务了，当然就要收钱。在金钱问题上，别说是朋友，就是父母跟儿女，都算得清清楚楚。

这就是中国和日本的区别。这样的困惑想必在金士恒的旅日生涯里也会遇到。史志说他在这里呆了半年就离开了。想来文化背景上的差异，是完全可以让朋友分道扬镳的。

站在常滑市最高的松寿山上，鸟瞰山坡上大片妖冶的樱花深处的那些星罗棋布的陶艺人家，我突然找不到感觉了。去哪里找金士恒？也许，对于这座不带温情的小城来说，金士恒只是一个历史上的匆匆过客。

想起了一个日本人的名字，平野忠矢。万延、文久年间，他是这里的一名医师。此公酷爱宜兴紫砂壶，居然到了神经兮兮的地步。为了证明日本也有紫砂泥，他几乎跑遍了日本的山山水水，结论是上帝太偏爱中国人了，为此他大哭了一场。常滑市有一种天然紫泥，虽然没有紫砂泥可塑性强、透气性好等诸多优点，但毕竟泥色酷似，聊胜于无。于是平野忠矢就鼓励、指导一位名叫片冈二光的陶工试制紫泥壶具，起名曰：常滑烧。这就为常滑生产朱泥陶器奠定了基础。日本人的茶道是从中国学的，扫地，焚香，诵经，烹茶，日本人学得非常周正。在外来文化的吸纳上，他们最厉害的就是"拿来"和仿造，这样就缩短了他们自身发展的时间。

那么，为什么日本人要请金士恒教授制壶呢？

答案，终于在常滑市的民俗资料馆找到了。

一个最重要的关键词是：玉露茶。幕府末期之前，日本人喝的是通过煎煮后的抹茶，器皿类似于煎中药的带手柄的陶罐。明治初年，他们发明了玉露茶，那是一种碧绿温润、形状优柔的散茶，老百姓不敢造次，只有在小范围的日本上流社会才可以喝到。那么娇嫩的茶芽再放在火上煮，岂不是暴殄天物？其时，宜兴的紫砂茶壶已经通过郑和七下西洋等途径流向日本。玉露茶就是要紫砂壶来泡，这一点几乎是当时日本上流社会的共同认识。对于中国人制作的紫砂小壶，日本人非常崇拜。可是，常滑的陶工世世代代只能生产缸碗瓢盆之类的粗货。前面提到的那位平野忠矢先生，以足够的勇气，攒够了船票钱，飘过大海来到了中国的宜兴，站在丁蜀镇的窑场上，他感到一种极大的震撼。龙窑很威武，喷吐火舌起来简直雄伟极了。他在附近租了间小屋，悄悄地住下来。开始的时候没有人搭理他，一个东洋赤佬，语言又半通不通的，这里的紫砂艺人没有愿意跟他玩的。幸亏平野忠矢会些医术，窑场上谁有个头疼脑热的，平野先生略施小技就手到病除。时间久了，大家就慢慢接受这个日本人了。平野忠矢最感兴趣的是全手工打泥片镶接成型的制壶技巧，在他看来这是中国人的绝技，他的国家没有，高贵的玉露茶至今还是用粗陋的茶碗来泡，他很着急。他有一个大胆的想法，就是把中国人请到日本去教授壶艺。

时势造就英雄。金士恒就在这时出场了，几乎所有的历史记载都这样描述：光绪五年，也就是1879年，日本人的记载则是明治十一年，金士恒和吴阿根两人，东渡日本，在常滑市陶瓷产区教授壶艺，在日本引起轰动。

终于，在常滑市民俗资料馆，一个寂寞的角落里，我们找到了金士恒。

两张放大的黑白照片，记录了一双正在做壶的手，而不是一个中国人的面容。那是一双什么样的手啊，出奇地颀长，魔幻般灵巧。为什么日本人不拍他的脸呢？这样的拍摄角度很容易让人想到，日本人感兴趣的，不是他的脸面，而只是他的手。第三张照片是做壶的侧影，日本人强调的还是他的手，但因为他是站着，半弯着腰在干活，拍摄者只能竖拍，所以我们终于勉强可以看到他低着头，半侧着身体的面容了。鬓黑，瘦削，一顶绒线帽盘住了他的辫子，一缕长长的花白的头发荡在他苍老的脸上。

金老前辈，我们来看你了。

我们应该在这里跪下，虔诚地磕头。

岁月久远，履历模糊。原籍徐州铜山县，13岁即到上海，投身于文人官宦瞿子冶门下，研学诗文篆刻，进行着一生中最重要的修炼。瞿子冶是海上名家，精于书画、紫砂收藏并能设计壶款，有"子冶石瓢壶"传世。金士恒在那里学得到的本事想必十分了得。瞿子冶告诫他，紫砂在宜兴，你要真正精通紫砂壶艺，光在上海是不行的。于是他前来宜兴，接通地气且深造壶艺，最终成为一名技艺圆熟的大师傅。他很可能无家无小，即便浪迹天涯亦无任何羁绊。那一段上海阅历对金士恒非常重要，比起那些足不出户的草根艺人，他见多识广，有文化根基且性格活跃，去日本那样遥远的地方，对于一般的紫砂艺人来说，简直是天方夜谭。但金士恒在上海时，就跟日本茶道人士有接触，他把它看作是人生的一次机会。吴阿根能与他结伴而行，想必是那种生死契阔的金兰之交。他们的自信在于各有一手制壶绝技，还有一点非常重要，那时甲午战争尚未爆发，国人心目中，中国乃是世界之中央大国，日本不过蕞尔小国而已。他们上路的那天一定有酒相送，金士恒会对送行的人们保证，他们不会在那个东洋小国盘桓太久，教会了他们制壶的技艺，他们就一定早早回国。

也许在日本人眼里，吴阿根只是金士恒的一名助手，查遍常滑民俗资料馆，笔墨吝啬的日本人只字未提他的名字。

关于金士恒，当时的日本人还是很崇拜的。《常滑市志》认为，金士恒最大的功绩，不光是教会了日本艺人制壶的技艺，而且他还为了适应日本人的审美观，创作出了既保持中国茶壶本色，又符合日本人的喜爱和饮茶习惯的壶艺作品。由此，他们把金士恒做出的茶壶命名为：朱泥急须。朱泥是日本人对紫砂泥的叫法，而"急须"则是日本人过去对酒具的称谓。

在金士恒的照片旁边，陈列着几件由金士恒创作的朱泥作品，其中有一件龙凤陶罐，造型巍峨宏大，雕刻精细微妙，日本人毕恭毕敬地在说明书上写道：此件由金士恒指导创作的作品，后来敬献给了明治天皇。

金士恒版的"朱泥烧"，在常滑的各大窑场不胫而走，收藏者们以能获得一枚金壶而不惜角力。金士恒的影响，还扩大到日本当时其他的几大窑口，如濑户烧、大谷烧、有田烧、九谷烧、清水烧等。各个窑口的头面人物都来常滑与金士恒过招，金师傅江湖历练、不卑不亢，让日本人找不到岔子而暗暗服气。

与在国内不同的是，金士恒的壶，在日本常滑经历了一次

"变脸"，日本人认为，这体现了他的灵活和机智。日本《常滑民俗资料》是这样记载和归纳的：

金士恒在日本制作的茶壶与在国内的作品相比，显得"做工粗糙"，不追求精细。造型简练而不繁复，装饰手法朴素简洁，这符合日本人的审美观，因为日本人崇尚自然，不喜欢过于花哨的装饰。

金士恒特别设计了冲泡日本玉露茶的小壶，颇似中国南方广东、福建一带功夫茶的那种小型壶具。常滑的艺人把金士恒的小壶称为"水滴"，因为它的容量非常小，就像文人、书法家磨墨时用来添水的那种小瓶一样。为什么金先生把壶做得那么小呢？他比较理解日本人。当时的玉露茶非常稀少、名贵，只有达官贵人才能享用，用小壶来泡玉露茶，可以一小口一小口地细细品尝。

金士恒留下的用书法题写的作品名称，一共有四件。分别为："朱泥鞱式茗瓯""朱泥仙春壶""朱泥急须""梨皮急须"。可以想见，这四件是金先生的得意之作，他在常滑期间，主要就是制作这些样式的茶壶，因为他知道，日本人非常喜欢这样的款式。

在上述四件作品中，被称为"急须"的只有两件。那是金士恒融汇了中国和日本两国的茶具特点，既不脱离中国茶壶的造型，又适合日本人的饮茶习惯。

在日本常滑，金士恒出尽了风头，这毫无疑问。他第一次用全手工打泥片镶接成型的制壶方法让那些虔诚的日本徒弟们眼花缭乱。当第一把器型饱满、优雅灵动的朱泥茶壶呈现在人们眼前的时候，他轻松地嘘了一口气，然后，从腰间解下一枚图章，稳稳地打在壶底。

那图章上镌刻着6个大字：大清金士恒制。

这个细节一下子就把金士恒这个人物给撑起来了。

日本人对这枚图章颇为不爽。曾经多次婉转地向金士恒表示，是否可以不打这枚图章？或者，换一枚"常滑制陶"的图章？金士恒说不可，这是他的出处和来路。日本人虽然心里不痛快，但对他的气节很佩服。

金士恒的日本徒弟们非常刻苦，后来成器的主要有3个：鲤江方寿、伊奈长三和杉江寿门。他们跟着金士恒从最简单的打泥片开始，进行着严格的制壶训练。后来金士恒对3个徒弟说，虽然我不能打你们的图章，但今后你们有了满意的作品，可以打我的图章。徒弟们大悦，争先恐后把所制之壶拿来，希望能打上金师傅的图章。但金士恒非常严格，拿来的作品里，凡是他不满意的，那颗图章是不会打上去的。

金师傅对日本人有礼有节，里里外外磊磊落落，一个中国民间的草根艺人，就是用一枚小小的印章，把自己的国家系在腰间。

若干年后，金士恒的徒弟之一鲤江方寿，被日本人誉为陶瓷艺术的奠基人。常滑市中心，矗立着他高大的塑像。人们在仰望他的时候，能想到他背后还有个中国师傅吗？按日本人的气量，不可能为一个中国人塑像，并且称他为鼻祖。宽容地想一想，这里面也有一个民族尊严问题。

1986年，日本常滑市举办了"金士恒展"，所展出的几十件金士恒作品中，大部分是从日本民间征集的珍藏品。常滑市教育委员会教育长都筑万年在开幕式上说：

"自古以来，一直以制造大型粗糙陶器为主的制陶地——常滑，终于出现了像茶具这样精美的陶器，其背后必须有广阔、深远的文化积累，否则就是形式上的模仿，不可能出现制品本身所具有的根本魅力。而指导这一最根本部分的人物，不是别人，正是金士恒先生。"（日本《砂艺掇英》下册）

至少在公开场合，日本人还是给足了金士恒面子的。

当时的常滑市政府甚至还邀请了中国宜兴官方首脑率领陶艺代表团前往访问，代表团成员之一的顾绍培（现中国工艺美术大师）回忆说：日本人对金士恒很重视，评价也很高，展出的作品非常精彩，有茶壶，陶瓶，水盂，也有字画。大多作品都是从民间收藏家手里借的。

从那时到现在，时间过去了30多年，今天的日本人还记得金士恒吗？

在常滑民俗资料馆，我通过翻译孙峰先生与该馆的一位资深馆员中野久晴先生有这样一段对话：

问：您还能提供更多的有关金士恒的资料吗？

答：抱歉。因为金士恒在常滑只待了半年多，所以有关他的资料很少。

问：在日本，有专门研究金士恒的人吗？

答：好像没有。金士恒是战前来日本的，那时的日本人把中国看得很强大、也很神秘。战争之后大家才知道，原来中国并不如想象的那么强大和神秘。从此日本再也不怕中国了，从那以后，日本人把目光转向了西方，不再向中国学习了。所以也不可能出现专门研究金士恒的人了。

中野先生说的那场战争，显然是指甲午海战。在那场屈辱的战争中，中国的北洋舰队以全军覆没的结果宣告失败。从此中日关系揭开了恩怨深重的篇章。

这一番大实话，与日本人在公开场合对金士恒的评价，宛如一枚硬币的两面，融合得天衣无缝，仔细地玩味，真让人警醒得出汗啊。

美国人本尼迪克特在他的《菊与刀》一书中这样写道：

"日本人既好斗，又和善，既尚武，又爱美；既蛮横，又文雅，既刻板又富有适应性，既顺从又从不甘任人摆布，既忠诚不贰，又会背信弃义，既勇敢又胆怯，既保守又善于接受新事物，而且这一切相互矛盾的气质都是在最高的程度上表现出来的。"

金士恒在日本期间，有一个人是不能不见的，他就是东京著名陶艺鉴赏家奥玄宝（一说奥兰田）。此公是个超级壶迷，他多次到中国访问，将集录的32件茗壶图谱，于明治四年出版了《茗壶图录》，洋洋两大卷，从紫砂壶的源流、式样、形状、流把、泥色、品汇、小大、理趣、款识、真赝、无款、衔捏、别种、用意等娓娓道来，共14章，文辞颇多妍丽，见识则十分别致。32件茶具均被他作了拟人化的命名，如梁园遗老、倾心佳侣、凌波仙子、卧轮禅师，等等。通篇洋溢着一位熟谙中国传统文化和东方审美观的日本士大夫的紫砂情怀，金士恒十分敬重这本书，他们的见面是应该互赠礼品的，金士恒的袖中，想必藏着一把精巧的壶，当然是从中国宜兴带来的紫砂壶。当奥玄宝接过这把壶的时候，他看到金士恒的笑容里，有着紫砂一般的质感，朴憨中尽现灵韵。

金士恒和吴阿根真的只在日本常滑呆了半年，就匆匆回国了。从情理上说，半年时间是短暂了些，中国人有句古话，"梁园虽好，终非久留之地"，无论如何，金士恒和吴阿根不辱使命，教会了日本人"打身筒"制壶法及壶体陶刻的装饰技法，使得当地的朱泥技术有了突破性进展，并且出现了小型精巧的壶艺作品，被史家认为是日本制作宜兴风格的朱泥茶壶之始祖。

后来，这里的人们欣喜地发现，金士恒还有新的作品在日本登陆，那是一些以汉代古瓦、铜镜为题材的大体量茗壶，工艺非常精致。人们由此确信，金士恒回国后仍然健在，他的壶艺已经恢复了原本的中国风格，那些壶表情淡定，蔼然自若，更具长者风范，那应该是他晚年生命依然旺盛的有力注脚。

在樱花妖冶盛开的深处，有通向古老登窑的蜿蜒小径，我们一路走去，满眼皆是金士恒的身影。鳞次栉比的陶瓷作坊高扯着黑白相间的旗幡，晃荡在和煦的春风里，仿佛在追忆一位远行的故人。我们来过了，便不曾离开，因为这里的每一寸土地皆有一位紫砂祖师的脚印，他洒脱地离去，留下的呼吸当与浩荡的清风同在。

金士恒的传世作品不多，但他的名字已经牢牢钉契在中日民间文化交流史上。吉林出版社出版的《紫砂鉴赏》一书，刊登了金士恒的两件《日本常滑对壶》，应是金士恒在常滑的率性之作。那两把壶直流冲天，壶钮如冠，壶把如弓，似团团如坐，如默默凝视，泥色呈黯肝色，沉郁而自如；那应当是金士恒的精神所在。

一百年、一千年过后，壶在人在，永不磨灭。

附记：

最新研究资料表明，当时金士恒赴日本时，并无"吴阿根"陪同，此属民间谬传。

2015年夏天，日本常滑市陶瓷代表团访问宜兴，两国民间艺人再度坐到一起，缅怀100多年前的那位故人。

任淦庭：道器合璧

紫砂的风雅，在于名士与名工的结合。

先说名士，近代以来，科举制度退出历史舞台，传统意义上的文人士大夫阶层慢慢地分崩离析，真正意义上的文人士大夫也渐渐消失了。譬如，今天意义上的知识分子，已经没有了以往文人士大夫的知识构架和文化趣味，一个工科的博导，也许连毛笔也拿不住。所以，名士的缺失，让紫砂壶少了许多知音级别的参与者；再从"名工"的角度说，今天的紫砂艺人，在学历、眼界、交游方面比过去的老艺人占有较多优势，但在情怀、学养、心境方面，则不如前辈们优游、深厚、静穆；也就是说，紫砂壶的文人气，并不是简单的茗壶加书画。文气，是靠才情加岁月慢慢滋养的。如果要在紫砂近代历史上寻找一个既有文人气脉，又善书画、精壶器，刀笔俱佳、德艺双馨的艺人，当数任淦庭。

任淦庭出生于1890年，任家是世代书香门第。但任淦庭幼年的时候，已经家道中落。他只读过3年私塾，史料称他家境困难，无钱购买笔墨纸砚，时常席地而坐，以树枝写字作画。这有点像古代传奇话本里的落难公子，但任淦庭的故事里没有红粉佳人。他15岁拜紫砂雕塑名手路兰舫为师。路兰舫在当地算个名流，不仅擅长雕塑，还有一手书画绝技。江南农村的艺人常常是这样的，一袭旧而不破的竹布长衫，尘土满面地沿着太湖地带，穿街走巷谋生、走州过府交友。任淦庭的行头，应该就是路兰舫身边一书童，若说混口饭吃，那也容易，师傅吃什么他也吃什么，但一不小心，就会落一身江湖习气而手无寸艺。

然而任淦庭是个明白人。然而任淦庭过眼不忘且心灵手巧。跟着路兰舫，他不仅学到了一手雕塑、陶刻本领，还能帮着师傅在上海为一些剧团绘制布景。

一日为师，终身为父，坊间流传的一个故事是这样的：任淦庭的恩师路兰舫在上海突发急病，眼看着就不行了，就捎信给徒弟任淦庭和陈少亭，要他们速来上海接他回家。按江南习俗，人不能死在户外，更不能殁在外地。任淦庭和师兄陈少亭赶到上海，师傅只剩一口气了。他们用棉被将师傅裹紧，驮在背上。到了苏州河边，租到一条专门装载结婚喜庆之用的"毛旗划船"，船家问：背的什么人，怎么话也不说？任淦庭说，我家师傅染了风寒，不舒服，他本来话就不多。船家有些疑心，这一行最忌讳载死人，怕以后接不到生意，兆头不好。但看到两个徒弟还附上去跟师傅小声说话，不好再说什么。上船之后，路兰舫就断气了。任淦庭和陈少亭忍住悲痛，一会儿往船舱里送茶水、毛巾，一会儿还跟师傅搭个话。一直到宜兴河埠，任淦庭把已经僵硬的师傅驮在背上，用被单蒙着脸。陈少亭还扯着嗓子说，师傅哎，咱们到家了，师娘包了肉馅团子在等你呢。直到跟船家结完账，等船开走，两人才放声痛哭。

这个故事好就好在"演戏"的细节。任淦庭一生是个老实人，从来不说一句谎话。这出戏没有预先编排，完全从感情、人性出发。说实话，就是待自己的父亲，也不过如此。这就是民国时期师傅与徒弟关系的真实写照。

任淦庭也有毛病，他耳朵不好，虽不失聪，但听人讲话，时有障碍。有时师傅关照他什么事，说一遍，听不清楚；师傅不耐烦，骂人；又说一遍。因为被骂，故记得牢牢。有时候别人当面议论他，以为他听不到，没想到他一留心就听到了，但任淦庭能沉住气，装聋。故谁也不知道他的秘密。这是生活赐予任淦庭的意外收获。慈禧太后有句名言，不知是福。别人背后骂你，你没听到，这是你的福气呢！后来任淦庭干脆自诩"大聋"，遇到他不愿回答的问题或不想表态的事，他就装作没听到，等于给自己穿了一件防弹背心。"大聋"的还有一个好处，就是心无旁骛。人生苦短，年华有限，做自己的事情，让别人去烦吧！

任淦庭的机智造就了他人生的转折，看准一个机会，他转投到宜兴吴德盛陶器行老板吴汉文的门下，从这时开始，他的陶刻、雕塑生涯才有了发端。

　　但问题又来了，任淦庭是左撇子，写字作画皆用左手，吴汉文要求他改用右手，常人要改变自己多年养成的习惯非常难，但任淦庭一口答应。没过几个月，他竟学会了用左右手同时书画雕刻的本领。特别是在同一器具上刻画成双成对的飞禽走兽时，他可以左右开弓、对称作画雕刻。而且布局别致、形象生动、栩栩如生。可以说是开创了陶艺一绝。

　　任淦庭外相羸弱，性格内向，内心则世事洞明，深谙民间百姓祈福迎祥的心态；他通常选择中国民间吉祥图案为题材，四时八节，无所不精。他完成的每一件作品，都蕴含吉兆，让人喜欢。譬如，《喜上眉梢》《百鸟争春》《和合如意》《麒麟祥瑞》等。买家掏了钱，把心愿也买回去了。这一点任淦庭看得很准。同时，他擅于把内心对生活的真切感受，描绘、刻写在各种紫砂茶具、花盆等陶坯上，于是那些器物得了他的心声，便有了神韵。

　　跟一般江湖艺人不同的是，任淦庭的书艺独有师承。他的出处是清代末年宜兴书画家、金石家陈懋生、陈研卿等。他特别注重写意笔墨的线描变化，讲究各体书法、文学诗词，辞章与短句，使陶刻装饰与紫砂的艺术风格和谐而又协调。他雕刻的书法，刀锋灵秀而遒劲苍朴；真草隶篆、各具风格。尤以大篆和古隶见长。图画随意刻绘，自成章法。

　　任淦庭的时代，没有一手绝活是难以立身的。有人曾经这样来试验他的陶刻书画功力，把一对花瓶放在他面前，让他同时作画装饰。他双手举笔，运足一口气，说时迟，那时快，他左右下刀，同时对称作画，布局匀称舒坦，分毫不差。

他在紫砂壶上的代表作品《牛盖洋桶》，铭文为：色到浓时方近苦，味从回处有余甘。现存的各种介绍任淦庭的资料，都会选用这件作品，牛盖洋桶壶，是近代紫砂传统式样。旧时洋铁桶刚从国外进口，国人非常稀罕，紫砂艺人乃取其形状为壶，是当时的一种时尚，同时该壶工艺要求非常高，非高手而不能为。

任淦庭的得意弟子徐秀棠回忆说，师傅一生清贫，但从来向往光明，无论生活多么艰难，但在他的作品里，你总会感到，生活是美好的。《婆媳上冬学》《解放一江山岛》即是他追随时代的作品。

解放后，任淦庭非常拥护新社会，这并不是他趋炎附势，而是共产党看重他，给他面子。有个善意的笑话是这样说的，当时，工人群众一般都穿布鞋或胶鞋，有些干部，会穿那种走路很响的皮鞋。任淦庭对皮鞋声音很敏感，一听到那种很响的皮鞋声音，他就忙着站起来迎接。有一次，年轻的窑工吴树林，意外得到一双亲戚转送的皮鞋，故意到任淦庭的工场里去"显摆"，任淦庭正在专心致志地刻字，听到皮鞋声音，回过神来已经晚了，来不及细看，赶紧迎上去招呼，一看，竟是个小青工。周边的人，忍不住笑翻。任淦庭当下有些火，说，小子，怎么可以开这种玩笑。吴树林说，任先生，我又没做什么，不就穿双皮鞋么。任淦庭是个厚道人，最后也就笑笑，不了了之。

他和顾景舟等7人被省政府评为"技术辅导""老艺人"，他的作品被送到苏联、捷克和斯洛伐克等国家展出，不断有博物馆来收藏他的作品。任淦庭的日子过得不错，就像登山，抵达相当的高峰后，猛然发现，看到的都是风景了。各种荣誉像雪片一样飞来，其中他最看重的，是"中国美术家协会会员"的头衔，在他看来这是国家正宗的艺术家机构，在江苏，只有像傅抱石、钱松岩、亚明这样的大画家才能加入其间。也许是紫砂在民间呆得太久了，加入了"美协"的任淦庭非常感慨。他觉得新社会真好，紫砂的地位确实提高了。

日常生活中他已经不需要装聋，绝对没有人敢怀疑他的权威。他随便说一句什么话，都会被极度重视。他反而不太习惯，他一生是个出世的人，从来与名利无缘；荣誉多了，也有烦恼，劳心劳神。但他又不敢推辞，因为这是新社会给他的恩赐。

任淦庭这一生最大的功绩，是培养了一大批有出息的徒弟。在一张长长的徒弟名单上，赫然排列着徐秀棠、谭泉海、毛国强、沈汉生、咸仲英等大师、名人的名字。何以称大师？至少，一、有传世的作品；二、有开宗立派的理论；三、培养了众多成大器的人才；四、作品与理论对后世有较大影响。任淦庭逝世于1968年，他没有赶上评大师的年代，但他确实培育了众多的大师。如果他知道，今天"大师"这一名词已在人们嘴边泛滥，而真正的大师却寥如晨星的时候，他老人家还能装聋吗？

裴石民：风雅颂

"裴先生到！"

说的是蜀山脚下一家老茶馆，茶客皆乡亲；谁来了，谁走了，谁走了又来了，没有人在意。但是，裴先生来了，堂倌是要吆喝一声的，他这么一吆喝，许多茶客就站起来了，这是多大的礼数啊，是谁呢，这么牛！

是裴石民先生。大家都这么尊称他。紫砂艺人里，从古到今，被人们称为先生的，除了一个任淦庭，就是裴石民了。

早年，他是紫砂艺人中第一个去上海做仿古壶的。当时，上海有个魔术大师莫悟奇，是个铁杆壶迷，专门把裴先生接到家里制壶。裴先生并不喜欢莫悟奇的魔术，但莫先生非常宝贝他的壶，单是运壶坯，从不敢用车拉，怕摔坏了，专门雇了小木船送坯。裴石民月薪60大洋，他是个性情中人，一感动，把做好的壶坯打上莫悟奇的印章，让莫先生乐一乐；江湖上的人却只认裴石民，一看到"悟奇制壶"的印章，大家就笑，说这个出把戏的莫悟奇，又在捣浆糊！

　　裴石民喜欢上海，一呆就是近20年。他给几家古玩店仿制古壶，见过的世面，用上海话讲，多得一塌糊涂。他喜欢看梅兰芳的戏，据说，一张戏票10个大洋呢，当时的10个大洋是什么概念？可以买两间砖房，可以买许多头牛。有人替他着急，乖乖，裴先生看一场戏，十几头牛逃走了，若是折换成鸡腿，足以啃大半年呢。裴先生哈哈大笑，喜欢，有什么办法？就算你能挣100大洋，你能舍得看梅兰芳的戏么？这叫气度，没有气度的艺人，就是匠人一个。

　　20世纪50年代，文盲很多；裴石民却长年订着一份上海的《新民晚报》。他看报时别人不能打扰的，有人拿他的报纸包油条，他气得苦笑，说：焚琴煮鹤！

　　别人问裴先生，做壶有什么诀窍，怎样才叫绝活？他说得漫不经心：工艺工艺，工在先，艺在后；心先到，手方能到。一件东西，你能做出别人没有留意的特点，那就是所谓的绝活了。

　　平时，裴先生总是一身笔挺的哔叽中山装，一条长围巾，皮鞋擦得雪亮。夏天，爱穿白竹布短袖衫，尖角领；镂空皮凉鞋，依然是笔挺的行头。那种时尚，在当时的"红色年代"，换了别人，即使有这样的条件，也不敢这么穿戴，裴先生不怕。因为他资历摆在那儿，还因为他什么都不在乎。他特别爱"玩"，冬天，怀里焐着一个蟋蟀罐，紫砂的；春天，为了一盆兰花，与人争夺，最后只得到半枝无根的兰花，插在花瓶里，一样蛮开心。

他家里有3件宝：法国鹦鹉，拇指仙人掌，还有一件，是他早年的得意之作洋桶壶。只有他看得上的人，才能上他家，喝茶赏宝。

裴先生早年出过大风头的。其一，是给民国老人储南强收藏的供春壶配盖，那壶乃稀罕宝物，缺了壶盖而沦落风尘，被储南强从苏州地摊上觅得，黄玉麟曾为其配盖。著名金石家潘稚亮撰文记述：

"作壶者供春，黄玉麟误为瓜，五百年后黄宾虹识为瘿，英人以两万金易之而未能，重为制盖者石民，题记者稚君。"

稚君即潘稚亮，宜兴人，民国金石圣手。他把这段文字刻在裴石民配制的壶盖上，有画龙点睛之妙。此壶现今在中国历史博物馆里，占着一个绝代风华的位置。

裴先生还给圣思桃杯配托。圣思何人？乃是谜一般的半仙道人。他留下一桃形杯，紫砂界的人，将其看作"维纳斯"一样神秘的圭臬之作。古往今来，谁敢给此杯配托？潘稚亮用他的刀笔小楷，在"杯托"上留下12行文字：

"圣思，相传为修道人，姓项，能制桃杯，大于常器。花叶干实无一不妙。见者不能释手。廿年前，简翁得此于燕市，归而宝之。杯底小损微跛。名手裴石民，时方以第二陈鸣远名于世，善为前人修旧……今岁复以鄙请，为此杯加一外托……"

裴先生的绝技在于，他把杯托的托盘做成古树之树瘤状，痈节苍劲，简直天荒地老；树皮的纹理逼真而气韵生动，杯托与桃杯，无论色彩对比，动静对比，韵律对比，内涵对比，皆体现了东方美学的追求。

裴先生喜欢小动物，养过猫、金鱼、松鼠、鹭鸶、猫头鹰等。一到秋天，他就无心做壶了，斗蟋蟀，用月饼换别人的好虫。"文革"期间，他居然还敢养鸟，那鸟金黄毛色，嗓音拖声很长，有点像当年上海法租界里的金碧女郎。他给鸟起了一个雅号："法国芙蓉"，红卫兵质问他，他悠然回答：这鸟是法国的贫下中农，你们敢禁？一句话喝退那帮毛头小伙。他性情活跃，从不拘泥什么，随手做下的紫砂小品，如春蚕、松鼠、田螺、螃蟹等，无不惟妙惟肖。他模仿陈鸣远的花器作品几可乱真，有"鸣远第二"之美誉。同时，他具备驾驭各种形款紫砂器件的能力，除茶壶以外，文房雅玩，杯盘炉鼎、花盆假山等，简直无所不能。

裴石民喜欢玩，但并未耽误制壶。在别人眼里，他随便那么一捏，就是一把好壶。看似轻巧，内里则如有千钧辎重。他名作等身，所制壶款不断变化、标新立异。20世纪50年代，他是七大老艺人之一，"老艺人"在当时的年代，已是相当高的称号了。

裴石民无所谓，反正大家叫他裴先生。

1953年9月，裴石民的《松段壶》在华东民间美术品观摩会上获得优秀奖。此壶以一截苍松为壶身造型。树皮斑驳、历经沧桑；一壶四杯全部用松段装饰，遒劲古雅、浑然一体。他的另一件代表作品"五福蟠桃壶"的壶体椭圆如桃形，光洁可人，色泽温润柔和，就像一只丰满诱人的蜜桃。壶盖上盘屈陶枝、缀以桃实。壶身的桃叶间缀有五桃，旁边有蝙蝠飞翔。体现了中国民间审美的意趣。他的《高吉壶》《牛盖壶》《素裙壶》等，都显示了裴石民对大自然的观察细致和写实造型能力。

《鱼罩壶》，也是他早年的一件得意之作。

寒江独钓，也许是裴石民喜欢的意境吧。壶盖，大于壶口，像一个蓑笠翁，那是大写意。那钓翁，也许就是裴先生自己。早年，裴先生想必读了好多书，东篱之下，南山之前，采菊徜徉，真意悠然，那才是裴石民理想的生活。壶嘴，自然是钓竿了，那是姜太公的钓竿。收获的，何止是鱼？是烟霞风帆，水云沙鸟，雨雾雪月。

壶把，似躬背。那是虔诚之背。无鱼而有乐，足矣！裴石民把壶取名《鱼罩》，似有些漫不经心。江南的渔船，船尾都有一个鱼罩，那是装鱼的器物。但裴石民的心思，并不在鱼罩上。牧童牛背，暮云春树；龙在海中游，鹤在云中驻。这些，才是裴石民向往的境界。

　　清水泥。是裴石民喜欢的一种纯度较高的紫砂泥。浅栗色，烧成后养壶一周，即温润凝重，呈玉色气。

　　《鱼罩壶》表现的，是一种旷达而萧疏的意境。裴石民善于造境，写境，那是他的心境使然。士林高风，壶界懿范，裴石民当之无愧！

　　许多年后，裴石民的后人给他出了一本厚厚的《石民冶陶》，那本书真好，不但记录了裴石民一生的作品，还有好多珍贵的老照片，裴石民在所有的照片上均优雅洒脱，一派名士风度。据说，他的浪漫才情一直保留到临终前，他用最后的力气垒了一座紫砂假山，也许那是他梦中的蓬莱仙境，也是他来世安居的地方。

吴云根：云深何处

在20世纪50年代的7个老艺人中，吴云根是条身材魁梧、力大无比的汉子。据说他一顿能吃六七个鸡蛋，外加3大碗米饭。他平时喜欢练习甩石锁、举石担，练就了一身武功。有了些功夫的人，拳脚总痒痒，路见不平之事，吴云根当然要拔拳相助。年轻时，应该少不了英雄救美的故事。艺徒们常常凑了钱买酒，想听听他当年的罗曼史，吴云根终于开讲了，说了半天，竟又是赵子龙百万军中救阿斗。徒弟们一个个泄了气。吴师傅如此不解风月！

在紫砂业萧条的那些年月，吴云根的身影经常出没在搬运的脚夫队伍里。一个男子汉，若不能养家糊口，乃一大羞辱也！年轻时，他还和朋友远赴山西平定县的一家陶器厂传授陶艺；某日，阎锡山得到下属送来的一把紫砂壶，那壶仿佛千年老僧，吐纳着绵绵古意。又一日，阎锡山召见他，称赞他的壶，还请他吃了一顿饭。这些事情吴云根从未炫耀，但许多年后，竟成为他的罪状。后来，他又受聘于南京中央大学陶瓷科，在那里结识了紫砂职业教育家、设计家王世杰，并参与创办了"省立宜兴陶瓷职业学校"，那等于是紫砂人的黄埔军校了。吴云根的一生中，唯有这段时间是穿长衫、吃粉笔灰的。他一直可惜，穿长衫时拍的照片，由于战乱，都丢失了。

600年紫砂一直在民间徜徉，从来没有自己的理论。吴云根在中央大学时，写下多篇紫砂讲义，阐述制壶体会。那时的人，不大在乎功名，否则吴云根的讲义完全可以编成一部书，但他从来不提。那些珍贵的文字，白云苍狗，早已湮没在岁月的深处了。

吴云根生性耿直，脾气倔强；见到不平之事，总是仗义执言，主持公道。另一方面，他又心地善良，仁慈待人。一次，紫砂厂安排他去无锡鼋头渚疗养，鼋头渚在远郊，他在无锡车站下车后，雇了一辆黄包车前往那里，他刚上车就要求下来，他心软，见不得车夫那么气咻咻地在前面死跑。最后，他只把一只随身带的小箱子放在车上，自己跟在黄包车后面，一边小跑还一边推车，与车夫拉扯家常，车费2元钱，他硬塞给车夫5元，此事一时成为美谈。

吴云根的制壶风格温厚稳重、光润内蕴。他擅长光器和筋囊器创作，尤其是以竹入壶，自成一家，独具风貌。古往今来，竹子多被文人墨客作为书画题材。吴云根的竹形紫砂壶既不失紫砂肌理，又撷取了竹子的风骨和气节，清奇俊朗、灵动韶秀而无雕琢之气。他的"紫大竹提梁壶",泥色近如成竹,壶身饱满挺拔,以竹节制成壶嘴,并辍一小竹枝于壶体,疏密有致;竹叶如风吹拂,以曲折的带叶的小竹根作为壶盖的纽,以细竹枝弯成方中见圆的提梁,竹节的纹理、竹芽的点缀都显示出细腻逼真的效果。

他的另一件作品《线圆壶》,乃中年时的力作。尤见他对方圆之道的领悟。壶为铁青泥色,朴雅从容。壶腹扁圆而不坠,有金石彝鼎气度。短弯流,克盖如鼓,丰而不腴;宽弧壶钮,大环壶把,是大唐之美,尽显雍容之态。一根如意凸线梗贯穿全壶,宽窄适度,如行云流水、一气呵成。吴云根曾对徒弟说,这一根线条,如壶之魂魄。以笔者之见,此线若妙曼精灵,乃九命一悬,它不可虚浮,亦不可僵滞,它是虚之实、实之虚,是隐逸的游走,是诗思的微吟,是幽深的佳境,是静穆的天籁。中国古代儒道讲究融通浑一,《线圆壶》从器型到神韵,无不体现此道。

吴云根在"文革"中饱受摧残。对于当时的造反派来说,吴云根绝对是条可疑的大鱼,你想,一个紫砂艺人,竟然跟阎锡山吃过饭,还在国民党的中央大学里任技师,太反动了吧!后来他们还了解到,吴云根年轻时,居然还当过几天伪保长。这在当时,是很严重的"历史污点"。如此上挂下联,吴云根简直十恶不赦。许多事情,吴云根自己和造反派说不清楚。许多人变得不敢接近他,以致他产生一种错觉,自己在这个世界上,是个多余人了。当时他身体也变得极差，由于年轻时患有腿疾，一根钢筋经常在他的腿部作怪，有时候疼起来简直要命。这样活着，莫如去死。他这样倔强的性格，可杀不可辱，只能在极度苦闷、痛苦中寻求解脱，最后死于非命。他是唯一没有寿终正寝的壶艺高人。

附记：

本篇完成后不久，应邀参加宜兴紫砂工艺厂《吴云根紫砂作品》一书首发式。场面宏大而隆重热烈，书亦出得大气漂亮，遗憾的是文字偏少，尤其是记述云根老人历史的文字几近寥寥。中国人习惯于对"死"的回避，让许多有话要说的人们总是闭上他们原本应该述说的尊口。于是这本厚而不重的大书，充其量只是一堆珍贵的资料。

王寅春：仁者归来

王寅春常说，当年若是遇不到潘稚亮，也许就不会有后来的造化。中国人非常看重造化一说，一切因果，皆从造化中来。王寅春以为，他一生的起点，就从那造化开始。

说一则老故事。

70多年前，宜兴蜀山西街，一家不起眼的小茶馆里，一位名叫王寅春的紫砂艺人，遇到了一位贵人——著名金石书画家潘稚亮。潘公精通书法篆刻，在金石书画界素有"切玉圣手"之美称。这次一见如故的会面，对王寅春以后成为壶艺大家的影响十分重大。潘先生很欣赏王寅春的壶艺，告诫他要走自己的路，决不要拘泥于古人，要从一个只会摹仿前辈作品的工匠，转化为有自己风格的艺人，首先要敢于在茶壶上署自己的名字。潘公还给他刻了一方"王寅春"的印章。

那次谈话，对于王寅春来说，简直是醍醐灌顶。那一方印章，一直在王寅春心头占着一个重要位置。这枚弥足珍贵的印章也伴随着他，直到走完自己的艺术人生之路。

王寅春的长子、江苏省工艺美术名人王石耕清晰地记得，1934年，一位日本客商，向当时的吴德盛陶器公司订了300只紫砂花盆，时间限定2个月。吴德盛一看时间上来不及，就把这批花盆推给了他父亲。这在当时，是一笔很大的生意。但时间这么紧，谁也不敢接。王寅春胆子大，把单子接下了，他苦思冥想，设计出了一种紫砂挡坯模型，这样，效率提高了一半，终于提前完成了这批花盆的制作，由此开创了紫砂陶生产使用模具的先河。日本人很惊讶，几次来打听模具是如何制作的。王寅春一听日本人来了，赶紧把模具拆了，锁上门，去了乡下亲戚家。后来，人们把它看作是紫砂工艺史上的重大革新之一。

王寅春少时学艺，颇为艰难。他父亲王金宝，将他托与上袁村紫砂名手赵松亭门下学艺。但赵松亭不知什么缘故，转身就把王寅春交给作坊里的一位艺人金阿寿，那金阿寿技艺实在不敢恭维，只会做些"行货"（日用品），且性情暴躁，经常无故找茬，叱骂寅春。这样很快3年过去了，王寅春学到的壶艺少得可怜，赵松亭看了王寅春的壶，觉得太差，根本就不是做壶的料。于是某一日吃饭的时候，他客气地给王寅春撩了一个"黄雀包"，王寅春一看，饭也吃不下了。江南旧俗，辞退伙计一般不便直说，老板总是在吃饭的时候，给要辞退的伙计撩一块用豆腐皮卷成铺盖样的肉卷"黄雀包"，意思就是卷铺盖走人吧。

但是，王寅春最终没有走，倒不是其父为他说情，而是他通过了赵松亭临时布置的考试，或者说，在最后的关头，赵松亭发现了他的潜质。

是春笋总要发芽，就是石板也压不住；从此赵松亭处处留意他，指点他，还为他刻了一方印章"阳羡惜阴室王"。惜阴，珍惜光阴也。逆境中的王寅春一直把这方印系在腰间。到1920的时候，王寅春已经脱颖而出，以一款"朱泥水平壶"闻名，那壶泥色红润，胎薄而轻巧，放入水中，似轻舟缓行，极为平稳。壶客趋之若鹜，上海的铁画轩也来请他制壶，后来干脆把他接到上海，这样王寅春的命运又有了转折。

王寅春在上海除了仿古壶，时有新作问世。其中有一款"倒把西施壶"，至今仍是紫砂界公认的经典之作。那壶似圆腴丰盈的少女乳形，饱满而富于张力，流溢着一种蓄势待发的气韵。后来王寅春跟窑场上的工友聊天吹牛时，无意间谈到"倒把西施"借鉴女性乳房特点，表现一种丰腴之美，并说起外国女性与中国女性体型之区别。窑工们起哄，说他当年在上海肯定开过洋荤。王寅春认真地说，一讲到女人你们就乱想，没出息！我们这些民间艺人，从未上过素描课，见的世面太少，做来做去就那几个壶样，怎么去创新啊？

可惜王寅春不识字，无法接受更深刻的美学理论。但他在上海的数年间，见多识广，历经磨练，基本具备了一个壶艺大家所必须的条件。

　　王寅春无论紫砂光器、方器或筋囊器，堪称样样精通。特别是筋囊器创作，有开山人之称。其技艺达到了后人难以企及的高度。他的《半菊壶》是壶界公认的筋囊器经典作品。通体洋溢着韵律的美感。壶身那一瓣瓣镶砌的长条形块面，气韵饱满生动；是筋囊器中的扛鼎之作。《汉均壶》和《裙花提梁壶》《梅花周盘壶》等作品，既有苍劲刚道、挥洒自如的风韵，又有融庄重与飘逸共美的特点。壮年时期，他的新作很多，有的来不及起名，便以"寅春壶"问世。收藏家们有点像守株待兔，住在他家附近的客栈里，只要他的新作品一出来，大家就趋之若鹜。

　　在7个老艺人里，王寅春与顾景舟关系好，因是同村邻居，两家就隔一堵墙，彼此谙熟。王寅春壶艺精良，门上壶客如云，让年少的顾景舟很是钦羡。偷艺，用的是眼睛。看进去了，就是自己的了。王寅春早年，也有在上海仿古的经历，年纪比顾景舟大18岁，如同宽厚长辈，王给了顾很大空间，他们之间的交往，从来不须设防。有一个细节，可以表明他俩的关系。当时带班课徒的老艺人，基本上是各带各的，互不过问。顾景舟却常到王寅春的班上串门，抽根烟，聊聊天，看到有的艺徒操作不够规范，顾会上前纠正。有时，把这里当成自己的工场，转转，看看，说说。若这时有艺徒上前请教，他一定会耐心讲授，一直说到你听懂、会做为止。王寅春看到了，并无异议。作为老邻居，他几乎是看着顾景舟长大的，有时开玩笑，叫声小景舟，顾绝不会生气。早年王寅春家出售的礼品壶，有时还借用顾家的"自怡轩"印章，因为，客户认它。他自己文化不高，对顾景舟的文化素养很佩服。在他眼里，顾绝对是个天才。

《串顶壶》，是王寅春晚年的一件力作。整个器型就像一个端坐的仁者。低眉，静目。怀想那风云际会，万籁俱寂。可以想象，王寅春制作该壶时的心态，应该是平和静穆的。那种波澜不惊的柔板风格，贯穿了器型的每一个细节。平宽底，鼓腹，圆盖，曲弯流，嘴口朝天；壶钮如帽缨双环相串，谐趣盎然。从头到尾，自有一份恬淡从容。仁者走遍天下，洗尽铅华；沧海白云，心间流过。甲已卸，剑无刃，胡茄寂寂而丹心无眠。该壶何以不是王寅春自己一生的写照呢？少年自上袁村出道，淞沪仿古，一举成名；壮年入紫砂厂，为七大艺人之一；课徒，言传身教；创作，穷经皓首。心伴窑火，千度成陶；作品等身，蠡河作证。绚烂固美，平淡则大美无痕。

这便是《串顶壶》，锋芒褪尽，素朴内敛。仁者归来，入定即是百年。世间炎凉，一切随缘吧！

朱可心：报春

1972年，"文革"已经进退维谷，紫砂行情仍在低迷中徘徊。暮秋的时候，有消息自北京来，在周恩来总理回赠日本首相田中角荣的国礼中，选中了一件别致的礼品：可心梨式紫砂壶。它的作者，就是近代紫砂巨匠朱可心。

这一年，朱可心已经68岁。人们纷纷前来祝贺他，他只是平淡一笑，历经了太多的风云变幻，他早已做到了宠辱不惊。

朱可心擅长紫砂花器。他家道贫寒，成名却很早。1932年，他制作的紫砂"云龙鼎"和"竹节鼎"参加百年一度的美国芝加哥博览会，获得了特级优奖。那时的艺人突然获得一个国际大奖，就像用小鱼竿从河里拉上来一条大鱼，一时不知如何是好。朱可心一直以为搞错了，后来得到奖状，才如梦初醒。

竹节鼎，乃是焚香之器具。鼎身取一节竹段样，清晰而有致；四周浮雕竹叶，三只鼎脚仿两根细竹盘曲而成。鼎盖用镂空竹叶制作，三根竹节分衬其中，一枚古钱饰于中心，鼎的背面居中镌刻着"万年宝鼎"四个李斯小篆。此鼎清韵流溢，高古而典

雅。若燃香一炷，袅袅清气，梵音悠远。在送往美国参展前，此
鼎曾在上海蓬莱市场预展，时逢宋庆龄女士来观摩，见到竹节
鼎，如逢故友；当即以500英镑预订。此鼎获奖后，宋庆龄更是
高兴，在她看来，获奖的不仅是朱可心，还有她的眼光。

云龙鼎的构造一样可圈可点。龙行江湖，风云际会，这些中
华民间的吉祥文化符号，在朱可心的精心设计下，变成壮丽非凡
的画卷，在一只紫砂陶鼎上演绎着传奇：层层波浪烘托着一轮红
日，苍龙则在水面欢腾跳跃，天际祥云缭绕、五彩缤纷。温暖的
大俗大美，有一种特别的魅力，民间艺人的想象力与表现力，常
常让学院派的先生们感慨不已。

朱可心身上有一种与生俱来的文人书卷气。其实他学历甚
低，14岁的少年出门学艺，充其量高小毕业。他们那一代人最可
贵的品质就是执著、认真，所谓的凿壁偷光、滴水穿石，讲的是
一种绝非急功近利的修炼境界。少时，以编织草席为生的父亲请
风水先生给他取名凯长，旧时江南乡间，这个名字比什么寿根、
金宝之类文雅多了，但他发蒙之后自己改名可心，乃取"虚心
者，可师也""山中一杯水，可清天地心"之意。

解放后朱可心一直在感恩。他自比枯木逢春，真心诚意地
为新生的政权歌德，新社会确实给了他从未有过的尊严。他创作
"云龙壶"，就是为了表达自己"鲤鱼跳龙门"的心情；他还特
意创作了一把"万寿壶"，献给毛泽东诞辰；之后创作的"报春

壶"，则与毛泽东的咏梅诗有"唱和"之寓意；他还把毛泽东的诗刻在壶上，反复地表达着一个草根艺人的虔敬心迹。在他看来，毛主席就是当今的皇帝，而且是人民的皇帝。"彩蝶壶"的造型与线条非常浪漫抒情，从壶型看，取花香蝶至之意，花蕾结于盖顶，蝶扑于花蕾之上为盖钮，以简托繁，有壶静蝶动摇藤卷叶之势。实际上它折射出了朱可心的"心随蝶儿上九天"的喜悦心情。

平心而论，20世纪50年代，人与人的关系比较简单，紫砂艺人都在厂里拿不高的工资，所作之壶全部归公。紫砂界就像一个金字塔，大家的才情和手艺都在那里摆着，你知我知；那时紫砂壶几乎没有民间交易，也没有今天这么多的拍卖会、博览会；没有今天这样名目繁多的职称与奖项；没有人因紫砂而发财，所以也没有代工、枪手、壶贩一族。不用功的紫砂艺人很快会被淘汰，因此谁也不肯落后。7个颠沛流离的老艺人聚到了一起，漂泊了半生的心终于定下来，他们一边创作一边课徒，日子过得非常踏实。为什么今天的人们一说起那个干净的时代，就会肃然起敬？实在值得深思。

朱可心一生最重要的壶艺作品当是"报春壶"。

到20世纪70年代，朱可心虽然经历了诸多政治运动，但因为他人品好，政治上进步，又是党员，所以并未受到太大冲击。他经常外出开会，时而北京，时而南京，用他自己的话说，规格一直偏高，有时严重偏高。基本上他已成为紫砂界的一块金字招牌。朱可心有时很开心，无论如何，存在感、成就感都有了。但有时难免惶惑，太多的荣誉让他承受不起，那时的会议政治术语多，这个会那个会，脑子里经常乱成一团，他怕说错话，给紫砂艺人丢脸，对组织也没有交代，后来把他搞进厂党支部，等于进了"班子"，经常要决定一些厂里的大事。他心里不托底，自己终究是个捏泥巴的，管人这一行，他生疏得不行，得罪人他更不愿意。说到底艺人的本分还是要做壶。他自己心里或许清楚，顾景舟没有他红，作品也没有他多，但人家做一件是一件。将来要论传世作品，到底谁笑到最后，还真难说。

创作"报春壶"时，他已年近70岁，但他内心涌动着一股春潮。这是朱可心的一次发力，一生的积累，像重锤一样，轰然落地。此壶以小型竹节的心形为壶体，有一种脱俗的端秀之美。为了表现梅枝的挺秀与拔萃、梅蕊的娇柔与灵韵，朱可心运用浮雕和点浆等装饰技艺，一一点化，仿佛精灵。遒劲梅枝，或蕊或花；正、背、偏、侧，或含蓄，或怒放，或温婉，或傲然，神态各异，以我们今天的眼光看，朱可心在"报春壶"上几乎释放了全部的生命激情，倾注的是杜鹃啼血般的心力，每一个细节都堪称是朱可心内心世界的写照。

若干年后，顾景舟也做了一款报春壶。朱可心看到后，大加赞赏。他内心是否受到震动，不得而知。但是，艺术上的擂台，有一种不动声色的残酷。在他和顾景舟的身后，报春壶是一个被人们嚼不烂的话题，那就让人们去说吧。

课徒授艺，在朱可心的紫砂生涯里，是非常重要的章节。大量资料表明，无论顾景舟还是朱可心，老派的紫砂艺人待徒弟总是视如己出，是春蚕吐丝一样的境界。朱可心的一生，根深叶茂、弟子遍布，可以编成一个强大的团队。包括蒋蓉在内的许多大师级人物，都得到过他的耳提面命。那时一个徒弟可以拜多位师傅，当师傅的不会计较，只要你学到真本事。带出一个好徒弟，真比自己做出一把好壶要高兴得多，朱可心恨不得把自己的心都掏给徒弟。他当然不会知道，当他百岁诞辰的时候，众多的徒弟饮水思源，感怀恩师，合力出版了一部回忆他的文集。翻开这部厚厚的大书，会让人感受到一种磅礴的气浪，所有的人都在感恩，都在怀念那永不返回的岁月。怀旧是一件多么美好的事情，它让人照见自己，它洗涤人心灵的尘埃。朱可心不但教会了徒弟们做壶，还教他们如何做人。人永远在先，壶永远在后。这是朱可心的原则。

谁言寸草心，报得三春晖。朱可心泉台有知，当含笑欣慰矣！

在徒弟们回忆里，朱可心的晚年有些落寞。20世纪80年代，紫砂开始走红，泥沙亦开始泛滥，造假壶的人在他眼前晃来晃去，他看不惯。每天坐在门口晒太阳，车水马龙、熙熙攘攘，朱可心发现自己越来越读不懂这个变化太快的世界了。他内心也许很忧郁，很担心，生怕哪个小人辱没了他的一世英名。终于有一天，他作出一个让所有人吃惊的决定：销毁自己的所有印章。决不让那些造假壶人玷污自己的清白。

这是朱可心的绝唱，可以和他的任何一把传世之作媲美。

顾景舟：高山仰止

顾景舟代表着一个紫砂时代。

在紫砂茶壶上，他的名字是庄严的经典，是不可估价的财富；在紫砂典籍里，他的作品承接着远古、传递给未来，关于他的故事，就像蠡河的水那样源远流长。

有一篇文章这样写道：他一生是个手不释卷、有着古典风范的文人，更准确地说，他是个有着浓重文人气息的紫砂艺人，或者是紫砂艺人中的文化人。

关于顾景舟，权威资料的表述通常是这样的：

顾景舟，原名景洲，早年曾用艺名曼晞、武陵逸人、荆南山樵、瘦萍，晚年爱用壶叟、老萍。少年就读于蜀山东坡书院。18岁时，遂承祖业，随祖母邵氏习陶从艺，并博览古今紫砂制陶名著，吸取前人精华，练就一手扎实的制壶技艺，跻身于壶艺名家之列。20岁左右，曾应上海古玩商郎氏艺苑聘请，仿古作陶。

在旁人看来，这位名扬海外的壶艺大师，平时寡言少语，脾气有些古怪。

了解他的人却认为，他的内心世界丰富博大，精神常在书山墨海、古人圣贤间遨游。所谓寂寞花开，情同此理。

顾景舟一生，性格有些忧郁，心境很高，从来排斥庸俗的东西。他看不起壶匠，任何时候不肯放弃自己的艺术主张。

狷介孤傲、严谨精确、细微极致……这些都可以列入顾景舟的"侧影"；但要完整地归纳顾景舟是有难度的，像他的壶，有时一个转身，又是另一番情怀与景致。

也许，紫砂壶在顾景舟的眼里，从来就是一种寄托自己才情的器物，有时候，干脆就是他的化身。

早年顾景舟在上海为古玩店做仿古壶，见过大世面；他和江寒汀、吴湖帆、唐云、王仁辅、来楚生等海上文人墨客交往甚密，经常切磋书画陶艺，有时谈得酣畅，或吟诗作画，或顾景舟作壶，江寒汀壶上作画，吴湖帆装饰书刻，如《石瓢壶》，乃顾景舟信手之作，壶与字画融为一体，简洁明快，流畅舒展，谐调秀丽，给人以整体形象大方、朴素、便利、实用之感。

顾景舟喜欢跟文人在一起玩，但一般的文人是不入他法眼的。他曾经用江南的一道鲜美的农家菜"萝卜煨肉"来形容文人跟紫砂的关系。萝卜须在肉锅里煮烂，才能释放出它的无比鲜美；如果用清水煮萝卜，必然寡淡无味。那么，文人与紫砂，到底谁是萝卜，谁是肉？那就要看文人的分量与品味如何，不排除一些"无厘头"的艺界混客，在紫砂壶上附庸风雅，顾景舟认为，他们是在揩紫砂的油。

顾景舟还私下里和朋友说过，70岁前，若是书画界的高手在他的壶上题书作画，他还能接受；但70岁后，他就不希望自己的壶上再有别人的任何东西了。

书画篆刻也好，紫砂壶也罢，都有一个境界的问题。70岁后顾景舟的境界还在往上走，那些过去合作过的老友们的艺术境界，是否也在上扬呢？不是一个等次的艺术，"合作"岂非成了累赘？

顾景舟一生和多少文人有过合作？那应该不是一个小的数字。最大的风头，是他与刘海粟合作的一把《夙慧壶》，高身筒，俊朗挺拔，刘海粟在壶的一面写下一枝铁骨老梅；壶的另一面，是海老的书法，"夙慧"二字，苍骨润肌，遒劲沉雄；此壶拍出了紫砂史上的天价：336万元。可惜，其时两位大师均已作古，只是作为一段佳话载入历史。

在顾景舟的同辈中，没有哪一个的文化底蕴可以和他比肩。所谓"曲高和寡"，是因为周围可以对话的同道，实在寥寥。那些窑场上的粗坯汉子、循规蹈矩的壶匠艺人，固然淳朴可爱，但终究不通文墨，顾景舟与他们在某些志趣方面如隔星汉；彼此之间何以交谈，更何以交心？

　　历史上，没有哪个艺人像他那样重视紫砂以外的学问。所谓
"功在壶外"，实际是一种难得的境界。他的作品风格，静穆沉
稳，如千年老佛；是入定之美，那些平淡的细节，汇合起来便是
惊叹与神奇，你坐在一口古井边，看平静的水面，了无波澜，但
你听到了井底下，有激流奔涌。

　　早年，徒弟们知道，顾景舟非常讲究壶外工夫。他一生好
学，精通古文、书法、陶瓷工艺学和考古鉴赏等学问，直到晚
年，他仍坚持每天写小楷数页。他喜欢看《新民晚报》，喜欢它
的海派风味，尤其喜欢看《夜光杯》副刊，那上面，经常可以看
到老朋友的文字；他怀念在上海的岁月，老上海常常在他的梦中
变幻着永不褪色的华彩。

　　他睡觉喜欢朝右睡，床边终年点着煤油灯，旁边是一摞经常
变换的书本，从《山海经》《闲情偶寄》到《菜根谭》《随园诗
话》，无所不读。一个紫砂艺人的阅读量之大，真让许多文化人
汗颜。他常常在半夜醒来，一灯荧荧，万籁俱寂，正好读书。后
来有了电灯也是这样。人们发现，他的蚊帐，靠灯的一面，总是
被熏得黄里发黑。

　　顾景舟的文笔相当不错，其著述《宜兴紫砂壶艺概要》《紫
砂陶史概论》《壶艺的形神气》《壶艺说》等，严谨而精辟，文
字也非常精当好读。这一点，同时代的艺人们自叹遥不可及。

　　他还常年写日记，厚厚几大本，可惜由于涉及许多紫砂界的

人与事，他的亲属不愿发表；否则我们可以领略到多少隐藏在一个博大胸怀里鲜为人知的往事与随想。

狷介而正直，是顾景舟的性格基调。某年，县里某领导调离，顾景舟念其平易近人，关心紫砂发展，故赠壶一枚，以兹纪念。后来那领导仕途遇到麻烦，调查人员来问那壶值多少钱？（当时顾壶一枚已价值10万元以上）又套他的话，希望他说成那枚壶是领导索要，他大怒，说顾某之壶，泥巴捏成；只赠朋友，不送贪官。我壶赠友，有何不可？遂拂袖而去。

始有人格，方有壶格。

民国宜兴名人储南强1928年在苏州地摊上觅得的供春壶，到底是不是真品？顾景舟对此一直心存疑问。几十年里，顾景舟收集史料，作了大量考证与研究。他一直有话要说，但每当他要发表关于"供春壶真伪"的研究结果时，总是有人出来加以劝阻。为什么？冠冕堂皇的理由是"保护紫砂的大好形势"。于是顾景舟只得"顾全大局"。但他始终没有放弃对供春壶的研究。紫砂艺人潘持平曾撰文记述了顾景舟临终前与他的一段谈话。

"1996年5月29日下午，在宜兴人民医院的病房里，顾老叫我记录他口授的关于供春壶的鉴别。此时顾老虽然头脑清晰，但吐字已不清楚，且言不达意。历时二小时，方知其所述之意。顾老说他一生曾看过13把供春壶，每个藏家都说壶是供春做的，只因壶盖损坏，由黄玉麟配盖，这也未免太巧合了吧。顾老说，那13把壶，其实都是黄玉麟做的，其中的12把，他都对藏家说了实话，只有对上海松江徐姓老人所持之供春壶，顾老违心地说是真的。我问顾老，为什么对他要说违心话？顾老说，徐姓老人年逾古稀，视此壶为珍宝，且又有心脏病，我怕闯大祸，故违心说是真的。"

真话有时是带毒的，它有时是可以致命的。面对着一个风烛残年的生命，顾景舟以少有的世故，小心翼翼地把真话藏了起来。不过，在紫砂壶上说违心话，对于顾景舟来说，这也许是绝无仅有的一次。我们可以把它看做是顾景舟性情的另一面。

一次，时任中国文联执行副主席、宜兴籍著名书画家尹瘦石，托人给顾景舟送了一幅自己的画。奔马题材，画上跋文，风趣生动，有"以画换壶"之戏言。顾景舟看了，心中不悦，说，我的壶，从来不做交易，乃将画掷之一旁。当时，他对尹瘦石还不太了解。尹公早年为毛泽东画写生像，年方23岁，一举成名；与柳亚子在重庆主办"柳诗尹画联展"，轰动陪都。建国后，被打成右派，屡遭磨难。在文艺界，尹瘦石厚道、持重，口碑甚佳。对家乡宜兴，感情特别深厚，将自己毕生的书画以及收藏珍品，价值上亿，全部捐给了家乡，一时成为美谈。文人之间的唱和，都是我送你一个斗方，你赠我一个扇面。他景仰顾景舟这位老乡，赠画的意思，完全是投桃报李，作为一种艺术交流，而非商业性的"交换"。但顾景舟的语境里，对高官级别的文人，持有特别的警惕。他不愿意屈就、弯腰。壶，一直拖着不做，后来，联系人实在没有面子，苦苦解释。当顾景舟了解到尹瘦石的身世和为人，敬重之心顿生。便精心做了一把三足乳鼎壶，回赠予他。后来搬了新居，还把尹画挂在东墙上，以表示对这位乡贤的尊重。

　　顾景舟的一把壶，最长的时间做了2年多。其间一直在反复揣摩、修改。不懂的人，私下里还骂他懒坯，在常人的眼里，做得少，自然是懒，不肯多做，无非是想歇着。其中堂奥，只有天知道。据冯其庸回忆，几乎每次见面，顾景舟总要跟他说，其庸啊，交往几十年了，我一直要送把壶给你。喜欢什么式样，你说。冯其庸知道的，顾景舟做一把壶，要花太多的心血，坚持不要。有一次，冯其庸来紫砂工艺厂，在顾景舟工作室，顾拿出一把石瓢壶，说，今天你就不要客气了，这把壶你如果不拿，过几天别人就要拿走。冯其庸还是不肯收，说，顾老啊，拿你的壶，就像夺命，我于心不忍。

　　冯其庸不肯要壶，是真心的。有感于顾景舟抟壶精妙、炉火纯青，他曾赋诗二首，赠予多年挚友：

一

百代壶工第一流　荆溪夜月忆当头

何时乞得曼生笔　细雨春寒上小舟

二

弹指论交四十年　紫泥一握玉生烟

几会夜雨烹春茗　话到沧桑欲曙天

在顾景舟看来，做人与做壶之间是一体的。而制作紫砂壶的每一个步骤，就像写书作画，都有它的法度。

许多年后，徒弟葛陶中回忆说：

"起先顾老要我捶泥，一团泥整整锤了三天，为什么要这样？就是要锻炼正确的姿势和用力方向，用韧劲而不是用蛮力，识别挤掉空气的熟泥的成色，从而掌握从生泥到熟泥的全部要领。"

不光捶泥，打身筒也是这样。徒弟李昌鸿回忆道：

"他要求转几圈必定要几圈，多一圈都不行。有一次我背对着他打身筒，他从我拍打的声音就判断出多了还是少了，常常喊：昌鸿，你多敲了几下了！"

又如，他对制壶工具的要求之苛刻，甚至超出了出征将士对武器的精确讲究。他常说，不懂工具，就等于不懂制壶。他的工具有130多件，每一件都有出处。他做壶，一招一式，都有讲究的，他打的泥片，厚薄均匀，几乎不差分毫。有一次，他一口气做了4把洋桶壶，进窑烧成后，有人把它们称了一下，其中的3把壶，分量完全一样，另一把壶，只重了1钱（5克）。

他知道是哪一把壶重了一点点。他略带遗憾地说："那张泥片，我少打了两记。"

紫砂壶有光器、花器、筋囊器之分。顾景舟以紫砂"光器"成家，他虽然没有在记述的文字里鄙薄"花器"，但在许多人的回忆里，他是不大看得起"花器"的。2006年，笔者在写作《花非花——紫砂艺人蒋蓉传》时，对蒋蓉老人进行详细采访，其间，蒋蓉多次讲到她与顾景舟的恩怨，主要是在艺术观念方面的分歧。在顾景舟看来，紫砂光器是文人壶，主张以简洁替代繁复，以神似替代形似；而紫砂花器则缺乏想象力，媚俗花哨；顾景舟常常半开玩笑地指着蒋蓉的花器壶说："瘌痢头花！"

顾景舟的讥讽并无恶意，说到底他性格里还有手艺人的成分。但由于他的一言九鼎，蒋蓉们在当时的环境下坚持紫砂花器创作，很不容易。在相当长的岁月里，以顾景舟为代表的光器和以蒋蓉为代表的花器相互砥砺，共写了当代紫砂的历史篇章。

每一个时代、每一个行业都有自己的领军人物。紫砂到了20

世纪，一直在呼唤它的领军出世。顾景舟的出现，虽有机缘巧合，但确是天降大任，是紫砂发展承前启后峰回路转的必然结果。

　　顾景舟的作品，每一件都可圈可点。如《僧帽壶》，原是元代景德镇青白釉瓷器，明代永乐、宣德及清康熙年间，均有僧帽瓷壶出品。紫砂僧帽壶当从此出。原本是传统的造型，到了他的手里，却集各家之大成，开创了简朴大度、协调秀美的风格。《僧帽壶》曲把平嘴，六方壶体；僧帽为莲花块面组合，壶摘为莲心，静穆中不失盎然之趣。是行欲方、智欲圆、刚柔相济、方圆互见的砂壶珍品。

　　他的代表作之一《提璧壶》，是20世纪50年代，与当时的中央工艺美术学院教授高庄合作的作品。该壶堪称当代紫砂壶中表现材质美、工艺美、形式美、内容美、功能美等"五美"境界的绝品。1979年，邓颖超访问日本时，该壶曾作为国礼赠送给日本首相。《如意仿古壶》则是顾景舟在传统仿古扁壶的造型上加饰如意筋纹，使作品的气韵更加生动。壶的形、气、神融为一体，具有强烈的艺术感染力。

　　《雪华壶》，是顾景舟在20世纪70年代后期的创作。

　　这时候的顾景舟，历尽文革沧桑，在紫砂界，已经确立了掌门地位。他弟子颇多，或为官，或成名，桃李满园，夫复何求？严冬过尽，春声可闻；他的心态应该是非常平和、愉快的。内心里，那些一生的积累，已经到了井喷的境界。或许，他要营造一座紫砂的楼宇，或是构造一座紫砂的宝塔。它应该有巍峨的器宇，是简洁的繁复；是严密的疏朗，是细微的宏伟。不，他心里的紫砂，可能还不只是那样的分量。他选择了雪花，六角形，自天边飘来，一片片，似有若无；世界上还有比雪花更轻盈、更莹洁的东西吗？但他就是要用这雪花之轻，来表现乾坤之重。

顾景舟性情，于一片雪花，便窥见一斑。

一层一叠，团团如盖；六层之塔，大慈大悲；这是顾景舟理想中的美妙世界：凉台静室、明窗松风、晏坐行吟、清谈把卷；天地山川、星河灿烂、白云为盖，流水作琴……壶把，如满弓，蓄势待发；壶嘴，窈窕娉婷，如美人水袖，一拂处，令江湖失色。

本山绿泥，自黄龙山出；龙窑烧出嫩金黄，温润如玉。壶胎，饱满如鼓。雪之花，尘之梦；冰清玉洁，晶纹可触。微笑，雪花的微笑，平和，宁静，包容。那分明是景舟大师之心怀。

口与盖，严合适度；壶嘴出水，一注如虹，盈尺而不浮花；无论赏玩、实用，都非常相宜。

据说，雪华壶出窑后，一直搁在顾景舟案头。弟子们发现，他时常将其珍赏于掌上。弟子问何故？乃笑而不答。

弟子们以前总是问，顾辅导，制壶有密笈吗？

只见他慈祥的眼睛，特别晶莹透亮，那眼波深处，但见一派山川坦荡、万籁萧萧。

现在他们仿佛明白了，何等心境，即何等胸怀；而密笈，则如莲心，藏之莲蓬，出于污泥，一尘无染；彻悟者，即密笈全解也！

到2015年，顾景舟年满100周岁。

去世，已将近20年。

人去楼空，是无法改变的事实。宜兴丁蜀镇郊外，一处寂寥墓地，他和妻子徐义宝终于相聚、相守。作为一个长眠者，他安静如斯，与山岚地气融于一体。

但凡名人，无论生者或亡者，要真正地安静，说难也难。顾景舟的名字，还在常常被人们念叨；顾景舟的壶，还在频频出席国内重要的"春拍""秋拍"。赶场子，撑台面，当非偶然。回望过去20年，紫砂经历了几度滑坡；每当危急之时，他的壶就站出来了。静场。聚光灯下，一壶当关，万壶黯然；峰回路转，几近救场。人们似乎能够感受到，帷幕深处，那位慈祥老人，目光依然如炬，有时急切，有时殷切。风声雨声，都是他为紫砂说话的呼声。重读他的壶，人们能找回曾经失去的圭臬，能捡起曾经泯灭的感觉。能恒定一份不离不弃、天荒地老的信心。

百年经典。这样说顾壶，固然不错；但同时代的紫砂经典，有几个能像顾景舟这样，于岁月尘埃的湮没中，风骨挺立、光照后人？

常常觉得，顾景舟还活着。像一棵风中的老树。

　　许多人放不下顾景舟，是因为他一直在不动声色地刷新紫砂壶的价值。那些阶梯式上升的，以人民币垒砌的数字，对于顾景舟本身而言，仅是数字而已。那些亦步亦趋的"天价"，对拼市、投资的收藏家，或许更有意义；对拉升紫砂的几度沉沦，或许更有意义。顾景舟生来不爱钱，他也没有钱。风骨，操守，传承，创造，培育。由此，一生筚路蓝缕，守护一份古老手艺的尊严。这便是顾景舟的全部家当。

　　不敢定义，这就是景舟精神。

　　正如他活着的时候，不肯称自己是一代宗师一样。由此，让我们停下脚步，来谛听一个逝去老人生前的声音：

　　"我始终只是一个紫砂从业人员，一个老艺人。如果，能有几件作品，让后人看着满意，能够传承下去，便不枉这一生了。"

　　称宗师者，其弟子群体，必已成大器。大师之师，方为宗师。顾景舟的弟子、学生，大都成为了工艺美术大师。顾氏一脉，枝繁叶茂，已然蔚为大观。

　　称宗师者，必得有自己开宗立派的理论。顾景舟穷经皓首，梳理紫砂历史，臧否历代壶人，创立壶艺学说，其真知灼见、巍然文字；如圭臬璧照、已然归于名山。

　　称宗师者，必得有传之于天下、传之于后世的经典作品。顾景舟的诸种壶款，得古人脉息，创自己面目，每天在被成千上万的艺人临摹、复制；他的制壶理念，得之实践，高人一筹，早已深深契入一代紫砂艺人的心灵。

称宗师者，必得具备高尚之道德品位。顾景舟凛然风骨、淡泊一生；千山独行，两袖清风。为师风范，如蠡河长流，波澜壮阔。

与紫砂界当今的大富大贵相比，顾景舟后人的生活则相对清苦、平淡。20年间，无论顾景舟的壶价如何飙升，与顾氏后人却无半点关系。淡出主流社会，守住一份清寂的门庭，过着默默无闻的平民生活，是顾氏后人的真实写照。顾景舟生前，曾经有言：闭门即是深山。想必，那是读书修心的境界。20年来，恪守老人遗训，低调，还是低调；从不受外界诱惑、影响。是顾氏后人恪守的信条。

曾经，有人上门，说，只要把顾景舟的招牌借给他用，他可以把整车的钞票往顾家拉；又有人说，只要把顾景舟印章让他敲一下，钱，就可以滚滚而来；还有人说，别的，就不为难了，就给你们刻一枚"顾氏后人监制"的印章，如何？钱，一样有的赚！

要给顾景舟出书的，要给顾景舟拍电视剧的，要以顾景舟的名义建立各种基金会、研究会、纪念馆的，从初一月半、到三天两头；形形色色、林林总总。

一概，拒之门外。

说，我们看不懂这个社会，只好把门关上。

门风凛然，颇如景舟。

叩开顾家那扇不起眼的门扉，依然老人在世时，整洁简陋的陈设，时光仿佛倒流了20年。20世纪90年代的水磨地，见证着寻常人家的淡泊心境；上了年纪的八仙桌，收拾得一尘不染，照见了布衣草根的磊落情怀。

庭院依旧。气息依旧。老人用过的一张纸片、一支半截的铅笔，甚至一枚图钉，全都完存无缺。

顾景舟九泉有知，当欣然含笑。

100岁。老友们想念他。92岁的冯其庸说：顾景舟是紫砂史上，自陈鸣远、邵大亨以来的第一人。他代表了一个紫砂时代。清华大学美术学院教授杨永善、张守智则认为，顾景舟的出现，使得紫砂壶具有了当代的审美品位与文化特征，成为中国优秀传统文化的瑰宝。

100岁。徒弟们想念他。2014年9月，徐汉棠捐出1000万人民币，设立"徐汉棠教育基金"。时年82岁、满头白发的他，动感情地说：几十年前，我曾经跟随师傅，捐款10万元，为丁蜀镇教育基金会出力；今天，我捐出1000万，还是向师傅学习。师傅永远是我人生的榜样。

100岁。壶友们想念他。远在台北的黄正雄先生，这样说道：字如其人，壶如其人。只要把顾先生的壶放在面前，你就会想起4个字：弘道养正。知道了什么是法度，什么是精湛，什么是大默如雷。

100岁。今天的我们，可否把顾景舟一生的成就造化，概括成这样几句话：他和他的同道们，把举世独绝的紫砂手工艺，提炼成一种地道的中国功夫；其传承、创新的千姿百态的紫砂造型，莫如是地道的中国表情；壶上诗书画印、博大精深；壶中乾坤朗朗、风骨清奇，何不是地道的中国智慧；由一把紫砂茗壶传递的茶文化以及闲适心情，更是传递出一种地道的中国生活。

100岁。但丁说，真正的艺人是不想成功的，所要的只是伟大。一位天匠，用一把壶，将"知行合一"上升到"天人合一"的境界。得天慧、秉天意、创天价。顾景舟堪称巧夺天工之巨匠。文士风骨为其神，天光地气为其韵，云卷云舒、集大千世界而融于一壶，如雷般的大默；其典范作品深深契入广袤民间，与莺共飞、与草共长，代代享用，当与天地日月共存。

100岁。今天的我们，在纪念顾景舟的时候，有必要重新审视培育顾景舟成长的这片古老土地。博大精深的江南文化，千百年来，其脉浩大，其果硕硕；行至当下，水远山长。但是，它的脉象与品质，时被精神雾霾侵蚀，其间多少歧义，多少蜕变，多少新生，多少希冀，时下的人们，当扪心自问。紫砂风流，正值盛世。但是，下一个百年，我们还能再出一个顾景舟吗？

或者说，今天我们脚下的土地，还是培育顾景舟的那块土地吗？

想起了《定风波》：

莫听穿林打叶声，
何妨吟啸且徐行。
竹杖芒鞋轻似马，
谁怕？
一蓑烟雨任平生。
料峭春风吹酒醒，
微冷。
山头斜照却相迎。
回首向来萧瑟处，
归去，
也无风雨也无晴。

幼时发蒙于东坡学堂，仰其风骨性情；一生于蜀山之麓抟壶，得其灵慧真脉。顾景舟最喜欢的苏词之一，乃是这首《定风波》。

仿佛，字字句句，是他一生的缩影。

谨将此词，献给一代宗师的在天之灵。

蒋蓉：静水深流

2006年7月的一天下午，我如约来到蒋蓉位于宜兴城南郊的宅邸，此前她派代表多次与我约谈，邀我为她写作一部传记。天气很热，没有风，草木茂盛的院子里，一树火红的玫瑰正吐露着夏日里最后的芬芳。蒋蓉老人安静地坐在她的书房里等我。一切都从这一天出发，连同此后的300多个日日夜夜。无论作为一个幸福的聆听者，还是一个虔诚的写作者，我得以在一个世纪老人的风雨旅程中徜徉。

"我们开始吧，我就从1919年，我出生那天说起……"

一种始终的淡定从容的叙述，像长长的静默的流水，蒋蓉带着我走向她的苦难而开心的血地童年，她的潜洛乡场；她的蓝天白云、青草绿荷，她的龙窑烟云、作坊岁月；她的生命一般的紫砂花器。追随的双翅需要思想定力的托举，与一位87岁的老人一起穿越往事，寻找那些生活的遗珠，那些远行的故人，那些被尘埃湮没的感动，让太多铭心刻骨的故事垒起一座高山，然后，猛然回首，一切都如潮汐般隐去，唯留下一个爱字。无论枯灯冷月、寂寞花开，那一片全心倾注的爱心始终不变。风雅与天趣，童心与妩媚，都由此叠化，灿为荼蘼。就日常生活而言，爱是直觉，它发自人的内心；理智则是计较，心常惴惴，其情难真，其爱必伪。古人说多一份机心，少一份智慧，此之谓也。这样说来，200多件原创作品，其实就是蒋蓉老人留给这个世界的大爱。

蒋蓉生长在一个4代抟陶的紫砂世家。她9岁就在生活的逼迫下辍学，然后跟父母做壶。乡村的凋敝曾让紫砂壶一路走低，然而穷人家的孩子无路可走。太多的壶匠只能湮没在星罗棋布的作坊里，蒋蓉能脱颖而出，真是一个异数。若干年后我们可以这样来总结：一个紫砂艺人能走多远，全然取决于他能否对生活和大自然进行认真观察和高度提炼，取决于能否把它们用巧夺天工的手法加以表现。这种表现肯定不是匠气的，因为再圆熟的工匠怎么走也走不到这一步，就像艺术的境界只能属于艺术一样。

纵观近现代有成就的紫砂艺人，如顾景舟、裴石民、任淦庭、王寅春等，大都有在上海闯荡的经历。蒋蓉虽为女流，但早在成年之初就蜚声乡里。她年轻时，二进上海，成为仿古壶之高手，也摆脱了一个封闭的村姑的陋见与拘谨。她自己常说，这双手与紫砂泥有一种天然的契合，心性通着泥性，她之所以能在紫砂艺术的路上一直走到今天，最重要的一点，是她的一颗始终没有受到污染的纯净之心、仁爱之心。一切都从这里出发，也许它从来就不是飞流直下的瀑布，而只是涓涓不断的细流。有时它会表现出童稚般的天真好奇，有时它会折射出对大自然的深深挚爱，有时它会激发出对劳动与生命的赞美怜悯，有时它会体现出对苍天大地的莫大敬畏。哪怕是一只癞蛤蟆，在蒋蓉的心目中，它也从来就不是"丑"的，她几乎所有的作品都体现了草根农家对俗世生活的赞美，对恩养人类的造物主的供奉心态。

《九件荷花茶具》是蒋蓉20世纪50年代的代表作品。

蒋蓉当年居住的三娘娘庙背后有一片蜿蜒的活水，那是著名的蠡湖，是范蠡西施荡舟之河；千古爱情绝唱的碎片，或许已随着粼粼的波光消逝了。河流的幽美，劳动的快乐，与情感的困惑交叠在一起，蒋蓉就一天天地在这交织的时光里做着自己心爱的紫砂壶。

老祖宗留下来的紫砂壶样固然不少。有的是仿三代、周、春秋战国、秦古铜器造型，如彝、鼎、尊、爵；有的是仿古代陶器造型，如彩陶、罍、瓤、瓿、杯，以及秦汉晋的瓦当、汉砖纹样；有的则是仿古代器物造型，如秦权、玉器、钟、鼓等。还有的仿实用器物借形改装，如斗笠、柱础、箩筐、升斗之类。仿来仿去，就是没有几件是紫砂自己的东西。

　　蒋蓉决心突围，她并不需要刻意去寻找题材。她天生有一份与大自然息息相通的情怀。她单身，没有家累，不爱逛街；不喜欢一般女人那样的家长里短，也不看重市井炊烟里的寻常生活。她心有所爱，偏偏是那些旁人不太注意的闲花小草，甚至小螺丝、小虫子。离住所不远的田野里，有一塘团团如盖的荷叶，有几千只红蜻蜓在头顶飞翔，几乎每天的清晨和傍晚，她都会来这里呼吸新鲜空气。在荷塘边她可以一坐几个小时，看青的荷叶，粉的荷花，悠闲的浮萍，调皮的青蛙在一个童话般的世界里和谐相处。她的心就会格外地沉静下来。创作于她，其实就是对生活感恩的心境的记录，是诗情的喷发需要寻找一个最合适的载体。蒋蓉在一个蛙声如鼓的秋夜画出了《九件荷花茶具》的设计图纸。壶，还没有做，她心中的荷花已经怒放成灿烂的一片。难以入眠的夜晚，她蹲在娘娘庙住所的天井里静静谛听，蟋蟀在不远的田野里组成配声和美的唱诗班，鸣响中呈现着某种金属音质，那细致而甜蜜的颤音，在空气中清澈地播散开来。她突然找到了与之最贴切的基调，在制作《九件荷花茶具》的日日夜夜，她食不甘味，夜不能寐。有人发现她走在路上常常神思恍惚，见了熟人也忘记了招呼。她已经完全沉浸在她的荷花王国之中。

　　壶身是荷花，莲蓬作壶盖；卷曲的嫩叶做壶嘴，毛茸茸的荷枝弯成壶把；红菱、白藕、乌荸荠分别作为壶的3个底座。

　　壶盖上栖息着一只稚态可掬的青蛙，它的周围镶嵌着11颗可以旋转的莲心。4张团团的墨绿的荷叶圆盘托举着4只粉盈盈的荷花杯。仿佛如4个伴娘随着荷花仙子一起出浴起舞。

完整圆满、对称偶数、以大为美，这些中国民间典型的审美心态，在工艺美术造型中是常见的。荷花与莲子向来被古人比喻百年好合多子多孙。蒋蓉选择它们作题材，还因为它们出淤泥而不染，有一种质本洁来的高雅。

壶与杯的每一根线条都贯通着柔美，蒋蓉式的柔美。色彩，也是蒋蓉式的静美，热烈而不娇艳，灵动而不妖冶。蒋蓉的色彩是这样一遍一遍炼出来的：她把多种不同泥料反复调制，反复进窑试片，有的颜色一试就试了几十次。她必须用她自己的紫砂语言。米黄的底色，朱红的花脉，青翠的荷叶，鲜红的嫩菱，乳白色的藕，乌亮的荸荠，墨绿的莲房内镶嵌着9粒活络自如的莲子……语不惊人死不休，那是古贤杜工部炼句的箴言；蒋蓉的赤橙黄绿青蓝紫同样是经过了千呼万唤、千锤百炼，才达到了至真至美的境界。紫砂花器自明代陈鸣远开创以来，都是单色或双色成型，《九件荷花茶具》则以其绚丽的多色创造了中国近当代紫砂史上花器作品的先河。

蒋蓉具有相当的写实、塑造功力。她曾经细心观察过蛤蟆的生活习性和捕食方式，虽然它从不拥有绚丽的色彩而像泥土一样质朴，但它善于捕虫，貌似臃肿却能准确而敏捷地擒住目标，是农民在田园庄稼地里忠实的义务杀虫先锋。即使不把它和一个古老的招财进宝的民间传说联系在一起，它也不应受到歧视而作为一种形容懒汉低能儿的专用名词。

于是，一只以癞蛤蟆为题材的紫砂水盂就这样诞生了：一节老松树桩，有着久远的年轮；栖息其间的一只蛤蟆正蓄势待发、屏息欲擒，在它的不远处，一只蝼蛄闻声欲逃却不知去处。蛤蟆的稚拙与勇敢全在它那一眨不眨的眼神之中，它在刹那间虎视眈眈的进攻状态，被蒋蓉准确地抓住，并且传神地表达出来。相生相克可以演绎出令天地动容的故事，这哪里还是一只水盂？分明是一个活生生的童话，蒋蓉式的童话。

到20世纪80年代，蒋蓉可圈可点的作品已经枚不胜数，如果让它们集合起来，简直是一个庞大的紫砂兵团。就像一部被打开的书，我们已经读到了它最精彩的章节。如果让蒋蓉自己来选择，在那么多爱不释手的作品里选出几件她最满意的，那也许是一件十分棘手的事。但她最终还是会肯定地告诉你，《荸荠壶》和《西瓜壶》，还有《秋叶树蛙》《月色蛙莲壶》都是和她十指连心、与她的生命等量齐观的不可割舍的经典之作。

《荸荠壶》创作于1981年。一直到87岁的晚年，蒋蓉在叙述创作该壶的过程的时候，脸上还掩饰不了孩子一般的得意。"说穿了吧，我这把壶就是做给那些看不起花器的人看的。"20世纪80年代的顾景舟已经是当代紫砂的领军人物。他平时的言谈举止，总是会不自觉地流露对紫砂花货作品的轻视。蒋蓉的脾气，从来都是用作品来说话的。《荸荠壶》的壶身，是一件典型的光素器作品，而它的装饰却具有花器与陶塑兼工的特点。壶嘴与壶把的线条，如凌波仙子凭空一跃，有意想不到的洒脱与干练；而壶身的装饰，绝不是一般意义上的点缀。它已经逾越了像与不像的底线，那种草根而不卑贱、雍容而不显贵的气度，是需要一份气质来支撑的，一般的紫砂艺人怎可比拟呢？《荸荠壶》要告诉别人的正是这样的一种理念，光素器与花器之间绝不是天敌，就像艺术不应有贵贱之分，而只有优劣之别；好东西不怕兼容，好朋友应该共存。《荸荠壶》最后被英国人永久收藏于维多利亚艾伯特博物馆，它代表中国，代表一个遥远的东方民族的工艺秘笈。

《秋叶树蛙盘》。1983年创作。秋天是容易让人感怀的季节。古人说一叶知秋，蒋蓉正是从一张卷曲的树叶造型入手，她设计了一只小青蛙，趴在树叶的一端，睨视着一只可怜的小小飞蛾。它们本是一对天敌，但青蛙发现，在深秋萧索的天气里，这只小小飞蛾就要呜呼哀哉了，小青蛙会怜悯它吗？它是否也感受到了一种生命易逝的悲哀？蒋蓉把所有的故事安排在一张树叶的时空里，接下去小青蛙和小小飞蛾之间还会发生什么故事呢？那肯定是一个美丽的童话了。飞蛾的命运牵动着蒋蓉的心。她爱这个弱小的即将离去的生命，她要赋予它以美丽，哪怕是短暂的一瞬。前前后后，她一共捉了100多只飞蛾，放在小瓶子里观察临摹，她熟悉它们的每一根筋纹，她甚至能感受到它们的呼吸。最后的一只小小飞蛾就这样定格在树叶的底部，它是一只吟唱的蛾，周围蛙声如鼓，像十面埋伏；天已崩，地欲裂，它依然吟唱，永远吟唱。当它终于不再是活生生的飞蛾而已经是艺术品的时候，一位记者和它发生了一个小小的误会，在一个陶艺展览会上，记者用手去拍打它，以为它是偷偷跑进这艺术殿堂来的不速之客。它偷偷地乐不可支，"别怪我，是蒋蓉奶奶让我这般真假难辨的呀。"

《西瓜壶》。1985年创作。又是一件光器式的浑圆佳构。许多媒体在报道此壶时，着重强调了蒋蓉一连多日，冒着烈日酷暑，不顾严重的腿疾和女儿艺华赶了几十里地去西瓜地里写生的情景。但在蒋蓉晚年的回忆里，写生的经历只是一带而过，她说得最多的，是西瓜壶的表现手法。西瓜之圆，是圆润饱满之圆；西瓜之脆，乃清脆新鲜之脆；蒋蓉在泥料的配置上作了几十次试验。终于找到了最适合表现西瓜的色彩语言。一次，我在采访蒋蓉的时候忍不住提过一个问题：紫砂真有秘笈吗？蒋蓉的回答是坦然的：如果说紫砂真的有秘笈的话，那就是在紫砂艺人心中只可意会不可言传的对工艺的一种把握，那不是固定的方程或分子式，更不是江湖上的咒语或解药，而是因壶而异的工艺理念，是不可复制的心得天机，你只能在具体的作品里寻找答案。蒋蓉的一番话使我想起了文学创作，你有一个好故事，可是你没有好语言、好手法，那么一个好故事就活活被你糟蹋了。可见，把好东西用最好的方式表达出来，是所有的艺术家毕生追求的目标。蒋蓉的《西瓜壶》花纹清晰可爱，瓜藤、瓜蒂塑成壶嘴壶把，从壶身与壶把的连接处斜出一张墨绿的瓜叶，两朵嫩黄的小花，呼应出一片鲜活灵动的气息。它永远像一首田园诗，在被千万次朗读后依然翠绿如生。此壶现藏于宜兴陶瓷博物馆。

《月色蛙莲壶》。1989年创作。这是一件段泥作品，以写实手法把自然界的莲荷、青蛙、昆虫集于一壶。她巧妙地利用藕节组成壶嘴，荷叶梗与花梗绞缠钮为壶把，莲蓬为壶盖，上栖一青蛙为壶钮，壶身为盛开之荷花，花脉清晰、自然灵动。童心和天趣是蒋蓉创作的主题，她具有捕捉美的瞬间的天赋才华，又有一手微型雕塑的过硬本领，善于把大自然中的美丽和生活中的情趣融入壶中，开创了独具风格的"蒋氏陶艺"。

蒋蓉晚年有一个小小的朴素愿望，她希望有一部书总结她的一生。这个任务落到了一个名叫徐风的宜兴作家身上——在她病倒之前，她接受了我20多次采访，她甚至连书的封面颜色也想到了，要大红色，红得纯净、热烈。她最终看到了书，尽管她已经不省人事，但是，当书真的放到她面前，她突然睁开了眼睛，并且，绽放出一个难以令人相信的微笑。

600年紫砂，风流人物如过江之鲫。一些人名声隆隆，作品能留下几何？蒋蓉的不朽在于，她从来就是清澈的，一生如荷之于污泥，缕缕清气、渐渐浩大。听似无声而胜若有声；花国气象则以生命营造，其势葳蕤而蔚为大观。作为中国当代紫砂花器的开山人物，她把一种独特的美消融于壶的每一个细胞，不凡之中透现平常，饭稻羹鱼、一瓢一饮；火耕水耨、一花一草，都被蒋蓉收入壶中，化为神奇。

静水深流。这句话或许最能概括蒋蓉。在静美的水面上，你看不到波浪的动，但在水的深处，它则奔涌如潮。

图书在版编目（CIP）数据

风生水岸 / 徐风著 . —北京：民主与建设出版社，
2017.9
　　（名家散文自选集）
　　ISBN 978-7-5139-1715-5

　　Ⅰ.①风… Ⅱ.①徐… Ⅲ.①散文集－中国－当代
Ⅳ.①I267

中国版本图书馆 CIP 数据核字（2017）第 235856 号

© 民主与建设出版社，2017

风生水岸
FENGSHENG SHUIAN

出 版 人	许久文
总 策 划	李继勇
责任编辑	刘　芳
封面设计	宋双成
出版发行	民主与建设出版社有限责任公司
电　　话	（010）59417747　59419778
社　　址	北京市海淀区西三环中路 10 号望海楼 E 座 7 层
邮　　编	100142
印　　刷	三河市腾飞印务有限公司
版　　次	2017 年 10 月第 1 版　2017 年 11 月第 2 次印刷
开　　本	787mm×960mm　1/16
印　　张	23 印张
字　　数	216 千字
书　　号	ISBN 978-7-5139-1715-5
定　　价	39.80 元

注：如有印、装质量问题，请与出版社联系。